月映竹成千个字

霜高梅孕一身花

一把刀，故事从谁讲起？

千个字，写到哪里结束？

王安忆 著

一把刀，千个字

人民文学出版社

图书在版编目（CIP）数据

一把刀，千个字 / 王安忆著. —北京：人民文学出版社，2021 (2025.4重印)
ISBN 978-7-02-016719-7

Ⅰ. ①一… Ⅱ. ①王… Ⅲ. ①长篇小说—中国—当代 Ⅳ. ①I247.5

中国版本图书馆 CIP 数据核字（2020）第 232272 号

选题策划 杨 柳
责任编辑 薛子俊
装帧设计 刘 静
责任校对 李 雪
责任印制 宋佳月

出版发行 人民文学出版社
社　　址 北京市朝内大街 166 号
邮政编码 100705

印　　刷 北京盛通印刷股份有限公司
经　　销 全国新华书店等

字　　数 200 千字
开　　本 880 毫米×1230 毫米 1/32
印　　张 10.375 插页 1
印　　数 64001—67000
版　　次 2021 年 4 月北京第 1 版
印　　次 2025 年 4 月第 6 次印刷

书　　号 978-7-02-016719-7
定　　价 56.00 元

题 记

月映竹成千个字
霜高梅孕一身花

〔清〕袁枚

目　录

上　部

第一章

纽约法拉盛，有许多旧时代的人，历史书上的名字，都是交游。胡宗南，阎锡山，盛世才，黄维，李宗仁，甚至周恩来和毛泽东。每个人有一段故事，大多发生于上世纪中叶，鼎革之际。听起来，那时节的吾土吾国，就像炸锅似的。车站码头，壅塞得水泄不通。包裹箱笼在人头移动，腿缝里挤着小孩子，哭不出声。街市上，大小车辆，没头苍蝇般东奔西突，轮子里夹了人力车夫的赤足，拼命地跑。也不清楚要去哪里，只是急着离开。黄浦江的轮渡，四面扒着人，稍一松手，便落下水。火车的门窗也扒着人，关也关不上。飞机呢，一票难求，停机坪变成停车场，到底上等人，求体面，不会扒飞机。交通枢纽的景象是这样，内省和边地呢？骡马大阵，络络绎绎，翻山越岭。气象是荒凉的，同时，又是阔大的，四顾茫然，都不知道身在何处。

福临门酒家的单间里，支一面圆台桌，围八九个人，老板娘的熟客，所以才能占住这唯一的包房——走廊尽头横隔出来，没有窗，靠排气扇通风，话语间就充斥了叶片颤动的嗡嗡声。夜里十一二点钟，厨工和跑堂都走了。老板娘锁上银箱也要走，交代给做东的先生：临走锁上门，钥匙带走，明天中午去他店里取。店就在街对面，文玩的买卖。老板娘走出店，穿过夹道，带上门，留下这一桌人，接着吃喝。酒菜凉了，末座的那一个，即起身端到后厨加热，添些搭配，换上新盘，再端上来。这晚的主宾是国内来客，官至厅局，如今退位二线，主持文化计划，来美国考察同业，寻找合作项目，携随员一名，为末座之二。

这下首的两个，年纪差不多，少一辈，又身份低，就都多听少言。斟酒倒茶手碰到一处，抬头相视而笑，渐渐就有话语往来，题目不外乎桌上的菜肴。这一餐的重点在于“苏眉”，主人自带，专请名厨烹制，就是末座上的人。名厨告诉随员，“苏眉”名声响亮，好吃不过平常鱼类。那一个就问美国哪一种鱼类上乘。这一个想了想：要吃还就是深海的鳕鱼，内湖里的都差不多。随员“哦”一声，不解道：这么广袤的土地，物产不应当丰盛富饶？名厨笑了：你以为物产从哪里来？答说：天地间生养！桌面一击：错，是人！师傅指的是人工？年轻人问。另一个年轻人就要解释，上首的贵客早已经受吸引，停下自己的说话，问两个孩子争些什么。这时候,做东的先生作了介绍,那一位陪客是今日的主厨,姓陈,名诚。听起来好像蒋介石嫡系的台湾小委员长,其实无一点渊源。以出身论,倒不是无来历,他师从鼎鼎有名的莫有财,为淮扬菜系正宗传人,也是大将军。这一番话说的,座上纷纷举杯敬酒。“大将军”自斟一个满杯,双手擎住:各位前辈随意。仰头干了,轻轻放下:淮扬菜正统应是胡松源大师傅,莫家老太爷才得真传,底下三兄弟则为隔代,硬挤进去,只算得隔代的隔代,灰孙子辈的。众人都笑起来,诧异这厨子的见识和风趣。笑过后,那主宾正色道:请教小师傅,湘、皖、粤、鲁、川、扬、苏锡常,等等,哪一系为上?小师傅笑答:请教不敢当,斗胆说句大话,无论哪一派哪一系,凡做到顶级,就无大差别!听者一错愕,然后四下叫起好来,不知真赞成假赞成,真懂假懂。贵客说:小师傅一定都尝过最好的了!小师傅笑着摇头。紧着追问:修行人得不到真经,谁还有这缘分!喝了急酒,又赶到话头,小师傅脸上泛起红光,兴奋得很:这里却有个故事!人们都鼓掌,让他快说。

也是听我师傅说的——莫有财吗?有人发出声来。小师傅不回答,径直往下说:上世纪开初,沪上五湖四海,达官贵人,相交汇集,诸位前辈比我知道;茶楼饭肆,灯红酒绿,一轮方罢,下一轮又开头,俗话叫“翻台子”;饕餮大餐,剩的比吃的多,如何处理?打包!但不像今天,各自带回家去。那时的人好面子，觉得寒酸相，所以是打给包饭作，挣些余钱；包饭作的主顾又是谁？摆香烟摊的小贩、老虎灶送水工、码头上的苦力、黄包车夫——外地的暴发户到上海，搭一部黄包车，问哪里的菜式好，打得下保票，不会错！众人听得入神，说话人转过身，专对了末座的同辈青年：好东西是吃出来的！先前的讨论此时有了结果。座上客却还迷糊着，渐渐醒过来：小师傅的意思，今天人的品味抵不过昔日一介车夫？小师傅拱起手：得罪，得罪！贵宾嗖地起身：谁说又不是呢？古人道，礼失求诸野，如今，连“野”都沦落了。喝净残杯，散了。国内来的有自备车，企业或者政界都有办事处，专事送往迎来。其余的或开车或乘七号线，最后的人锁门，过去对面的店铺宿夜。只淮扬师傅一人，沿缅街步行向西而去。

陈诚并非真名实姓，这地方的人，叫什么的都有。诨号，比如阿三阿四；洋名，托尼詹姆斯；或者借用，也不知道何方人氏，只要和证件登记同样，证件的来路就更复杂了。陈诚，六〇年代初生人，籍贯江苏淮安。在中文没错，换作英语却差得远了，“籍贯”这一栏叫作“Birth Place”，出生地。可是，谁会去追究呢？外国眼睛里，中国人，甚至亚洲人，总之，黄种人，都是一张脸。反过来，中国眼睛看去，白种人也是一张脸，无论犹太人、爱尔兰人、意大利人、正宗英格兰人，唯有自己族类，方才辨得出异同。七号线终点站，上到地面，耳朵里“嗡”一声，爆炸开各种音腔，上下窜行：江浙、闽广、两湖、山陕、京津、云贵川、辽吉黑、晋冀豫，再裂变出浙东浙西、苏南苏北、关里关外、川前川后，最终融为一体，分不出你我他，真是个热腾腾的汉语小世界。

尘埃落定，都听得见霜降的萧萧声。夜空充盈着小晶体，肉眼不可见，只觉得有一层薄亮。两边的店铺都关闭生意，暗了门窗。流浪猫狗回去寄宿的巢，垃圾藏匿在暗影。街面光洁极了，路灯起着氤氲，仿佛睡眠中的梦，他就是梦中人。

走过七号线站口，子夜最末一班地铁轰隆隆出发，法拉盛战栗着，下一班就是次日的凌晨。霜下得密了，一层一层，脚底变得绵软有弹性。这是一日里温度最低的时间，到摄氏零度以下。但他周身发热，方才喝下的酒在起效，还有席上的说话，更主要的，是静夜里的独步。白昼喧嚷的语音沉寂了，以能量守恒的原则，转换形态。那街灯下的浮云，就是；地面和墙面起绒的冻露，也是；错综交结的电缆绳，布在天幕上的图案；鳞次栉比的天际线，寒鸦扑打翅膀。一二个人影，迎面过来，到跟前又闪开，无声中的有声，遍地生烟。酒意退去，头脑逐渐清明，仿佛无限宽广，可容纳天地。他身心轻快，匀速走在弧度上，一步一步向后推，推，推不到尽头。这是一个巨大的球体，巨大的自转和周转，脚下就是地平线。封闭的球体忽破开小口子，一副挑子从他胸前横过，两座易拉罐的山丘。看不见担挑子的人，山丘兀自移动，消失于黑暗的闭合里。氤氲消散，晶体熄灭反光，天色比方才更暗。恰是此刻，他知道，晨曦将起。

走入横街，经过一片空地，来到十字相交的路口。火车从头顶驶来，头班七号线始发运行，明亮的小窗格子穿过几十米高处。窗格子里的人，往下看他们的街区，玩意儿似的！人是豆大一点，车是甲壳虫，房子呢，像小姑娘的娃娃家，里面是胼手胝足的生活。方才经过的空地，很快，又会拔出一幢、几幢、十几、几十，连起来，夹成街道。一条街道生一条街道，一个街口生一个街口，纵横贯通，就有新的面孔出入。新面孔变成旧面孔，然后变成新面孔，再是新换旧。这个循环自有周期，但没有谁去计算概率。七号轨交线往下看，球面弧度上，丁点大的小世界，就这么星移斗转，日生一日。

他掏出钥匙，开楼底的门，迈进前厅。声控灯亮了，照在两步见方的地砖上，一朵盛开的木槿，裂开一条细纹，看上去像花的茎。房子有些老了，但呵护得好，并不显旧。木制楼梯吱吱响着，他拿住劲，提着脚，生怕惊了邻居。这座三幢三层的连体住宅，最初是一名犹太人的产业。原先，这里的居民以犹太人为多，后来，渐次被中国人取代。建筑的式样呢，也从欧陆风格渐变成中国内地现代款，整体的简易中突兀出一种繁缛，比如镀金的塔形尖顶，四角飞檐，彩色马赛克墙面。由于取地的零碎，缺乏整体性规划，就东一处，西一处，凌乱得很，也因此积蓄了一股子烘热的烟火气。

向上盘旋，声控灯灭了，楼道的窗户却透进淡青的曙色，映着公寓门上的花体字。又摸黑两周，到了顶层，门里一片寂静。脱了外衣和鞋，蹑足走过玄关，直接在厅里沙发上躺下，枕着靠垫，拉开一条毛毯。远远的，又一列火车从七号线驶去，那一方一方的亮格子，仿佛印在眼皮上，明暗交替之下，他睡着了。

陈诚是名厨，但人们都知道，纽约华埠的餐馆不以技艺决胜负，相反，资质越高越难找工，因为薪金高。而华人的生意竞争向以价格战为模式，成本的核算就很关键，结果是中国餐的地位一应下滑。好莱坞枪战片，蹲守的警察手捧倒梯形的打包纸盒，操一次性筷子，挖出炒饭或者炒米粉，送进嘴里，都能嗅得到酸甜酱和葱姜的气味。为日常计，陈诚必得谋一份全职，做北美化的中国菜。但更主要的收入，又真正有上厨的乐趣的，是私人订制。家宴，聚会，公司招待，某餐馆为特殊客人设席。这样的单子虽不是时常有，但断断续续，时不时会来一单。法拉盛的新草莽，其实是个劫后残留。追溯到共和开初，民国政府定都金陵，守北望南，家乡菜打底，发扬光大，养成一脉食风。经改朝换代，时间流淌，再添上感时伤怀，离愁别绪，天地人所至，淮扬一系格外受青睐。他是有悟性的人，为旧人物办菜，就将那些改良的花哨全摒除，突出本色。干丝，熏鱼，糖醋小排，红烧甩水，油焖笋，腌笃鲜……有几样食材是他自备，从朋友的农场采购。

朋友是川沙人，农场起名注册“上海”，就可见出志向，要将长江三角洲的种植移到新大陆。美国这地方，遍地都是未开发，水土肥极了，种什么长什么收什么。青菜、黄芽菜、鸡毛菜、塌棵菜，形状完美，色泽鲜艳，可供美术家入画，基因却已经变异。江南的青菜，入冬后第一场霜打，进口即有甜糯。这里的，所谓“上海青”，脆生生，响当当，有些像芹菜，但芹菜的药味却又没有了。塌棵菜的生长称得上奇迹，按浦东菜农说法，唯有沪上八县界内，菜棵才是平铺着，一层叠一层，一旦离了原乡，便朝天拔起，脱离族类。“上海农场”里的塌棵菜并不信这个，紧巴着地皮。然而形同神不同，那一种极淡的殷苦，配上冬笋，再又回甘，无论过程还是结果，全然消失殆尽。这就要说到笋了，农场里栽一片竹子，雨后拱出尖子，剜出来，纤维纹理确是一株笋，可炖煮煎炒，横竖不出笋味！这土地还没有驯化呢，一股子蛮力气，就是缺心智！空运来的菌种，落地便归回原始，培出来的菇类一律是“mushroom”；豆腐还是叫“tofu”，吃起来却不像豆腐！陈诚和朋友真正折服水土这一回事了。好在，去乡久了，舌头的记忆难免含混，加上刀工、火候、作料、烹制，也瞒得过去。唯有一件物事，让陈诚苦恼了，那就是“软兜”。

大概只淮扬地方，将鳝鱼叫成“软兜”。扬帮菜没了它，简直不成系。反过来，没有扬帮厨子，它也上不了台面，终其一生在河塘野游。那清波涟漪，养育无数野物，野荸荠、野茭白、鸡头米——挑夫哼哧哼哧担上岸，水淋淋沉甸甸，一挂挂坷垃头，洗去泥，敲开壳，里面藏着晶亮一粒珠子——就这样，从原始阶段进入人类社会。他一直在寻找“软兜”。美国有那么多湿地，望不到边，飞着白鹭，照道理应该也有这种水生鳃科软体动物，可就是没有呢！细细想来，最终得出结论。从小处说，北美没有水田，旱地为主，也许，可能，很可能，鳝，即软兜，是和水稻共生；大处来看，新大陆的地场实在太敞朗，鳝却是阴郁的物种，生存于沟渠、石缝、泥洞，它那小细骨子，实质硬得很，针似的，在幽微中穿行。人类肉眼看不见，食物链上最低级的族群，就可供它存活。

前些时候，曼哈顿开出一家上海本帮菜馆，老板是一对年轻的夫妇，菜单上赫赫然列着一道“清炒鳝糊”。消息传来，他有一时的震惊。静下来想，这食材无非来自两种渠道，空运和养殖。效果如何呢？找个闲日子，邀上开农场的川沙朋友，去到曼哈顿，按图索骥，品尝清炒鳝糊。

餐馆坐落在哈德逊河东岸，极昂的地价，原先是个法国餐馆，名声也不错，却收篷了，转手给这一家。转过街角，老远看见几个系围裙戴高帽的男人，依在红砖墙底下吸烟。其中有两张洋面孔，就有些戏剧感，仿佛演出开幕前的候场。新开张的餐馆，一改传统的圆桌面、红灯笼、龙凤雕饰、赵公元帅、招财进宝猫，代之以简约的现代主义。几何空间，黑白色调，角和边都是锐利的直线。壁上镶嵌着旗袍的图案、月份牌、老唱盘、香烟广告、默片女明星的照片，留声机里送出白光、周璇的轻吟漫唱，显然是为体现“上海本帮”的生活气息，却更隔离了，因为太符号化了。总之，与其说吃饭的场所，更像艺术画廊，走在里面真有些胆寒。引座的服务生带他俩到预定的桌子，落地的玻璃窗外正是河岸，跑步者奋力交替脚步，终于出了画面，再进来新的。管状的吊灯直垂下来，人脸一半明里，一半暗里，很有一些暧昧。两人相对苦笑，心里明白：高端路线的策略是，越不像中国餐馆越好。

在这近似肃穆的气氛里，他们不由压低声气，又要躲开脸面前的灯管，来回几句，索性不说话了。业内人心知肚明，上海本帮菜实是出力人的喜好，味厚色重，并不入流。开埠之后，海纳百川，吸取各路短长，最器重川扬两系。论到这里，陈大师傅不得不承认，这新码头有度量，没成见，所以才开得风气之先。每一系菜式，进上海滩，都不变中有变。就说“软兜”，沪人自成一道“脆鳝”，砧板上斩成寸段，拍上生粉，氽进热油锅，炸酥了，滚一层酱和糖。其实是糖醋小排的做法，但外焦里嫩，非“软兜”莫属。然而，终究有违淮扬的道统，也背离食材的本性。在他看来，油、酱、糖这三样，属烹饪的下策，至于日本发明的味之素，就更是末技。前三样到底来自天物，后者却离开自然到化学里去了。也是岛国出产有限，只得依赖工业。不过，他对日本料理的寿司是起敬意的，除日本米，任何一种都不能达到这般境地。办好身份后，并没有回中国，而是旅游日本，专去长野一带看稻田。起伏的丘陵上，大小不一、形状各异的地块里，均匀地排列着秧行，仿佛一种织绣。农人们坐在衣带般婉转的土埂上歇晌，端着漆碗喝麦茶。他与他们问答几句，彼此听不懂对方的语言，但又像是都懂了。水面映着蓝天，白云在青苗之间游弋。喝水的人身上又蓄起力气，擦干茶碗，倒扣在漆盒里，再下田去。他就明白这稻米为什么种得好，因为惜物的心！

胡乱想着，菜上来了。雪菜豆瓣是瓶装的，烤麸是冷藏，熏鱼倒出其不意的好。中国内湖污染重，淡水鱼难得像这样没有火油味，酱料足，炸得透，糖色重，所以还是老三件。红烧肉是上海菜的主打，其实最平常，弄堂里每扇后门里都炖着它，高低在于猪肉。也许物种演变的关系，美国的猪肉，在向牛羊肉接近，有一股膻味。厨师显然是油酱大王，舍得下料。他猜想厨房距离比较远，端来的盘子都是半热，量又少，空气保持着清新，同时也是冷淡的。终于，清炒鳝糊登场了。没动筷子，他就笑了。别的不说，那一条条一根根，看得见刀口，而鳝丝是要用竹篾划的。也就知道，这食材来自当地养殖，新大陆的水土，所以肉质结实，竹篾也划不动。两个人各要一碗白饭，汤汁拌了划拉下肚。招来服务生埋单，是法国大餐的价钱，却也吓不退买家。八时许光景，上客已经七八成。大多是中国学生，年纪轻轻，出手大方。曼哈顿高档消费的主力军，没什么品位，就是潮流赶得紧，这类饭店专为他们开的。

吃过美国"软兜"，陈诚得出结论——美国依然没有"软兜"。

如他这样师出正传的大厨，在美国，即便国际大都会纽约，即便华裔集聚的法拉盛，终究是屈才的。同时呢，就能过一份闲适的生活。他并不是那种一心奔生计的人，从来没动过开餐馆的念头。他知道做老板的辛苦，挣的血汗钱。退一万步说，他还有手艺，就算黑着身份的时候，也没有失业过。他要求不高，有吃有住，口袋里有几个活钱，连那几个活钱都嫌累赘似的。每到节假，就去大西洋城。他爱玩二十一点，其实和小时候玩的扑克游戏"二十四点"相仿。二十四点只一副牌五十四张，以计算的速度为主，二十一点的牌数却多出数倍，人算外还有天算。博弈的乐趣就在于此，大概率，小胜出。他喜欢，但不沉迷，无论输赢，总是将手头的钱耗尽，一身轻松打道回府。所以，既不负债，也绝不会有盈余，这样的习惯一直保持到师师进入生活。

师师全名叫师蓓蒂，弄堂玩伴都叫她师师，连带着家里人也跟着叫起来。师师记得第一次看见陈诚的情形，后窗里的小孩，他却不知觉。幼年的日子在转移中度过，一会儿到这里，一会儿到那里。他甚至连自己名字都不确定。有时候，人们称他“弟弟”，大弟、小弟；有时候喊他“兔子”，小兔、卯兔、红眼睛、短尾巴，这就变成诨号了。车窗前掠过的农田树木，船下浊黄的水，车站，码头，街道，房屋。还有人，触摸他的手，注视或者漠视的眼睛，背着他和当着他的低语，语音是清晰的。很奇怪，语音将这些片段连贯起来。高低的抑扬，疾缓的节奏，一些上下滑行，停顿，叹息似的气声。开始不携带任何意义，然后逐渐生出，仿佛繁殖似的，越来越盛；陡然间结束，新换一种，于是，从头来过。有的延时长，有的延时短，但都是从无到有，从生到熟，完整的周期。起先，几种语音呈现孤立的状态，各归各的；渐渐地，互相渗透，融会贯通。就在语音的更替交叠中，视觉的世界成形，有了初步轮廓。

那时候，他大约七岁，住在上海虹口的弄堂。这条弄堂由许多条支弄组成，支弄通向的马路，已经远离路政和邮政上的号码。熟悉的人，晓得如何从中抄道取近，所以，弄堂里人车来往，尤其上下班高峰，嘈杂得很。中饭后的一二点钟，则是寂静的，嬢嬢——他跟随生活的女人，嬢嬢午觉，他趴在窗台上往外看。他和嬢嬢住的亭子间在一条支弄末端的房子里，探出去，可望见一角街景。电线从梧桐树叶里穿过，停了麻雀。夏天，蝉的振翅声，当啷啷响。也有不午觉的大人，从支弄口的铁门底下，进来或者出去。两点多，接近三点，附近小学校就传来眼保健操的音乐，旋律轻松明快，越发衬托出午后的寂寞。照理应该上学的，可他不是迁来迁去的吗，到哪里报名读书呢？嬢嬢在家里教他识字，课本是一套绣像本《红楼梦》。字和句，他学得会，释解的道理，却听不太懂。比较认字，嬢嬢更热衷讲道理，上课就变得艰深起来。白皙的两颊上，浮起红晕，金丝边眼镜后面的眸子，闪着光亮，直视孩子的眼睛。他有点害怕，还有点害羞，不是为自己，是为对面的女人流露的感情，与平时淡漠的外表完全不像。他也不敢避开目光，以为那是对嬢嬢的不敬。看着她微微颤动的鼻翼，薄嘴唇上很神奇地长了一颗痣。在他的年龄，对岁数没有概念，所有人只分成小孩和大人。嬢嬢是大人里的大人，因为有威仪。个子比一般女性高，腰背挺拔，走路步子迈得很宽。漆漆黑的短发顺着耳廓弯到腮边，烧红的火钳夹成一个卷。头发的焦糊和着洗发膏的气味，在房间里弥漫开来，说不出香还是臭，却有一股热乎。嬢嬢的威仪更体现于——她不像大多数女人，拖儿带女，拉家携口，倒是像男人，独立天地之间似的，这就当归于单身的缘故了。

单身女人，和小孩子总是不亲近的。姑侄两人出去，孃孃从来不挽他的手，也不并排，而是一个前，一个后。前头的提一个小小的软皮提包，后头的则是草篮或者帆布袋。前面的那个，负责鉴定货色，衡量价格，交割买卖。后面的他，即时跟进，捆扎好的大包小包，逐一收起来。随着采买的进程，辎重增加，负荷超过承受度。他却有办法，两只手在身前交替抡着，速度慢下来。前面的人并无觉察，径直走自己的，很快看不见身影。留下他弯腰曲背，左右换手，仿佛做一种特别的体操。他忙碌着，依然可腾出余裕，观看街景。电车当当行驶，路轨在路面盘桓。记忆深处的一点沉积在向上浮，浮，浮到中途又沉下去，没有了。自行车络绎不绝，有爱美的人，在辐条上系一团红绿绒线，转成一朵盛开的花。和他一般大的男孩，滚着铁环，从身后赶上来，嘴里嚷着：让开，让开！女孩在地砖的方格子里“跳房子”，也是要他让开，带着生气的表情，就像缩小的孃孃。一架黄鱼车在马路中间飞驶，骑车人的两边肩膀轮番上下，有点像他，忍不住笑起来……终于走进弄堂，孃孃站在后门口，焦急地张望，她完全不明白重量和体力的关系。看到他交替着两手出现，松一口气，却也没有接一下的意思，只是等着他靠拢。男孩头上汗气蒸腾，让她缩了缩身子，侧身让过去，然后关上门。司伯灵锁一声碰响，那个活泼泼的世界阖闭了。

回到房间，袋子或者篮子里的大包小包一件件掏出来，摆在桌面的玻璃台板上，孃孃开始对账。四两白糖、半斤油、几包香烟、四团棉线——都是凭票供应——孃孃自语地说，他却入耳了，知道自己占用孃孃的份额，心里惭愧。除此而外，酱油、味精、香肠、酱瓜、豆腐乳、冰蛋——一种奇异的食物，蛋黄色的一方，常温下融化成液体，用来补充鸡蛋配给的不足。令人不解的是，既然鸡蛋有限，做冰蛋的材料又从哪里来呢？这时，孃孃计算的不是额度，而是钞票。这也是他没有的，依然分享了孃孃的利益。所以，对账的全程，他都低头看着杂货铺似的方桌，仿佛向这些物质致敬。钱数、票证、购买，三项对齐，接下来的劳动是归放。一部分送入楼下公用厨房的碗柜，一部分就放在亭子间，橱顶或者床底下。床底的藏纳十分丰富，纸板箱、泡菜坛、饼干筒、盖篮、鞋盒，分门别类。这时候，他就从方桌边上解放了，楼上楼下，登高爬低，一头钻到床肚里。漆黑中，各样盛器渐渐浮凸轮廓，呈现细节，最后，连角落的蜘蛛网都变得清晰，历历在目。他的小身子，在箱笼坛罐之间游走。孃孃的指令从很远的地方发送过来，小手一准能摸到那一个，一点一点腾挪，抱在怀里，匍匐着倒退出去，房间里的光线让他睁不开眼睛。出门总在孃孃午觉以后，来去路程，采买和对账，差不多到四点钟光景，西行的太阳正好走到后弄，对面人家的窗扇没有扣紧，一摆一摆，夕照反射，变得锐利。

有一次，嬢嬢午觉醒来，房间里没有小孩子。以为他私自出去了，这是被禁止的。先是生气，随时间过去，依然不见人，就开始着急。下楼到后门张望，几个小姑娘在跳皮筋，嘴里唱着一支歌谣：“马兰花，马兰花，风吹雨打都不怕。勤劳的人在说话，请你马上就开花。”随节奏踩着脚步，上下飞舞，前后翻转，皮筋缠起又松开。眼花缭乱地看一会儿，终于开口问道：看见一个男孩没有？嬢嬢用手比着高矮。小姑娘们表情茫然地摇头，不明白这女人问的什么。其中一个，讨好卖乖还是恶作剧，说好像和过街楼的小毛去玩了。小毛是弄堂里顶顽皮的孩子，出得许多促狭的主意，胆子又大，敢想敢做。规矩大的人家都不让小孩接近他，他却有一股磁力，特别吸引不安分的人。久而久之，形成一个小社会。嬢嬢向前弄堂走去，心别别地跳，脑子里涌现危险的场景。没有人，弯进一条横弄，依然没有人。人都到哪里去了？照理是小孩子放学回家的时间。灶间的后窗和楼上的前窗里，无数的眼睛看着她，在一团麻似的弄堂里走来走去。她向来离群索居，过着一种近似秘密的生活。走出盘结的小弄堂，不知怎么到了临街的弄口，十几二十个男孩子，呼啸着迎面而来。嬢嬢仿佛被飓风拍到墙上，紧贴着背，头脑却保持着冷静，辨认其中的身影，没有她要找的人。

先放下一颗心，随即又提起来：人去了哪里呢？走回去的路上，她想着这孩子的好处，听话、乖顺、聪明。可不是聪明的吗，要他做什么，没出口便懂了；读书呢，《红楼梦》里的章句，也懂个大概，她曾经被问倒过呢！林黛玉的爸爸给没给她钱？仰起脸，一双大眼睛，黑白分明，眉间宽宽的，嘴角也是宽的。笑起来，左颊旋出一个涡，可惜不经常笑。

至晚，孩子也没有出现。除了弄堂，再没什么地方是孃孃想得到的。采买日杂食品的店铺，分散在几条街上，还要穿越车水马龙的大马路，想他是不敢去的。连她自己也怕怕的，汽车喇叭都会惊一跳。所以，只能坐在床沿发愁。后弄里弥漫起油烟气，热锅噼啪爆响，她却没有烧晚饭的心思。对面玻璃窗上的反光收起，一眨眼，就暗了。懒得起身开灯，由着房间黑下去。静寂中，忽听身下有窸窣声，以为老鼠作祟，纵身一跃，站到门口。回头再看，就见床单波动着，手脚并用爬出一个人。暮色里，一大一小对视着，仿佛头一次看见。孃孃摸到门框边的拉线，灯亮了。

孩子低头搓着手，手上沾了灰，身上也是灰，还有一点蛛网，脸上污渍斑斑的。孃孃低声吼道：不要动！他不动了，垂手立在原地，等孃孃端起热水瓶，倒进脸盆，再从铫子里加一些凉水，浸入毛巾，敲敲盆沿，要他过去的意思。灯光里，孃孃看见他脸上的污渍，其实是泪痕，这孩子哭过了。她恨不能替他洗上一洗，将耳后、颈脖的积垢一并洗净。可是她不习惯和小孩子肌肤接触，她怕他们。养育的经历在她是模糊的。小孩子就像特别的物种，即腌臜，屎尿乳汁眼泪鼻涕混合；同时呢，脆弱极了，好像玻璃器皿，一失手就碎了。看着他将半盆水搅浑，手脸则是花的，叹一口气，让他端盆走在前头，自己提了铫子和热水瓶跟在后面，一并下楼去。公用厨房里，那两家都在烧煮。他俩只是烧水，灌满空瓶，让他提上去，嬢嬢则提冷水铫子。有人从锅灶上抬头问：晚饭吃什么？嬢嬢喃喃一声，说的和听的都释然了。这天的晚饭，姑侄二人喝开水吃饼干。饼干是待客和生病时用的，为了防潮，纸包封严，装进铁皮火油桶里，盖子压得很紧。因为很少客人，也很少生病，多日不启动，焊死了一般，要用铁勺撬，才能揭开。大牛奶饼干，香甜松脆，方一入口，不由打个寒噤，然后欲罢不能。直吃到八块，嬢嬢就收起了。眼睛跟着嬢嬢的手，纸包重新封好，装进火油桶，阖上盖，压几下。这就轮到他了，蹬着椅子，送上橱顶。作为一个七岁的孩子，他的自制力算相当的强，但饼干激起的欲望，却折磨他很久。后来师师讲述了一个故事，把他吓着了。

故事说的是，有一个饥饿的小偷，潜入食品店。不知是真实如此，还是讲述者为效果杜撰的。这食品店位于马路对面，嬢嬢的饼干也是在那里买的。小偷躲进柜台底下，打烊以后爬出来，大快朵颐。早晨上班，店员一推门，就看见地上躺着奄奄一息的小偷，嘴里叫喊：干死了！干死了！店员立即喂他水喝，这一喝不要紧，胃里的干点涨开来，小偷撑死了！他想到进食饼干的快乐，不由变了脸色。师师眼尖，转头对姐姐说：你弟弟很怕死！

师师住在相隔一个门牌号码的房子里，对孃孃说他跟小毛走了的，就是她。姐姐到孃孃这里不及半日，就和她结识，成了朋友。两个小姑娘站在后弄，交头接耳，互换各自的收藏。发卡、蝴蝶结、牛皮筋、跳房子的纽扣串。有一次，师师摸出一颗玻璃弹子，说：给你弟弟！他不敢要。师师往他手里塞，他握起拳头，掰也掰不开。姐姐说：拿着吧！这才松手接住了。玻璃弹子停在掌心上，凉凉的，透明的球体里有一瓣蓝色的叶子。

入冬以来，尤其是他在床底下睡着，脏手脏脚爬出来。孃孃心里一直盘算，如何给他洗个澡。晚上，他睡在靠窗的沙发上，和床之间勉强挤下一张方桌。随着脱去棉袄、毛衣、毛裤，一股膻味越来越浓烈地充斥了房间。这是由小孩子的汗酸、乳臭、织物纤维里的灰尘，混合而成。单身生活的人大多有洁癖，怎么受得了！洗澡的事情变得迫切起来。最后，孃孃想到三楼亭子间的爷叔。爷叔是钢铁厂的铸模工，一个人住在祖父母留给他的房子里，平时上下楼点个头就过去了。所以，爷叔打开房门，看见孃孃站在跟前，表情十分诧异。听完来意，释然了，一口答应。孃孃原本是请爷叔带小孩去男澡堂，手里捏着买筹子的几角钱。爷叔却说厂里有公共浴室，他有富余的澡票。只不过，这周轮到早班，小孩子要跟去，五点钟必得起床出门。嬢嬢略有迟疑，但洗澡的事真是一天也不能拖了。

下一日，天漆黑着，上下亭子间的灯都亮了。嬢嬢坐在被窝里，监督他穿衣服，吃早饭，临睡前灌在热水瓶里的米，已经变粥。方桌上的布袋里，装着毛巾、肥皂、换洗衣服、中午饭的饭盒，也生怕他忘记。不一时，门敲响，爷叔一招手，人就跟出去了。

他跨骑在爷叔自行车的书包架上，双手拉着前座底下的铁杠子。车骑得风快，脸和耳朵立即冻得麻木。电车当当地驶过去，玻璃窗明亮的格子穿过暗街。自行车多起来，有超过他们的，也有被他们超过的。马路变得宽阔，两边的房屋矮下去。转弯的时候，车身向路面斜下去，他以为要甩出去了，“哦”地叫一声。下一次，爷叔的车子压得更低，几乎成一个锐角，他叫得更大声，带了一种放纵的快意。爷叔上半身伏在车把上，仿佛蹬着风火轮。自行车汇集，洪流滚滚，滔滔向前。晨曦破开天幕，朝霞火速蔓延，太阳腾起，光从路的尽头直射过来。就这样，轰轰烈烈进了钢铁厂的大门。

爷叔是个一米九〇的瘦长条。这种体形的人，多半曲背含胸，似乎为自己的身高惭愧，显得有点瑟缩。但当你走近跟前，却不是了。爷叔的五官很周正，长眉几可入鬓，单睑的眼睛很明亮。高鼻梁，两头翘的嘴形，要是个女人就很甜，但他恰是个男人。单个儿看，爷叔还像个出力的人，大半因为长年穿一套钢厂的蓝布工作服，脚上一双劳防大头鞋。进到车间，几十米高的穹顶，走着行车。空气是滚烫的，弥漫着铁屑的气味。耳膜受到重力压迫，失去了听觉，一张张漆黑的脸，张阖着嘴，露出白牙。陡然地，仿佛拔出活塞，一阵锐响，再又回到无声。每个人走过身边，都会在他头顶撸一把，手劲大得能拧断脖子。相形之下，爷叔显得孱弱了。

爷叔领他在车间走一圈，似乎不晓得放他哪里合适。哪里都是危险的，物件、温度、声音，包括人，携带着暴力，从四面八方围拢过来。他看出爷叔的害怕，这害怕传染了他，身上起了战栗。正当这一大一小不知所措，爷叔后背遭到狠狠一掴，随即，就有一只手牵起他的手，走开了。这只手暖和，柔软，而且调皮，大拇指弯过来，一个一个按他的手指头，仿佛在点名。他用另一只手挟紧了布袋子，快速交替脚步。奇怪的是，此时四下里让开一条路，变得平坦和安全，没有遇到任何障碍地，他被带进一个小房子。倚墙一排木板箱，铺着棉垫子，还有小枕头。那只手将他轻轻一提，就坐上去了。一件花布棉袄压在膝盖，往腿底下掖掖。然后，手就到了头顶，撸一下，劲儿挺大，但不至于拧断脖子。脑袋歪一歪,又弹回来了。余光里的背影,套在粗硬工作服里,却是轻盈的,一闪,不见了。他开始适应环境。因为小房子距离操作位置最远,耳朵里的壅塞逐渐松动,压力减轻,甚至有几线人声穿透进来。左右看顾,在他侧边,张贴了宣传画片,芭蕾舞女演员,伸开手臂,做白鹤展翅姿势。旁边一面小圆镜子,镜子的挂钩上插一枝塑料花。相对的一侧,垂着门帘子。小房子其实是从车间的角落,划出的私人空间。腿脚在裹严的花棉袄里热起来,金属撞击的轰鸣变得绵密,就像一层屏幕,隔离了那个火星四溅的钢铁世界。他睡着了。

醒来的时候,眼前变了景象,太阳将小房子照得透亮。揭去棉袄,滑下木板箱。掀开门帘,先看一眼,然后慢慢走出去。仰起头,穹顶就像天庭,高大和遥远,充满光明。一架行车从空中开过,窗口有个人,向他招手。是她,小房子的主人。不用说,就知道。有人朝行车上喊:招娣,你的儿子吗?上面的人回答:是的!他有些害羞,低下头,退回到门帘后面。

中午饭,他们三个一起去饭堂。招娣挽着他走在前,爷叔跟在后,这样,他就成了招娣的人。走进饭堂,又一次惊住了,那气势敌得过车间。无边无际的桌椅,望不到头的窗口,买饭的队伍长龙般盘互交错。每个人都在叫喊,勺子将盆碗敲得山响,人头攒动,蒸汽在半空翻滚。他坐在桌边,同时守着两张凳子，防止抢占。招娣在队伍里钻来钻去，灵活得像条鱼。人们都很纵容她的不守规矩，还很欢迎似的，这边那边都在叫“招娣”。爷叔负责传菜，一份一份运过来，很快，三个人又聚拢了。他们的碗碟铺了半桌，巴掌宽的五花肉、一整条黄鱼、八宝辣酱、荠菜豆腐、红烧萝卜、香肠鸡蛋。他从包里翻出自带的饭盒，招娣接过去打开，筷子头拨拉一下。一撮雪里蕻鱿鱼，几块糖醋小排骨，令人难为情的，还有一条酱瓜。招娣很宽容地说：留给我晚上吃泡饭。合起来放一边，给他盛饭布菜。鱼肉盖在搪瓷碗上，筷子插到深处才挖出一团饭。米粒儿浸透了酱汁，胖鼓鼓，亮晶晶。额头上沁出细汗，背脊也出汗了，真是痛快啊！下午的时间，内容比较丰富，招娣带他上到行车，来回走了两趟。从窗口往下看，人和机器变得很小。他不像先前那么害怕了，独自一个人溜边逛着，慢慢逛出车间，站在外面的空地。原来这只是许多车间中的一座，前后左右，高的矮的，相距很宽，铺着路轨，哐哐地走着车，车斗里装着煤块、钢渣和铸件。走到路的尽头，一拐弯，不见了。

比较这些见识，澡堂里的经历就算不上什么了。大约还因为，招娣不能和他们一起，只有他和爷叔两个人，气氛多少是沉闷的。这一对楼上楼下的邻里，其实相当生分。在爷叔面前脱衣服，让他害羞，爷叔似乎比他更害羞，低头弯腰，只将一张背对了他，这就看见爷叔背上的肌肉了。双手合抱走到大池子，扑通跳进去，方才舒展开来。池子边有个台阶，大人坐下水正齐胸，小孩子却要溺着了，站直了，毛巾往身上撩水。雾气里，影影绰绰的，有人扯嗓子唱戏，咿咿哦哦，长一声，短一声。泡了大约一顿饭的工夫，爬上来，一大一小各自往头上身上打肥皂。其间，爷叔帮他搓背，险些将他推倒。钢厂的人，即便是爷叔，手劲都大，是那饭食吃出来的。莲蓬头冲掉肥皂沫，结束了洗澡。这时候，他们彼此稔熟了些，不像先前那样窘。爷叔裆里坦然地垂荡着一大嘟噜，带了一种爱惜地擦干了，套上衬裤。走出浴室门就看见招娣，在等他们呢。手里拿着腾空洗净的饭盒，放进他的布袋子，看两人一前一后上了自行车。骑出数十米，回过头。她还站着，向他挥手。车龙头一拐，骑走了。

这简直是声色犬马的一日，惊艳之余，还有些微犯罪感。孃孃的许多问题，他都回答得简要。水热不热，热。人多不多，多。午饭够不够吃，够——他没有说他的饭给了招娣，换来饕餮一餐。他态度镇定，引得孃孃多看了几眼。那是一种见过世面的表情，仿佛任何遭遇都可波澜不惊。时间过去两周，有一日，爷叔下楼梯。他站在二楼亭子间门口，问道：招娣好吗？大人般的口吻，爷叔倒吓一跳。嘴里说着“好、好”的，脚下却乱了，差点踩空，最后三级并两级地下去了。跟爷叔去钢厂仅此一回，后来，意想不到的，竟然又和招娣碰见。

将近春节,父亲带着姐姐来了。姐姐比他长四岁,过年十二。女孩子早发,已经有大人样,行动也很老到。他记不得上一回看见姐姐是在什么时间什么地方,甚至想不起姐姐的相貌。一旦到跟前,却仿佛从来没有分开过似的,自动将手送进姐姐的掌心里。那手可没有招娣温柔,粗暴地一甩。再送上去,很勉强地握住了。孃孃带着妒意地说:到底是亲的!父亲说:他一个人也可怜。孃孃勃然大怒:难道我不是人?父亲原本讷言,此时百口莫辩,不作声了。孃孃一挥手,让小姐弟出去,关上门。姐姐把楼梯踩得乱响,下到中途却折返身,蹑着手脚复又上楼,耳朵贴在门上。他跟过去,钻在姐姐腋下,从锁眼往里看。什么动静也没有。

两人相跟着下楼,出了后门,有声音叫他们:喂!随即跑过来一个人,冲姐姐说:我看见你们了。他惊讶地望着来人,姐姐却很镇静:看见就看见。口气有点不友好,可那人并不介意,问:从哪里来?姐姐说:关外。什么关?山海关!这一段对答听起来就像密语了,接下来的事情更让他诧异。那人挽起他另一只手,三个人向弄口走去,到马路上了。这个人就是师师。他的手被左右牵起着,两边耳朵里,一句递一句,不间断地来回,仿佛老熟人一般。都是普通话,但语音却不同。为了互相靠拢,都修改了吐字吐词,听起来有些造作。他想笑,又不敢,生怕得罪她们俩。不知什么时候,三人调整了队形，师师换到姐姐那一边，剩下他自己在这一边。她们声音低下去，手臂交错，互相勾着脖颈，头挨头，咬着耳朵，似乎忘记了他。虽然受冷落，可他并不觉得难过，心里很安宁。姐姐们的叽哝，太阳从冬天疏阔的枝条间洒下来，底下扯起晾衣绳，晒着被褥。老太太坐在街面，往盐坛子里填海蜇，身后的门开一半，看得见煤气灶上的炖煮……

他还小得很，又是个男孩，不明白天下女性都有前缘，要么不碰面，碰面都是旧相识。长大以后知道，其实男性也是的，但觉悟比较慢，不像女性直觉好，非得经过一些世事，彼此才认得出来。此时，落在她们俩身后，想着，自己有没有朋友？要说有，就是招娣了。事实上，招娣是爷叔的朋友，他终究是一个人。

以后的几日里，姐姐和师师的友好火速上升。一大早，师师就站在窗户下，声声唤着。相比较，姐姐表现得比较矜持，等叫上一阵子，才带着颇不耐烦的脸色下去。听到后门上司伯灵锁碰响的一声，嬢嬢手里正做的事情陡地停住，抬起眼睛，正好看见他的眼睛。姑侄二人对视一下，避开了。像一只蚌壳样的小小亭子间，仿佛掀开一条缝。自此，采买这件工作，就增加姐姐和师师。两人一会儿走前，一会儿走后，又一会儿，走散了。嬢嬢明显很高兴摆脱她们，专给他买一块蛋糕，有些拉拢的意思。可是，蛋糕刚拿在手里，那两人又出现了，咯咯笑着，花蝴蝶似的扑过来。孃孃露出不悦的表情，他呢，吃独食总是尴尬的。不过，现在，篮子和袋子不用他负担了，两个大的背着挎着，轻轻松松回家。接下来的程序，却不得不中断，因师师也跟着上楼进房间，清点和对账只好暂时搁置。师师这一来，就要待到向晚时分，窗户底下又响起叫声。这一回，叫人的人，是师师的阿娘，操着松脆的宁波话，让她回家吃晚饭。

夜里，他醒了一下。灯亮着，桌上排放着白天购买的日杂用品，孃孃坐在桌边记账，呢喃自语，吐出一些数字。他翻一个身，触到姐姐散开的发辫，铺了一枕头。他和姐姐睡大床，孃孃则换到沙发。他把脸埋在姐姐的头发里，又睡着了。

父亲放下姐姐，当天就离开，搭船去扬州老家，大约一个星期，方才回来。姐姐已经和弄堂里的孩子相熟，一同跳皮筋，造房子，手拉手唱“老狼老狼几点了”。他在旁边看，姐姐玩得热了，脱去棉袄交给他抱着。然后，师师的棉袄也来了，接着第三个人，第四个人，围巾手套。有个小姑娘，调皮地将自己的毛线帽，戴在他头上。就在这时候，父亲进来弄堂。热烈的游戏中，彼此都顾不上招呼。兀自走过去，从后门上了楼梯，不一会儿，从亭子间的窗户探出头叫他。他为难着，不知道手里的东西怎么办。看见谁家门口有一张废弃的竹椅，小心地放上去。刚要松手，就听一片惊恐的尖叫。小姑娘们停止游戏,火中取栗般,抢过自己的衣物。他趁机脱身,跑回家去。推开房门,父亲和孃孃各坐方桌一边,神情严肃。他生出怯意,站着不动。孃孃说:把门关上!于是返身去关门,再回头站好。两个大人脸上颜色有些奇怪,青白中透着一坨一坨红,好像哭过似的。停一时,父亲开口了:以后,你管孃孃叫妈妈。孃孃接着说:这样,你就可以在上海读书。他有些蒙,心里恍惚着,问出一句话:我妈妈呢?两个大人被问倒了,面面相觑。然后,他看见孃孃的眼镜镜片奇怪地闪烁一下,戴眼镜的人哭了。父亲低声吼道:出去!退出房间,一级一级下去楼梯。后弄里换了游戏,边跑边唱:我们都是木头人,不许说话不许动!在最后那个"动"字,所有人都停止住,身体或前倾或后仰,迈出去的脚则悬空着,变成一群雕像。

第 二 章

他们三人来美国的顺序是，姐姐第一，他第二，师师第三。

上世纪八十年代开始，好事连连，接踵而至。已经在北郊三棵树插队的姐姐，保送工业大学；本科二年级时候，又推选公派留学，越洋渡海，来到美国加州，提前进入研究院数学课程；两年公费期限内，拿下硕士学位，申请获得全额奖学金，于是由公派转因私，延长学业和居留；攻读博士的同时，又选修一门会计，考下资质证书，应聘到一家会计事务所；等博士学位到手，再又修读高级会计，向精算师进军。若干年以后，他和父亲以探亲身份去美国，从旧金山出关，接机口看见姐姐，头发已经斑白。那年她三十二岁，他二十八。他和父亲有三个月的签证，说长不长，说短也不短。挤住在姐姐距旧金山一小时车路的小公寓，单是一家三口倒还过得去，但姐姐有个男朋友，一个美国人，他们父子就显得碍事了。每天一早起来，他就出门，先找一家麦当劳，洗漱和方便，然后四处闲逛。说闲逛并不准确，因有目的。第一天，他找到去旧金山市的公交车，第二天，他就走到了唐人街。唐人街的景象，仿佛香港旧电影里的镜头。牌坊门头的红绿彩漆和琉璃瓦顶，店招牌上的繁体字，过往行人南亚人的脸相，满耳朵的广东话。一家一家餐馆看过去，看窗玻璃上的菜码，大致差不多，无非麻婆豆腐、咕咾肉、酸辣汤、扬州炒饭——他不由一笑。还有用工告示，一律声明要有合法居留和工作许可证件。门后面的眼睛，带着警觉的表情，跟随他移动。心里暗笑，就晓得声明里的枢机。下一天，又来到唐人街，推门走进一家，要了白饭和麻婆豆腐。那老板记得他的脸，在这里，生面孔总是引人注意。不一时，盆光碗净，放下筷子喊"买单"。老板送上账单，他算了算，加进小费，点出两张碎钱，递过去。交接之际，问一句：要不要大厨？老板不说话，摊开巴掌，动动手指。他从怀里掏出护照，拍上去。老板打开护照，看一时，再抬眼看他一时，来回几番，最后合上，说一声：收好了！他立起身往外走，走到门口，身后的人问：几时来？并不回头，竖起三个手指：三日内！之后许多年，这一主一仆，都是这样参禅似的交道。

接下来的三日，就是要找一个住处。上城下城，城里城外，走了两天，最终还是来到应工的饭馆求询。老板问几口人，他回答两口。什么关系？父子。老板定定地看了他：孝子！他倒低下头去了。天经地义，他说。唐人街可说是个遗世独立的小天地，里面的人，有一生都没有迈出去过的，出去的人呢，觉得外面的大世面，汇总起来亦不过是个唐人街。眼前这个年轻人，则有些超出老板的经验。他肤色白亮，眉眼开展，初来乍到，却摸得到关要，对得上话，不知道什么来历。收起问题，只叫按时上工，其余事交给自己。又过三日，即通知看房了。就在唐人街上，一幢楼里的一个套间，局促是局促，但是厨卫俱全。房主是老板的同乡，广东台山籍，在海边买了大宅，旧屋止闲置，分租出去。因有老板担保，免押金，租费也在他工钱可承担的范围。他看见姐姐厨房里冰箱贴底下，压着账单，谁买了什么，一清二楚。中国人讲“亲兄弟明算账”，终究没有这样公开，所以他不能向姐姐开口，哪怕是借。床、桌、椅、柜、灶具，都是现成，稍作收拾，粉刷四壁，给地板打层薄蜡，添些零碎日用。再有三天，他和父亲搬了过来。

这幢楼临街，探出窗户，便是市廛景象。拉货的推车轧过路面，南北货的熏腊味扑面而来，糕饼铺子的蒸汽，浮起白雾，行人络绎。住下不久，星期天姐姐来探访，进门正值午饭时候。一口大砂锅，骨头汤里滚着肉片鱼丸蛋饺加白菜粉丝，俗称“全家福”，一条红烧黄鲳鱼，拍黄瓜拌蒜，“老干妈”辣酱爆茄子。二话不说，坐下来端起碗，吃得气喘吁吁。下一次，也是星期天，姐姐来了，带着两个中国同学。再下次，就是三个。渐渐地，这里成了据点。有时候，不用姐姐带，中国同学自己也会上门。倘若他在班上，就由父亲安排饭食，简单些，但热乎的，管够！姐姐的美国男友一次没来，他和父亲都注意了，都没有说破，似乎意识到这话题的危险性，而他们又过度谨慎了。这两人都是矜持的性格，难免沉闷，姐姐同学的造访活跃了气氛，家里变得热闹。父亲和男同学碰杯猜拳，玩“老虎杠子鸡”。同学说：老伯何方人氏，口音很混淆啊！父亲哈哈大笑：两间东倒西歪屋，一个南腔北调人！倒在床上，睡过去了。

这段日子让人怀想。姐姐枯黄的脸丰润起来，三口人时而说道说道，扯些闲余。少不了也要游览名胜，金门大桥，渔人码头，但终还是回到唐人街上的小屋，吃点喝点舒坦。在这临时寄居中，逐渐形成家居生活的模式。不觉间，三个月的签证到期，父亲回去，他又续签三个月。事实上，领到第一笔工钱，他一气缴纳半年的房租。小屋子被他打理得十分齐整干净，门窗加固，油了新漆，换了洁具，顺便将整幢楼的管道一并疏通。看起来，从开始就作了长远的打算。父亲走了，姐姐的同学渐渐也散了。一是他镇日上工，家中经常铁将军把门，二来也因为生活变动，或迁移，或毕业，有了新方向。留学的生活总是漂泊。姐姐来得也稀疏了，常常是到唐人街买菜，顺便去他店里吃一顿。她那男朋友倒出现了，坐在餐桌前，捏着筷子，脸上露出贪馋的表情，时不时地说一声“谢谢”。他方才看清这张金发碧眼的美国小生型的面孔，想来对方也是。在姐姐公寓同住的十来天里，他们彼此都没有正眼看过，一半是生分，另一半，不是吗？他们双方都是紧张的，只留下模糊的印象。吃完饭，这好莱坞男星般的人物，取出钥匙链，上面拴着一具小计算机，核对价目分配支出，让他看不下去，顺手抽去账单，买走了。事后，老板对他说，大可不必，倒以为你姐姐求他，美国人是另一种人类。他决定下一次不买了。到了下一次，那男孩向他绽开笑容，他看出这孩子比姐姐、也许比他也小，心里又不落忍了。

杰瑞——这是他的英文名。杰瑞，你好吗？那男孩向他招呼。好的，你呢？他回答。我也很好，很高兴又见面！男孩念书一样吐着中文。我也是，他说。真的太好了！是的是的！两人一句去一句来，很是热切。不过几个回合，那孩子的中文词库就见底了，他的英语却还有余裕。天生的，他对语音有辨别力，其时，已经能简单地听和说。在那些炒豆子般蹦出的语音底下，其实没什么要紧内容。中英夹杂，时断时续的交流中，逐步知道男孩来自德克萨斯州的农户，“德克萨斯”，做一个骑射的动作，表示“牛仔”的意思；他是家里的小儿子，竖起小手指头；攻读金融专业，手指头撮起来，摩挲几下，数钱的动作；希望将来去到纽约华尔街做事，双手绕到头顶，食指晃动，后来知道华尔街上有一座金牛，代表股市的强劲；最后，以中文“我爱中国”“我爱你姐姐”为结束。站在店门口，看两人走进人流。午后的唐人街市声喧嚷，西岸的艳阳照得目眩。他想不出德州男孩会爱身边这个形容消瘦的女人，也想不出她会爱他。不是说不般配，不般配的有情人世上多得是，眼前的男女，则互不相干，距离十万八千里。

一旦安顿下来，时间就过得快了，续签的三个月转眼间到尾巴，然后，尾巴也收梢。他黑下来了。唐人街上满是黑着的人，多一个何妨？老板就是过来人。他只顾虑姐姐，姐姐倒不像介意的样子。有一次，提起身份的事，他说自己没有所谓，不晓得人家怎么看。话里的“人家”指姐姐，也指德州人，他将头向旁边偏了偏。姐姐说：他有什么所谓？又加一句：反正，我们这种人总是错的。德州人摇她的手，急切要知道他们的谈话，认真听着翻译，问道：什么才是对？姐姐说：历史。他似懂非懂，来回看着面前的两个人，仿佛在想，这些不可思议的中国人！

免不了的，移民局抽访店家，前堂叫菜的铃两响一停，他放下炒勺从后门出去。背街里站着的，全是黑户头。他们互相借火点烟，沿着巷道溜达。墙角的污水沟，垃圾桶里的动物内脏和剩饭菜，散发着中国气味。外墙上一厚层油烟，是庶民的乡愁。

后来，他是顺着政治绿卡放水的潮流，通过闸门，获得居留。那些黑了七八十数年，难民监进进出出的人，称他“福将”。他倒也不那么自得，因觉着不过早晚的事，有些道家的精神。其实是走哪座山，唱哪支曲，相信天无绝人之路。如此，就和老板定了劳工合约，收入上去一截。又过了两年，姐姐考到精算师资格，去东岸发展，他就也计划动一动。他们这一对姐弟，向来聚少离多，生活在两个社会里，越行越远。然而，很奇怪的，有几次，他在后厨灶火上，忽的一机灵，跑到前堂，正看见姐姐从门口走过去，这就是骨肉。做满合约，房屋的租赁也到期了，老板早以为他会辞工，开辟自己的事业。在美国，任何人不可小觑，艾森豪威尔都端过盘子呢！爽快地结了账，正值中国年，额外给一个大红包。收起红包，低头退步，一转身离去。就晓得他记住了，走到哪里都不会忘。

居住法拉盛的第三年，师蓓蒂来了。她没有找姐姐，而是直接找到他做工的饭馆。下午四时许，还未上客，专做了碗鱼丸汤粉给她。坐在菜案两头，中间一堆干鲜食材，一个吃一个看。他完全记不得这女人的模样，小孩子的变化本来就很大，几乎换一个人。再说了，他与她，中间又隔着一个姐姐。她们是朋友，可惜蜜月期迅疾结束。女孩子的交情来得快，去得快，还没有意识到争端开始，形势已经激烈起来。两人针尖对麦芒，一句不让，出言越来越恶毒，都是揭伤疤的话。小孩子知道什么，还不是弄堂里的风言风语。市井的人，谈不上有什么用心，就是嘴碎，大小事都拿来嚼舌头。炒豆子般的语音中，姐姐响脆的普通话显然占压倒之势。师师绝地反击，锐声叫喊道：谁，谁啊？吃官司，坐班房！猝然间，后窗露出嬢嬢煞白一张脸。上来！压低喉咙说出两个字。姐姐显然被镇住，没有和嬢嬢对着来，而是转身进了后门，他则紧随其后。后弄里格外寂静，却仿佛每扇窗后面都有耳朵。夜里，迷蒙中，房间亮了一盏床头灯。父亲弯腰卷起地铺上的被褥，姐姐坐在床沿编辫子。下一时，父亲和姐姐就坐到方桌前了，低头吃粥，粥碗的热气在灯光里结了一层雾。再一时，父亲站在床脚，向他竖起食指压住嘴唇。然后，一大一小出门，留下他和嬢嬢。灯亮着，在晨曦中暗下去，暗下去。有零星爆响的炮仗声，是旧历新年的余音。接下去的日子，师师还会来到窗下，眼巴巴向上望。她已经忘了那一天的龃龉，或者，并不以为多么严重。吵几句嘴，就算说了重话，又怎么啦！天气向暖，后弄的游戏启动。人都长了一岁，尤其女孩子，开始学做淑女，不愿意奔跑蹦跳，而是围坐一张方凳打扑克。师师将他拉到膝上，替她摸牌，说他手气好。这样的年龄，相差三四岁就像两代人。嬢嬢的脸又贴在后窗，他哧溜滑出师师怀里，脑袋磕着师师的下颌，把她吓一跳。

对面的女人，筷子挑起米粉，噘了嘴吹气，然后“忽”一下吸进去。依稀回来一点记忆，却转瞬即逝。眼前的师师，有着饱满的脸颊，双眼皮很宽，仿佛墨笔描画的，唇线也如描画般鲜明。这一张脸凸起在后厨灰暗的光线里，周围的事物都失去三维的立体感，变得平面。看她吃汤粉，不由也有了胃口。就像一种职业病，厨师往往缺乏食欲。他伸手向她碗里添加佐料，胡椒、蒜末、辣油、芝麻酱、压碎的花椒粒子、芫荽，她一筷子搅进。额头上沁出细汗，皮肤就像上一层釉，光润极了。往后梳拢的马尾，散下几绺头发，漆黑的，粘在腮边。吃完鱼丸米粉，放下筷子，双手举着碗喝汤，蓝花瓷的大海碗，渐渐埋进脸，停一停，徐徐放下。心里喝一声：好吃相！推去一盒纸餐巾，师师唰唰抽几张擦了嘴，问：你那里可以不可以住？这才留意到脚底下两口拉杆箱，箱子上一只“库奇”手袋。似乎是要跟上某一种节奏。不等想一想，他应声答道：当然！就这样，师师住进他的房间里。

单身人的居处，总归是简单的。还不像旧金山的租屋，最初与父亲同住，小虽小，设施齐全完整。这时候，是和人分租。房主将一幢楼切割成十几个单元，单元内再分割。照理不合法，但法拉盛这地方，自有生存原则，就是最大限度降低成本。他算是阔绰的，独占一间，厨卫却是公用。因互相借地，他的房间呈手枪形状，因地制宜分成两部分。门开在“枪柄”，就作一个小小的玄关；“枪身”是面积的大部分，还有一扇窗，睡卧起居在这里进行。现在“枪身”让给师师，他退到“枪柄”，勉强挤得下一张钢丝床。他下工总要在凌晨，师师已经入眠。关了灯，窗外透进天光，就着这点亮，进来出去，方便和洗漱，揭被上床。睁眼平躺，伸展一下腰背四肢。奇怪的是，多一个人，反倒更静了。这静并不来自四下里，而是从心底生出，不一会儿，便做起梦来。师师起夜，也是就着这点光，从他床边经过，把掉落地上的被角撩上去，顺便看一眼梦中人。这张脸，仿佛一瞬之间，从小男孩长成男子。回到床上，又睡着了，方才一幕沉入忘川。

一觉醒来，就是日到正午，里外大亮，师师多半不在。本可以放开手脚动作，却还是拘着，因四处都是师师的东西。矮柜上一排排护肤和化妆的用品；床下是各式女鞋；衣橱里，成了女装的天下；窗下的晾衣服架上，是洗过的女装，间杂着他前一日换下的几件；吃饭桌铺了镂花织巾，压着玻璃茶盘；冰箱上是各种冲剂的瓶和罐，里面也是满的。原先的床他几乎不认得，麻布底贴补花的罩单上堆了大小靠枕。墙上挂一幅世界名画的绣品，还有一幅花卉的织锦——眼前忽地跳出一个人，招娣，遥远的，却很清晰，钢火世界的温柔乡。他小心翼翼地找寻东西，经过师师的归置，这些东西都换了地方。从橱柜里抽出自己的衣服，迅速离开，做贼似的心虚,觉得非法侵入人家的生活。他上工时候,师师还未回来。黑白不照面的,一过就是五六天,直到他的两周一休的假期,才一同吃了顿晚饭。

点起酒精炉,坐一口钢精锅,他从餐馆带回牛肉片、鸡片、鱼片、大虾和蔬菜,烫熟了蘸佐料。佐料是他自调的,配方很奇特,除去通常的酱醋,芝麻和花生都是炒熟了碾成末,胡椒也是用刀面压碎,再有独家创制的一项,黄芥末,本是热狗摊上的必备,但他从不排斥外来。吃一道荤食,撇去浮沫,添上水,等着锅开。师师说:大约还要住些日子,房子不好找。他说:随便,住多少日子都无妨!师师说:房租平摊。他说:何必,一个人是住,两个人也是住。师师不依,非要对半,说他占小,她占大,本应该三二分,但她还没有收入,手头紧。想不到一个直爽人,却有这么一本细账。为给她个安心,就说,三二拆账很好,但必是他三她二,否则,没商量!师师不再争执,定下了。汤滚了,扔进几片生菜,转眼变得碧绿。师师捞起来,分在各自碗里,说:照理我应该找你姐姐的。他说:找我也一样。不料师师忽然激动起来,筷子在锅里乱搅:你姐姐看不起我,从来都是,现在更是!没有的事,他说。你不知道!师师越加愤怒,他只好不作声。她渐渐平静下来,说:你很好,很乖,而且比你姐姐好看。不知如何回答,低头讪讪一笑。你长变样了,她接着说,随即解释:不是不好看,但是另一种,那时候,弄堂里的人都叫你“小白兔”！他不知道自己还有这么个别称，不禁笑出声。大家猜你是嬢嬢的私生子，可是看起来一点不像，慢慢地，就不传了。他惊异极了，抬起眼睛盯着师师。师师躲闪着，哧哧地笑：弄堂里的人最会造谣言，其实都知道，你嬢嬢顶清白了。他拿眼睛跟了师师一阵，直等她笑得仰倒在床上，叫嚷道：你看我做什么？又不是我传的！他欠起身，越过火锅，拿筷子在她脑门上敲一记，顺手往锅里下一束面，再下一把香菜和蒜苗，分在两个碗里，灭了火。

师师坐起身子，继续说：你嬢嬢的先生，也就是你的姑父，一九四九年去了台湾，每年托人从香港转来生活费，否则，她怎么开销，又怎么养你？他想起嬢嬢坐在桌边清点对账的画面，隐隐有些相信。可是，紧接着，更炫的事来了：你姑父是这边派去那边的潜伏人员——他手中的筷子都要滑落地上了，否则——又是否则，“三反”“五反”“文化大革命”，你嬢嬢怎么一点事没有？他真是要折服弄堂的情报系统，想得到想不到的都在掌握中。火锅的沸腾平息下去，酒精炉熄火之后，乙醇气体在空间中积聚，神志有些昏沉。传奇还在进行中：你嬢嬢完全不知情是不可能的，所以，也可能是内部的人，通过无线电波段联络——他禁不住说话了：嬢嬢家没有收音机。师师轻蔑地哼一声：会让你知道吗？他住嘴了，市井人生的想象力无从对抗。归根到底，师师总结道：你们家和别人家很不一样！这一点，他默认了。

师师起身快手快脚收拾着饭桌，残汤剩菜倒入塑料袋，碗筷捡进锅里，命他端去厨房处理。推开窗，让味道散出去。夜凉如水，月亮挂在中天，亮堂堂的。稍停一时，复又阖上。

洗漱就寝，关上灯，房间却仿佛一池清水。他发现窗玻璃擦干净了，虽然有窗帘，还是透得进亮，照见彼此枕上的脸。师师说：中间要不要挂幅布幔子？他说：明天我来挂。师师又说：无所谓，小时候我都抱过你。就想起坐在师师膝上摸牌，嬢嬢探出头，他一下子溜下来跑进门里面。要说，嬢嬢真有些神秘呢，也难怪有流言，不觉笑起来。那头的人发问：笑什么呢？这头的人还是笑，止也止不住。只好任他笑去，笑一阵子，勉强止住，那头却传来一声叹息：照规矩，我应该付大头，你付零头！话又说到房租的事上来了，不想再起一番推让，就不搭话，翻身要睡。不料那人坐了起来，有话要说，他也坐起来，洗耳恭听。缅街东边，有一家文玩店，老板也是上海人，我想租他一角柜台，出租录像带。此时她背了光，脸在暗里，但扑鼻而来一股气息，沐浴液、护肤品、被窝的温度、身体和口腔的微酸的甜。公共图书馆里的录像带，大多是港台功夫片、警匪片，而且老旧得很，现在国内的电视剧多是生活片，肯定受欢迎！他想不到师师到法拉盛十天半月的时间，已经去到比他多的地方，并且有了结交。感佩中，师师又转了题目：为什么不开餐馆？她兴奋起来：好不好？你做后厨，我负责前堂？他这才说话：不好。

为什么？太累！师师泄气道：你不像你姐姐，没有奋斗心！他说：你们俩倒很像，为什么闹分手？这话击中她痛处，躺倒下去：天晓得！遂又道：山不转水转，总归要见一面的。他含糊应着好吧，也躺回去，心想，刚来美国的人，要考虑多少事啊！两人静一会儿，将要入眠，那边又发声：你长得像你妈妈！他睁开眼睛，睡意全无，头脑一片清明，然后想到：今天没有去大西洋城。

下一次休假，他向师师建议去大西洋城玩，师师拒绝了。理由是，像她的性格，一旦涉赌，终身难戒，最终坠入深渊，所以，从开头就不能沾手。师师的自知之明令他既惊讶又惭愧，自后，也去过几回，但兴致大不如前。渐渐地，疏落下来。如此结果，不全因为师师说话有多大的影响，而是新的秩序破除了旧有的。新旧间的差别很简单，就在两个人和一个人。每个休息日，一同吃晚饭，有时自做，有时从饭店打几个包回来。吃过了，收拾好碗盘，擦净桌子，师师就摊开账本登记收支，还要他核查。看着琐琐碎碎的豆腐账，他觉得好笑。大厨的收入足可买房置地，养活一家老小，但也不敢违拗。师师坚持“亲兄弟，明算账”，是公平原则，更是自尊心。现在，还未决定生意的方向，暂时谋到一份超市收银员的零工，所以也是有收入的人。他总是犟不过她。灯下的一幕却似曾相识，只是孃孃换成了师师。仔细算来，师师正当孃孃那时候的年龄，不同的是，自己从小孩长成大人。

他们一起去见了姐姐，约在曼哈顿中城的意大利餐馆。到地方，坐下来，他才发现两位女士都是盛装出行。新做的发型，精致的妆容。师师穿旗袍，外罩兔毛短装；姐姐则是西式套服。他对女性装束向不为意，此时看到的不是华美，而是一股肃杀之气，从左右逼近，挟持着他，不由紧张起来。那两人略颔首点头，伸手做“请”的姿势，然后款款入座。他不敢看她们，低头看菜单。两边的人寒暄着，表情矜持，同时又有点惘然。分手时还是小女孩，如今已人到中年。原先的那一个完全不见踪影，好比俄罗斯套娃，藏到最里面去了。他很快看完菜单。这一家意大利馆，晚上供应正餐，中午只有二选一，细面和通心粉。吃什么？他问，眼睛还在菜单上。师师先点，姐姐说，又补充一句：叉子不好对付面条，通心粉比较——话没落音，师师已经决定了：细面。姐姐一笑，也点细面，有点叫板的意思。似乎为缓和对峙的局面，他点了通心粉，说道：都说面条是马可·波罗从中国带回去的，可也太死脑筋，一百样面，都是番茄酱加芝士粉。所谓通心粉，其实就是面疙瘩，算得上变通，结果呢，番茄酱芝士粉。最可笑是一种饺子，两张馄饨皮合起来，四边按一周，还是番茄加芝士……他变得话多，连说带笑，那两位脸上露出不耐烦。幸好，上餐了。师师坐直身子，左手握勺，右手握叉，挑起一绺，抵着勺子，然后叉子向外快速旋转，卷起面条,送进口中。看得出私下经过练习,有备而来。他暗暗叫好,一颗悬着的心落地了。再看姐姐,不动声色,单手持一柄叉,直立于盘底旋转,不多不少一卷面条,送进口中。他左顾右看,目不暇接,倒忘了自己进食。

正值上座高峰,店堂里满是人,多半意大利裔,都在高声说话,格外显得他们这一桌静。师师扑哧笑出声:外国人嫌中国人吵,我看也吵不过他们!姐姐说:意大利人原就是欧洲的乡下人!师师说:外国也有乡下人!姐姐说:哪里都有三六九等。师师说:哦,懂了。随即又道:艾森豪威尔也端过盘子!这句话是从他这里搬过去的,放在此处别有用心。姐姐说:这就是美国,英雄不问出身,但当机会来临时候,要做好准备。师师说:谢谢,你一向都教我!

听她们一来一去,就像武林过招,让他背脊上出汗。不曾留意什么时候,盘子空了。那边一个双手,一个单臂,也扫净战场。他做主点了饭后茶,心想这一餐该结束了。不料,师师那一句"你一向都教我"唤起过往回忆。姐姐说:你教我好不好,教我上海话!师师说:上海话有什么稀奇,最不上台面,我们班里有个北京转学来的小孩,朗诵、发言、演戏、叫口令,都是他!姐姐说:全国人民都知道,上海人把北京人也叫作乡下人!那是他们没眼界!师师说。我到上海,你头一个和我说话!姐姐说。两人都动了感情,眼睛里滚着一点亮。多少时间过去,小孩都长成大人。两人的身体向前倾去,平放在桌面上的手,马上就要触到了。这种突发的热情让他感到危险,仿佛箭在弦上,转眼间形势转变。她们很快平静下来,喝着茶,谈起眼前的事。师师告诉说她用的也是探亲签证,和他一样——下巴朝他方向点一点,但只是名义,事实上——姐姐说:明白明白,很多人都是这样!师师接着说,有三条路,一,政治庇护;二,转工作签证;三,大不了的,结婚!他都不知道师师有这许多打算,看起来,她造访过移民律师事务所。姐姐也用下巴朝他方向一点:他的时机已经过去,第一条路不能走。第二条路,你有什么特殊技能吗?好,还有结婚,破釜沉舟的一记——她们的身体再一次向前倾去,却不是亲睦的姿态,而是蓄势待发。他呢,是局外人,作壁上观。

姐姐继续说道:结婚,很好,是个女人找个男人就行。放眼望去,满大街的人,外国人又长得好,连乞讨的都像电影明星。其实,你知道是什么货色?变态,暴力,性侵,她抬起手划拉一下,指不定就在这些人里面!师师不服气:结婚还是大多数,你不也找了个美国人?这话又是从他嘴里听来的。姐姐停了停,好像噎住了,然后冷笑一声:这就要回到先前的话,是不是做好准备,奋斗到什么地步,就有什么婚姻!师师也冷笑:奋斗到什么地步,缘分不到,还是不成!这一回,姐姐真的笑了:美国这地方,就是不相信缘分,只相信人力!师师却不笑了:真的吗?哥伦布发现新大陆,不就是有缘！他和姐姐都有些被惊到，想不到师师会提到哥伦布。姐姐说：那是上帝的选择。师师说：那就是哥伦布和上帝有缘！姐姐定定地看师师一会儿，点头道：好的！他赶紧招来服务生结账，这顿饭吃得实在太久了。

出来餐馆，走上大街。星期日的曼哈顿，人车熙攘，沿街摆起临时摊位。太阳当头，什么都在发光。三人同路一段，时不时被对面人流冲散，再聚拢。有一时，她们两人走在一起，他尾随。望着前边的人，恍惚中，变得很小——十来岁的小姑娘，勾着肩，挽着颈，转眼间，走得看不见。日光刺痛眼睛，他手搭凉棚四下搜寻，发现就在一步之遥，站定了等他呢。要分手了，她们热切地说着“再见再见”，甚至还拥抱了一下。姐姐抚摸着师师的兔毛短外套：很漂亮，不过动物保护主义要抗议了。说罢即转身离去，下了地铁口，师师应接再快也没有时间回嘴了。人潮涌动，师师走得很快，一语不发，小跑几步才能与她平齐。他看见她在哭，想劝解又无从劝起，踌躇间，又落下了。在餐馆里不觉得，到了大街上，师师的这一身就显得突兀。纽约人其实是野蛮人，从国内来的总是带着好衣服，往往没有机会穿。

乘上回程的火车，七号线穿出站台，蜿蜒在旷野。地平线无限广阔，呈现球面弧度。地上物疏落地分布着，天空高远极了。师师依然不说话，但情绪已经平静，从手袋里摸出粉盒补妆。车身晃动的间隙，细细抹一层唇膏，抿紧嘴，再松开，有一种重新抖擞的表情。他却软弱下来，仿佛虚脱了。这哪里是吃饭，分明一场战争，胜负难分。虽然收尾一句话由姐姐说出的——谁说最后一句话谁是赢家，但这只是一般的规则。具体来看，姐姐放下话即跑路，多少有落荒而逃的意思，赢面也有限。倘若慢一步，不知师师会有如何一发子弹？他不得不佩服她们的急智，还有韧劲，一招过去，必有一招过来，眼看着穷途末路，不料山不转水转，又起一轮回合。但是，两边都动了真气，形势就变得严重起来。

这一天余下的时间里，师师都没有说话。他便也缄默着，生怕招惹了她生出新事端。从旁观察，却不像有怒意，而是沉吟之色。他自个儿去缅街东头文玩店消磨了半日，上海老板，人称胡老师。师师曾经想搭他的门面出租录像带，胡老师考虑录像带是大众消费，难免伤了古雅的风气，要知道，他连行货都不做的，于是婉拒了。买卖不成人情在，何况还有乡谊，一来二去，他也和胡老师交上朋友，师师倒退出了。胡老师是四十年代末生人，高中毕业去新疆建设兵团，“文化革命”结束后，香港的父亲担保来美国。本意是继续中断的学业，他说，宁可做苦力也不读书，做老师的年龄做学生，辈分都错了。资助的学费用做本钱，二十年的工夫，身份有了，生意有了，老婆也办来了——胡老师说，他不能像父亲，弃下糟糠，自己奔前程。为这个海外关系，他们吃了多少苦，否则，他早就是大学生，真正的胡老师。

不过，新疆的经历这时候派上了用场，他从和田玉起家。开始在曼哈顿联合广场摆摊，终于遇上识货的——纽约这地方，藏龙卧虎，看上去垃圾瘪三似的，说不定就是个大亨！胡老师说。

从文玩店里出来，慢慢走回。暮色降临，人潮散去，安静了许多。进门看见，房间里摆了饭桌，三菜一汤。师师呢，还是那一袭盛装，端坐着等他，好像有话要说，最终也没有说。吃过饭，师师自去浴室洗漱。他立在窗前，看底下的街道。拐角上有一家面包店，每天这时候，都有一个中国男人带一个混血孩子来买面包。他发现孩子长高一截，意识到有日子没从楼上看风景了。面包店老板是犹太人，发顶扣着小花帽，表明朝圣过耶路撒冷，推开店门向外张望，像在等什么人，也许是那个拉比模样的大胡子，两人站在马路沿说话，可以说很长时间。月亮都升起了，一径升到楼顶上，然后停住。市廛后面，是广袤的未开垦的处女地，伸展到地平线。犹太老板没有等来他的朋友，退回店里。顾客忽然多了，玻璃门频繁地开阖，渐渐延出一条队伍，路灯投下一列人影。“叮”一声铃响，在澄澈的空气中传得很远。然后，队伍向前移动。就知道，八点钟了，剩余的面包开始打折出售。

一地月光，恍然中，又来到那园子里。竹枝摇曳，沙啦啦唱歌，无数“个”字下雨般盖了层层叠叠。他和黑皮踩着地上的影，嘴里喊道：踏着一个！踏着一个！他们是从墙上的豁口钻进来的，看园人回家了，就成了他们的天下。太湖石受光的面雪白，背面漆黑。他们在黑白之间捉迷藏，拍着巴掌，循声追去，声音却到了身后。他们走散了，看不见人，只有东边击一掌，西边击一掌，时远时近。石窟窿连着石窟窿，出来一个，进去一个，黑的一个，白的一个。击掌声消失在洞窟深处，他听见自己的心跳，匀速，轻捷，脚下踏的是脉动的节拍。忽然间，眼前一片亮敞，石窟阵退去，站在桥上。水面盖满浮萍，有个小人影，走动起来，才知道是自己。击掌声又响了，一抬头，太湖石顶也有个小人影，是黑皮呢！一仰一俯，对望着，就像隔了千年万载。不约而同嘻嘻一笑，桥头会合，再“踏着一个，踏着一个”，出园子去。

第三章

有一段时间是断开的，一截一截，一幅画，一幅画。个园是一幅，运河是又一幅，还有高邮湖——站在湖边，看挑夫担鸡头米下船。暗红色球状的果实，拖着泥水，挑夫小腿上暴突的筋，看得出负荷的沉重。浩渺的湖水，望不到边。木船的摇橹声，吱吱嘎嘎，近来又远去。运河与高邮湖，这两片水域之间的关系，他从来没有搞清楚过，似乎隔断，又似乎相通。只看见堤岸上的大柳树，大柳树后面的河水，一泓金汤，光打着旋，水鸟飞进去，就不见了。那里有另一个天地。石板路面的画由墨线交织而成，小脚板底下噼里啪啦向后退，向后退；包子铺的蒸汽里，伙计拍着面团，梆梆响；黑洞洞的茶馆深处，评书先生说着“皮辣五子”的逸闻，扇骨子击在案子上，的笃的笃；女人们的叫骂，凶悍的音腔，句尾飞扬上去，却原来是调情！画面配上了词牌子，一曲套一曲。

院子里的凤仙花，栽在盆里，沿墙一溜，拐弯，再一溜，让出一洞门，通一道砖石阶，就上了过廊。站在廊里，扶着木栏杆，望过去，连绵的瓦顶，瓦缝里伸出白茅草。檐和檐之间看得见横架的竹竿，晾晒的衣裳。参差的山墙上，爬着常青藤。大树杈子，叶丛里藏着蝉鸣；一角影壁，浅雕了龙凤的图案；水桶撞着井壁，破开水面，砰的一声，那就是爷爷奶奶的家。

这片院落的结构是个谜，远兜近绕，总归能到想到的地方。雨季的时候，远看去，就像蒙了纱罩，洇开的绿里有一点一点的红，花开了。住过孃孃的亭子间，爷爷的房子就称得上宏大。上下两层，家里人都睡二楼，爷爷奶奶住东厢房，大伯大伯母和他们的小孩住西厢房。底楼无间隔全打通，居中迎门一条长案，案上列祖宗牌位。左侧是灶头，灶头后边一张八仙桌。右侧是楼梯，楼梯底下堆放杂物，对面支一张床板，平时他一个人睡，倘有过宿的客人就两个人甚至三个人睡。轩敞的空间其实不适合睡眠，尤其小孩子的睡眠。夜晚的暗黑无边无际，白日里静止的物件此时都活过来，伺机待发的形势。最让人生惧的，莫过于案子上的牌位，那木牌子也是活的，随时化身人形。他睁着眼睛，直到晨曦从门底的缝隙渗漏进来，邻家公鸡啼出第一声，绷紧的身心这才松弛下来。可是，楼梯上的脚步又惊了他，起炊了。这是他独自一人的情形,来客人呢?也不那么乐观。

比较经常的来客是一位舅公,身上的人民装现出折痕,散发着樟脑的气味,显然是压箱底的出门衣服。出于爱护,扁担底下垫一块蓝条毛巾,一头的篮子里盛着风鸡、咸鲞、腌肉、虾干,另一头挂着麻饼、麻花,还有一扎油条。于是,樟脑的味道里又混杂了腌腊油气。来到的第一天,晚饭桌上会添几样菜,爷爷与他喝几盅酒。其余的日子就回到平常,那就是端一张板凳,坐在当门地上,看奶奶择菜、拣米里的虫子,或者缝补袜子上的洞。无论和爷爷,还是奶奶,舅公基本无话,任他们说什么问什么,一律微笑和点头。仿佛作为一种补偿,舅公在睡眠中会发出激烈的梦呓,令他很害怕。他坐起身,推着舅公的被筒,推不动,感觉到身体的沉重,心想会不会死去了?舅公以更响亮而且清晰的梦呓作了回答,他听不懂。相隔几公里水路,却是另一种乡音。他抬头望望,期盼楼上人能叫醒舅公。奇怪的是,似乎只有他听得见动响,只有他被惊扰,所有人都在黑甜之中,甚至比平时还更安宁,连大伯家小毛头的夜哭都不治而愈。舅公的自语在无遮挡的静夜穿行回荡,夹杂着像哭又像笑的尖啸。又是通宵无眠,直至黎明方才昏沉入睡。一忽儿时间,睁开眼睛。天光大明中,老人坐在门口小凳上,面色安详,看奶奶在扫地,扫帚到脚下,便挪一下板凳。渐渐地,他的下眼睑洇上两片黑晕。有一天,爷爷端着他的脸朝向日光,仔细看一时，说：青筋包鼻梁，这孩子有暗病。这话把他吓着了，有时困极了，却不敢闭眼，生怕睡过去不醒来。事实上，他濒临神经衰弱。不期然间，出现一个人，将他拯救出危境，这个人就是黑皮。

黑皮是舅公的孙子，与他同岁，差几个月。出生时一身黑，长到三个月以后，却像落痂似的，越来越白，但“黑皮”的乳名却改不掉了。拖曳在舅公的挑子后头，走进院子，脸对脸打个照面，没有说话。吃饭时，两人坐一边，睡觉前，共一个木盆泡脚。这时候，黑皮还老实，低头看自己的脚指头。无意间，脚丫子碰在一起，赶紧闪开，又碰上，这一回，就有些存心了。于是，你踩我，我踩你，水溅在地上，舅公喝一声“停”。他诧异舅公的声音与常人无异，和夜里面的判若两人。他和黑皮从水里拔出脚，用一块脚巾擦干，趿着鞋，一边一个提着盆沿走去天井倒水。走到半途，黑皮忽然将木盆左右摇晃，随着节奏唱起一首歌谣。他听不懂词，只觉得好听，就跟上拍点，摆动木盆。摆到树底下，黑皮喊着口令：一，二，三！一齐将盆送出去，“哗”地泼一地。

这天夜里，舅公睡一床被，在这头；他和黑皮睡一床被，在那头。两个小孩搂抱着，转眼睡熟了。黑皮来了，吃饭也变得有意思。晚上吃粥，大人每人一个咸鸭蛋，他和黑皮分一个。奶奶翘起菜刀，刀根在蛋壳磕出一条槽，顺着槽慢慢切进，一个分作两个。他学黑皮，划一口白粥，筷子头蘸一下鸭蛋黄；再划一口，再蘸一下，蛋黄蘸完，大半碗粥下肚。筷子在蛋壳里转个圈，鸭蛋白刮进余下的小半碗，搅，搅，搅，搅成米糊，大口大口划拉到嘴里。黑皮吃螺蛳也是仔细的，嘬一颗，送一口饭，嘬一颗，送一口饭。最后的半碗饭，是用螺蛳的酱汁，拌，拌，拌，拌成红饭。还有软兜，一绺绺的，嫩姜切成菱形的薄片，豆腐也是同样大小的菱形，葱白、青蒜、生粉调匀，沿锅边一溜，罩上一层透明玻璃似的。奶奶盛出一小碗，还是让他们合吃。一人一勺，配一筷子饭。再一人一勺，配一筷子饭。碗脚分作两份，倾进两个饭碗里，呼啦呼啦，结束。这一日，爷爷说：两个孩子好像兄弟俩！大家也说像得很。他原先就肤色白，现在胖了，腮帮和下巴圆起来，就是黑皮的形状。隔天舅公领着去巷口的剃头挑子，推了两个光头，桃子样的后脑勺，真成了一对双。

三天过去，舅公他们要走。早上起来，他低头垂目。专为送客买来新炸的油条，还是他与黑皮合吃。一根拆成两根，裹在面饼里，蘸了虾籽酱油，咬一口，却咽不下去，一使劲，眼泪上来了。众人都知道他舍不得黑皮，可是多一个他，已经多一双筷子，加一个黑皮就是两双筷子。说是爷爷奶奶的家，事实上，只有大伯大伯母挣工资。大伯还好些，大伯母不知生相还是态度，表情冷淡。有一次，大伯母下夜班时候，他已经上床。奶奶捅开炉子，炒新菜热旧菜，大伯趿着鞋下来，加一餐宵夜。黄酒的香味散开来，醺醺然中，他有些瞌睡了。蒙眬听见大伯母的声音:住到什么时候?虽然没指什么人,却知道就是说自己。接下去是大伯的声音:等尼克松走过!他听出来,大伯母有些多他。至于尼克松其人,和他有什么关系,他并不关心。这时候,他想起孃孃,孃孃也是冷淡的,但冷淡和冷淡不同。

好不容易挨过早饭,大伯大伯母上班走了。舅公拿起扁担要出门,爷爷说话了:小孩子再住几天!他和黑皮相视一眼,彼此看见对方脸上的喜色。这一日,两人都分外的驯从,面对面剥着番薯藤,也是一道菜。番薯藤小山似的一堆,剥去外皮,露出芯子,嫩生生的绿。剥了一半都不到,手指头染了颜色,指甲秃了。爷爷让他们歇下来,出去玩玩。他们不依,埋头做活。隔壁院子的女人过来借石臼子捣芝麻,笑话道:哪里来的童养媳!两人红了脸,真像两个小媳妇。时间仅过去一天,就显出原形。早饭吃罢,一闪身,不见了,只听见脚板敲打着石卵地,顺着巷道一溜烟地过去。他们在天井和天井之间穿行,有几回错了岔口,回到原地。又有几回,进到人家院子,院子里的老婆婆吓一跳,拍着心口,张嘴呵斥,影子都没了。他们陷入迷阵,没了方向,也不知道到底要去哪里,只是顺着脚底的路左突右转,忽上忽下,不期然间,跑上了屋脊。远处一条白练子,闪闪发光,有轮船的鸣笛声。黑皮指着说,他们就是乘这船来的,还将乘它回去。听到"回去"两个字,他脸上不由暗一暗。黑皮又说：你同我们回去！于是又舒展开来。沿屋脊走，走，就走到廊桥头上。抓住横梁，双腿一荡，荡到廊下，一跳，进去了。

从这一天开始，黑皮带了他在城里穿梭。时至深秋，树叶落了，露出残垣断壁。按说是凋敝的，可是又有一种疏阔，让人感觉轩敞和自由。家中的大人并不担心，到吃饭时间，他们自然就出现了，一脑门的汗和两手污脏。晚饭后，人们都上楼歇息，以为他们也睡下了，其实呢，夜游开始。白昼里探访的地方，禁止入内的，现在，门卫回家，正是他们的好时辰。也有不回家的守夜人，听见动静，打着手电筒来驱赶。那手电筒的光比脚步声到得早，预先就发出警告，早已经躲好了，哧哧地笑呢。存心闹着玩，蹿出来，小人影一闪而过，巡夜的人倒发怵了。这地方有多少屈死鬼，蛰伏着死魂灵。吴楚七国之乱一批，隋炀帝开大运河一批，南朝宋文帝引来祸水，连遭三劫，多尔衮诱降史可法不果，破城进兵再一劫……耳边忽有嬉笑，切切嗟嗟。赶紧折转，循来路退回，让出天下。

黑皮在野地里长大，没有忌惮。不像他，别人家屋檐下生活，拘谨得很。有黑皮壮声色，手脚也撒开来。原来天地如此广阔，可尽情奔跑。有一回，撞倒迎面而来的老婆婆，铅桶里的山芋滚了一地，四面八方拾回来，一人一边提着桶系送到家，捡进米缸。老婆婆收起斥骂，一人给一个白馒头。所以天地里的人也不可怕，而且，会有想不到的好处。

这一日，他们来到瘦西湖边，黑皮要给他表演打水漂。分头拾来一堆石头瓦片，黑皮捡起一个，先在掌上掂掂，仿佛要试试重量。紧接着斜过身子，拉开手臂，一抖腕，瓦片贴着水面削出去，老远老远，弹起来，跳，跳，跳。有人叫一声“好”，走拢了看，很快围起一圈。听见有人叫“小兔”，不晓得叫谁，就没理会。然后又有一声“小兔”，心想会不会叫的是他。回头瞅一眼，不禁呆住，站在原地不能动了。这是谁呀？“小兔！”那人第三次叫他，眼睛殷殷地看着。他以为已经忘了呢，事实上，立时三刻想起了，招娣！穿了平常衣服的招娣和工装里的人很不一样，可不是她又是谁？招娣穿一件花布罩衫，翻出白色的领子，底下一条银灰毛料裤，黑棉皮鞋。皮包也是黑色，带子收得很短，挎在肩上。那边的人圈围得更紧，不停地发出“啧”声，石头在水面上弹跳。招娣招招手，他走过去，手里还捏着一把小石头。招娣拉起他的手，扒开来，石头落在地上，也不觉得。招娣从口袋摸出一条手绢，擦着他的手心。他看见招娣眼睛里全是泪，又听见有人在喊“招娣”走，是男男女女一伙人。招娣不应声，他们喊了几声，不喊了。他忽然问：爷叔呢？招娣狠声道：爷叔死了！牵着他跟随同伴离开湖边。默默走了一段，招娣说：爷叔去美国了，尼克松带来的政策，放他出去了！这是他第二次听见“尼克松”。他们拐进一条街，街边有一些饭馆,前边的人走进一家包子铺。招娣停下来,从窗口买一只水晶包,放在小手上,摸摸他的头,说:小兔长高了。然后转身进门,找她同伴去了。包子烫着手,他送到嘴边,咬一小口,忽然啜泣起来。

无论是旧金山的唐人街,还是纽约法拉盛,有许多爷叔那样的男人。有印象中的年轻的爷叔,也有上岁数的。按时间算,爷叔应该老了。他以为或早或晚能碰上,结果都没有。渐渐地,记忆中的形貌变得模糊,于是觉得,遍地都是爷叔。

后来,他和师师结婚了。

先是他起的头,他说:师师你不要发愁,不是有三条路吗?我可以帮你走第三条,结婚。师师看他一会儿,说:兔子,我其实可以走第一条,申请政治庇护,理由是计划生育受害者。他一时反应不过来。她继续往下说:我结过一次婚,生了一个儿子,我来美国,一半为了他。哦,他停一停,说:第一条路虽走得通,可麻烦也多,还要坐移民监什么的。他发现自己仿佛迂回地求婚。师师说:你已经帮我很多,再得寸进尺,就是把客气当福气了。这话听起来又像婉转地拒绝。他说:我不是客气。师师说:我不能耽误你的终身大事。他说:没什么耽误不耽误,我就是一个人!师师说:你早晚会有两个人的!他不由着急起来:没有第二个人!师师坚持道:总有那一天!他说:真没有!师师还是摇头。他叹一口气,出去了。

此话按下约有半月,又一次提起,是师师主动。兔子,她说,我们或者假结婚,你按你的日子过,我这边一旦办好身份,马上离婚,好不好?他说"好",应得太快,回声似的,两人都静了静。她说:你不要现在回答,考虑考虑。他说:考虑过了!然后又说:何必呢?她说:为你负责嘛!他说:用不着!这句话有负气的意思了,站起身走出去,门的碰响也是负气的。

时间再过去一些,这一日,师师到他做工的饭馆来,同行的还有律师,姓陈,广东人,在超市楼上租一个房间开事务所,隔壁是牙医、跌打伤科、婚姻中介、话机磁卡,一列铺面。三人坐下,签一份双方自愿结合的文书,又抽出一张约定,写明某几项特殊条件下即可解除婚姻关系。他还没看完,便把笔一扔,推开椅子去了后厨。师师追过去说:不是我不喜欢你,不愿嫁你,是不让你吃亏,懂不懂?他说:我不是喜欢你,非娶你不可,我就是告诉你,我不是这样的人!师师头一歪,半笑不笑:这样的人是什么样的人?他说:乘人之危的人!"乘人之危"四个字出口,师师怒了,一拍案子:哪个王八蛋"乘人之危"?他也怒了,一拍案子:你,师蓓蒂!师师绕过案子抓他:谁先提第三条路的?不是你又是谁!他躲过师师的手:谁先说的,三条路!两人围着案子转圈，师师初来到的那日，就是这张案子，他们分坐两头，一个吃，一个看。律师费我都付了，你以为便宜啊！师师叫喊道。我补给你，多少钱？他从口袋掏出一把现金，摔在师师面前，师师摔回去：以为钱多就了不起！这么乱七八糟吵一通，早已经偏离正题。陈律师大概听到律师费的说话，跟过来探头看着，不知道症结在哪里。最终，修改了私下约定的条款，一方居留实现，由另一方决定持续或者解除婚姻关系。双方签字，请老板娘做第三方证明人，也签了字。这事情就算结束了。

他曾经问过自己，是不是真喜欢师师？好像是，又好像不是。从事实上看，自师师来到，他结束了独居的生活，有了家人似的。从某种程度看，师师比父亲更像家人，抛开他与父亲在一起时间有限的原因，有没有异性的成分在里面？他倒没有认真想过。总之，他与师师挺合得来，无论经济还是起居，都保持各自独立又相互协作。他几乎忘记，没有师师的日子是如何度过的。

师师的身份解决了，但儿子迟迟未来，前婆家不肯放人。多年的分离，双方的心情都淡漠下来，原先准备的监护权诉讼也松缓了。这一头倒从长计议，规划起二人世界。房子的租约到期了，就在同一个街区，另租一个小单元，厨房卫浴不必与人共用，关起门一统天下。搬家时候，新买的床和卧具，一应双人款。头一晚合睡，她原本想教他，不料是他走在先。事毕后，给他一个嘴巴：当你童男子呢！他"嘻"的一笑，将头扎在她怀里，半天不起来。这也是大西洋城的附赠，算是买一送一吧！本以为一并戒断，不期然摒弃妄念，人道尚存，且武功不废。

他依然在原先饭馆司厨，师师则四处游走试水。超市里的收银不做了，到酒庄卖酒；不出数月又去旅行社做地陪；然后酒店前台，卖电话卡，进出口图书；陈律师太太乘邮轮玩加勒比海的时候，到事务所顶班文秘，陈太太邮轮到港，再度失业。过程中，不间断地怂恿他开餐馆，店名都想好了，叫"双档"。一则夫妻店的意思，二则以上海点心"双档"作起家。"双档"即百叶包和油面筋塞肉，逐步添加馄饨包子面，视生意涨落，向菜点发展。法拉盛沪籍人口日益增多，上海饭店连连开出。亦有挂羊头卖狗肉的，只要是红烧肉、烤麸、熏鱼、雪菜豆瓣，就打出老上海本帮菜的旗号，已经偏离本性。事实上，那些招牌式的菜肴，都是粗人的下饭，精华在淮扬一系，恰合他的专攻。别看法拉盛熙熙攘攘，饭馆里人头攒动，吃客的上品却隐于声色之外。有一回，看见一对鹤发童颜的老夫妇，穿着素雅，态度恬静，坐在一爿店里，吃宫保鸡丁，不由心生惋惜之情。即便为他们，也应开出新店。听师师论述，他很是佩服，菜系的认识也许肤浅简单，但说到人，却自有洞见，为他所不及。法拉盛的人流，仿佛潮汐从眼前过往，他从不曾注意其中的个体。师师则相反，她天生感受得到事物的独特性，拥有着生动活泼的景观。或许，这就是她吸引他的地方，将司空见惯的一切变成新鲜。

师师终于说完，静等回应。他只问出一句话，便泄气了。他说："双档"给我多少工资？这是最现实的成本核算，于是，"双档"的设计就搁下了。但是，师师从这回答中得到另一个启发：何不单挑？这一轮规划，她没有向他求证，而是自主进行：大众的消费总是主流，高端人士到底极少数，宝塔尖上的那么一点。所以，前者是基础，后者是引领。就像他说过的上海包饭作的故事，珍馐佳肴落脚于劳役的果腹，好比那一句古诗，"旧时王谢堂前燕，飞入寻常百姓家"……她的思绪漫游开去，延伸到中国餐饮业的海外命运。师师毕竟是个现实主义者，远兜近绕，最终回到家庭创业的主题。思路逐渐清晰，那就是，他继续打工，同时呢，私家承接办宴。名号也有了，双档减一档，叫作"单档"。

师师的规划尚在务虚阶段，实际上已经自行启动。文玩店的胡老师情邀他上厨，开一桌酒席招待朋友，事后给一个大红包，即是"单档"的模式。对他来说，红包事小，重要的是席上的结识。胡老师来得早，阅人无数，又没有门户之见，就讲个眼缘。因此，五湖四海，三教九流，都是座上客。"单档"的生意从这里开头，他的社交也从这里拉开新帷幕。

胡老师主持一个读书会。说是读书会，其实更接近上海同乡联谊活动。时间定在每月第一个星期六的下午，或选一家饭店，或到某一人家中，费用平摊，俗话“劈硬柴”。人数不定，多可以到十几二十，少则七八五六。最常来的有一对夫妇，先生在纽约州立大学执教历史，大家都称樊教授，太太来自台湾，学历很好，现如今专司家务，相夫教子。再一个华尔街的股票经纪人，属主流阶级，读书可说是偏德，却无一场不到。还有一双未婚的姐妹，岁数不小了，说一口苏州音的沪语，一九四九年随父母到香港，继而从香港移民美国，原本为上等人家，辗转流徙中耗尽财产，住皇后区一套小公寓，靠典卖家私过活。这是较为固定的会员，不固定的成分就杂了。有的是一拖二、二拖三的朋友的朋友，有的是临时起意，也有慕名前往，还有过路客——其中让人印象深刻的，一位电影明星，上世纪八十年代风靡大陆，当然，今非昔比，鲜有认得出来的，悄然出场又悄然退场。一个时来时不来的住长岛的先生，本是国内进出口贸易的公职人员，后来脱出身来，人脉还是旧人脉，生意却是自己的了，物流和通关，与胡老师有联手，算是同业吧。最奇特的是一位大师，会看风水，学名“堪舆”，人们都有些怕他，怕他窥破天机，预测未来，倘若好是欢喜，不好怎么办？但大师却很随和，谈吐多是家常，凡打听凶吉，即婉言拒之，“不可妄言”。他难得来,却并不绝迹,差不多忘记了,不期然间又现身,神龙见首不见尾的意思。还有一个年轻的单身母亲,做字画拍售,胡老师私下说从未见过她的拍品,自许上海人,总穿旗袍装,说话露出外乡口音。可是,有什么呢?上海本就是个滩,和美国一样,移民城市。禅家说了,修百年方能同船渡,遇见的都是有缘人。他第一次操持的私家厨房,就是胡老师的读书会。之后,他就也成了常客。

初来的时候,读书会以漫谈为主,聊解乡愁。谈着谈着,涉入正经话题。比如,樊教授问,大家知道,全球有多少美军基地?谁会去查呢,一并望着提问人的嘴,等待吐出吓人的答案。就算有准备,说出来的数字依旧举座皆惊。樊教授刚读完一本书,专谈美国的战略部署,总之,天下任何一处异动,军机立刻升空。胡老师说,应该请樊教授专门讲一课!大家纷纷说好,继而建议每一次聚会都有一个主旨。不单是吃喝聊,还要分享知识,才合乎“读书会”的名义。大家再说好,接着讨论以什么立旨,意见就多了。有说从一本书出发,又有说从一件事。最后商定由演讲人说了算,无论是读的书,经的事,也不必拘泥,可派生出其他。话说到此,都兴奋起来,等不及一个月以后,主张“择日不如撞日”,索性破了周期,就在下礼拜六。到了那日,夜里降了大雪,天亮时分,已是粉妆玉砌。路面交通停摆,泊在街边的车,就像一座座雪堡。扫雪车在干道推进,犁出雪沟,垒起两壁雪墙，岔道的入口倒封住了。本以为出行受阻，读书会开不成，不料比平日里更踊跃。人们穿着雪靴，携带吃食，操起雪铲，从大马路上开挖，一直通向樊教授家门口。樊太太烧煮了姜糖茶，还有家乡的凤梨酥。喝过吃过，出一身薄汗，静下来等樊教授开讲。

他和师师两人都去了。雪天里有一种激越的气氛，肾上腺素加速分泌，情绪分外高昂。脱在玄关里的鞋和外套上的雪融化了，散发出水、泥土、树木和人体的气味。樊教授的讲题有些深奥了，听者大半不太懂，一些陌生的名词和概念，如风过耳。可人人神情专注，或许在想着自己的心事。偶尔地，望一眼窗外，盼这雪下得越大越好呢！循序渐进的生活乱了节奏，打个旋，再匀速向前。

现在，他和师师筹措买房了。他逐步开始接受委约，承办私家菜。师师随即也确定职业方向，就是洽谈生意，代理订单，真正成为“双档”。然后，又衍生业务，介绍租赁房屋铺面车位，提供求工求职咨询。不挂牌，不开店，只安装两部电话，一天二十四小时服务。抽取佣金也不多也不少，多了自然不妥，让人却步，少了呢，当你“洋盘”。师师说，凡事都要讲个度。渐渐地，口碑做出来了。因平时就收集上下家的信息，轮到自家买房，可说近水楼台，很快就择了一处。知道对方急于出手，喊价还价，级级下行，终究没有探底，取了个居中，也是生意之道。一旦拍板，当下全款付清，师师就是这个爽快脾气！

这一次搬家，就有些长治久安的意思了。师师搬来国内的装修模式，改天换地一番，但却处处受限。管道、水暖、内墙移位，动什么都要申报与核准，涉及多种部门，上至城市规划，下到业主委员会。用工也是个问题，当地人雇不起，国内来的又大多没有身份，引来移民局就更麻烦。有一回居然有巡警上门，查看和问询。怀疑是楼下的印度人作祟，那满脸笑容里藏着窥视的眼睛。最后，只能因地制宜，做一通减法，简化作业，提前完成工期，安定了下来。

一切妥当，即办理父亲的探亲签证。相距七八年的时间，父亲样貌并无大改。他大约变了许多，一眼没认出来。趋前叫了两声，认出了，表情却是狐疑的，上下打量，慢慢"哦"一声，就止住了。倒是和师师有话，两人说笑着在前面走，他推着行李车尾随，出了纽瓦克机场。

当天晚上，姐姐从曼哈顿过来，带着男朋友，竟还是那一个。美国人本来见老，又蓄起胡子，显得成熟了，见面就喊"杰瑞"。这个名字好久不用，他差不多忘记了。自从师师来到，大家都跟着叫"兔子"。看起来，关系是稳定的，为什么不结婚呢？他们家人之间向来不作深的交流，所以也不作深想。至于他和师师，也在意料之外，似乎，该结的不结，不该结的结了。虽然之前有过通告，面见翁姑则是第一回。父亲对师师完全没印象，谁会注意后弄堂跳皮筋的小孩子？姐姐是老相识，可老相识不抵新交道，因为有芥蒂。几方人坐在一起，各有各的难堪。父亲浑然不觉，身边儿女围绕，很是高兴。

早几日就备了料，此时一一调制，他一个人在厨房里忙，师师专司应酬。每上菜，象征性地坐一坐，见众人谈吐流畅，神情也和悦，显见得师师周旋有功。原本有人缘，自来熟一类的，和姐姐当年就是这般勾连上的。但今非昔比，情形复杂，能守持主客之道，忍耐退让，他很领她的情。连带那异类德州佬，用师师背地里的话，"垃圾瘪三"，因姐姐的面子，未遭冷遇，反受热捧。一个向一个学舌英语，一个向一个请教上海方言。美国人都有些人来疯，三逗两逗，恨不得上房揭瓦。他放下心来，起身端上最后一道甜品，坐定了。乘兴喝三满杯酒，只见眉眼之间漾开笑意。一碗饭，两盅热汤，笑意更浓了。额上蒸着汗气，支使师师收拾桌子，嚷嚷说，有一桩戏法给大家表演。人们没见过他这么放纵，静了说话，看有什么奇招展示。他又叫"让开，让开"，于是都欠起身子。原来，机关在面前的餐桌，支架放下，台面合拢，就是一张矮几；再支起，拉开，又成餐桌。师师一旁解说，家具城里的新品，他看了喜欢，非要买。这边来来回回，茶几变餐桌，餐桌变茶几，人们知道他醉了。时间也近午夜，曼哈顿的两位告辞离去。师师引导父亲使用卫浴，回过头，他已经躺倒沙发，呼呼入睡。于是，兀自进房间去了。

老父亲洗漱完毕，进到客房里，时差的缘故，头脑清醒，全然无睡意。站在窗前，望底下街道。霜色一片晶莹，不禁恍惚，绕过半个地球，结果还在原地。夜行班车从头顶上方穿行，隆隆的响，空中掠过一串亮格子，是车窗里的灯光。亮格子里是什么人呢？离他十万八千里，又好像就在身边，是陌路，又是你我他。工科出身的他，重视实证，唯物论的世界观，情感是简单的。但是，很可能，这简单里有着本质性的洞见，谁知道呢？比如，从天体物理的角度，他也想得到地球的另一面，他所来自的地方，正是艳阳高照的白昼，而这里，满天星斗。就像一个魔术，成年人的魔术，真是炫啊！同时，令人感到虚无。造化之无涯，生命之有限，唯物主义又不相信实有之外，还有一个乌有。生物钟因循东半球的轨迹运行，四下里一片静谧，可听见夜的叽哝，那是由鼻鼾、耳鸣、昆虫的皮蜕、树叶子和纸屑摩擦地面、肌肤与肌肤的亲昵……交相呼应，回响共鸣。又一列火车行行穿越高架路轨，翻过子夜，凌晨第一班。随之，鸟叫了，不知禽类中的哪一科，频率保持在三个音节，一长二短为一组，停一拍，再开始。循环往复中，晨曦微明，他睡着了。

一来是自己的房子，二来呢，有了师师，父亲迅速地适应环境，自如起来。克服时差以后，即恢复了习惯的起居。五点半出被窝，坐在床上做一套八段锦，六点穿衣洗漱，然后下楼绕街区走一圈，买早点回来。师师已经在餐桌边，手提电脑打开,开始接单。原本是在客房作业,自从父亲来到,便移至厅里。翁媳二人一个看报纸,一个看屏幕,边看边吃。吃完了,师师挪动身子,意欲收拾碗碟。父亲一挥手,意即你忙你的。师师并不谦让,坐定了,继续关注网上信息。倒不是佯装,而是一个仪式。儿子通常睡到中午十一二点,直接吃午饭。有时老的上灶,有时是少的。师师头一回看老公公掌勺,惊奇哪里来的训练。父亲得意道:没听说过吗?扬州三把刀,第一把是菜刀!师师说:您的"一把刀",刮的"东北风"!调侃玩笑中,一餐饭吃完。下午的时间比较漫长。儿子上工去,媳妇的活也到尖峰时段,或者电话,或者邮件,上下家牵线议价,有时还外出面晤客户,留下父亲自己在房里。他并不躺下,只坐着打盹,不过一刻二十分钟,竟也够做一个完整的梦。几张中文报纸上下左右,每个字都读遍了,老人家不爱看电视,虽然装了"小耳朵"。师师带着去图书馆办了借阅证,这就多一项消遣。

街区的图书馆规模有限,常去的是法拉盛,他总是走着来去。这一点,父子俩很像,脚劲好。沿着缅街一个路口一个路口走,头顶上盘桓交错的电线,身前后熙攘的人群,糕点铺的蒸汽一团一团拱着塑料门帘,甚至,耳朵里灌进东北话:哎哟我的妈呀!情不自禁笑了。和旧金山的唐人街不同,那里是闽广人的小社会,表面的杂芜底下,潜在着独一统秩序。而这里,却是庞大、粗疏和草莽,海纳百川的气象。

有一天，他走到法拉盛公共图书馆，大门紧闭，方才想起是星期六，图书馆中午开放，就站在台阶上等候。忽然飘起小雪，盐粒般的雪粉唰唰扫过地面，再被风扬起，打得脸生疼。转眼间，小雪变大雪。他算一下时令，中国农历的三月，谁知道纽约认不认呢？街角上一株樱花都开过和谢过了。可是，眼前的景象，真有些像他生活的地方呢！

他姓杨，单名帆。在他们时代的原生家庭，很少用单名，且又是这样文艺的风格，听来就知道后起的。当年，同学中间，兴起一股改名的潮流，姓李的，叫“李想”，姓魏的，叫“魏来”，姓季的，叫“季往”。那些激情性的字词：“征途”的“征”，“远大”的“远”，“鸿鹄之志”的“鸿”，“雄鹰展翅”的“鹰”和“展”，“前进”的“进”，“翱翔”的“翔”，都被重复采用。这所北方大学，历史上曾名“中俄工业大学”，入学的上世纪五十年代初期，正是中苏交好，就有同学索性起了俄国名：卡佳，卓娅，娜塔莎，阿廖沙，喀秋莎——有一首著名的歌曲在远东地区传唱，“正当梨花开遍天涯，河上弥漫着淡淡的轻纱，喀秋莎站在高高的岸上”，这里面的“喀秋莎”，是红军战士为心爱的大炮起的一个姑娘的名字。那城市俄式的建筑、食物、穿着，还有混血的脸相，洋溢着社会主义的异国情调。有时候，他会以地缘概念思考革命的性质。中国大陆北端，地处寒带，漫长的冰期，夏季的白夜，仿佛是从极地传来的某种消息。空间拉开幅度，时间增量，反过来扩容空间，再虹吸时间。层层递进，滚滚向前，去往目力不可及的地平线那端。氤氲集散，气韵环流，化无形为有形，于浩渺中升起，那就是革命的魅影，像马克思《共产党宣言》中说的，一个幽灵在欧洲游荡。当他在严寒中冻得直掉眼泪，想江南莺飞草长，想得揪心，可春天不期而至，冰凌喀啦啦崩裂，碎成一江晶莹，再流作金水，波光闪闪。树叶子绿了，花开了，迎春、紫薇、连翘、点地梅、达子香，“五月的鲜花开遍了原野”唱的就是这时刻。还有罂粟，在空气里播撒着致幻剂……回到老家，不由得手脚拘束，呼吸黏滞。黑瓦白墙蜕去梦中的鲜明，变得暗淡无华，石卵地面弯曲的墨线，似乎让人眼晕。叽咻的乡音，一股子市井气，他听不惯也说不好，更可能是不屑于说。一年一年过去，他知道自己已经回不去了。

雪片大起来，房屋街道一片白。垃圾污垢被覆盖，融为一体，显得臃肿。台阶上的人多了，有避雪的，有等待开门的。透过迷离的雪幕，看见胡老师的文玩店挂出营业的牌子。下去台阶，绕过马路中心纠结成团的车辆，到了对面。临街的点心铺堆着刚出锅的油条，面发得很暄，和美国所有的东西一样，肥大壮硕。买了四根，托在手里，推开文玩店门。一串风铃响，胡老师从里进转出来。看见油条，又转回去灌了电热水壶。不一时，“吐吐”地沸滚，烫了紫砂茶器，沏上茶叶，滗水烫第二遍，再沏一道，才是入口的。茶桌两头坐下，也不说话，只专心吃喝。

胡老师的年龄在他们父子之间，阅历和成熟度，更倾向父亲一代。就像师师引他认识胡老师然后退出，现在，他引父亲认识胡老师，也退出了。留下这两位，倒成了莫逆似的。

吃罢油条，擦净手脸，胡老师评价：这油条炸得不对，一咬一包油，应瘦一点，老一点。父亲说：我吃着不错，过瘾得很！胡老师就摇头，惋惜他没品位的意思。两人继续喝茶，父亲一口一干，胡老师又发声音：老杨你不是喝茶，而当牛饮！老杨一笑，接着牛饮。关于称谓，开初时作过讨论，先是“老爷子”。父亲嫌叫老了，他还没做“爷爷”呢！换作“老师”，父亲也不受，说自己算哪门子老师，育教过什么人？胡老师说：我不也是“老师”？父亲说：你是“三人行必有我师”的“师”，我呢，是那两个行人，叫老杨即可。胡老师才知道父亲的姓氏，遂又生疑惑。儿子名“陈诚”，随他母亲家吗？老杨含糊道：却也不是。胡老师晓得有缘故，不再往下问。从此定下，就叫“老杨”。老杨将茶碗一掀，说：怎么牛饮，分明喂猫呢！胡老师笑过了，以十二分耐心解释：解渴实是解燥，不在喝的多少，而在方法。老杨没想到还有方法，集中了注意听讲——三个字，亦是三段法。胡老师说，一是入，二是留，三是回。听的人“哦”一声，肃然起敬。说的人继续：单是第一段“入”就有几种不同，锐入、缓入、迟入。茶与人首次接触,嗅觉当先;接着,茶到舌面,即第二段,留,味觉来了,需适度延宕,停滞,渐渐渗透;于是有了第三段,回,又分回甘、回香、回辛,不一而足,所谓回肠荡气!老杨终于听完,给出一句结论:吃饱撑的!胡老师用手点着他:这就是你们一代人,多快好省!两人仰头大笑,笑过了,再洗茶,沏茶,喝茶。缅街上人多起来,从玻璃门前经过,留下晃动的影。有的驻步打量,也有推门张望一眼,又退回去。胡老师并不招呼,姜太公钓鱼愿者上钩的风度。事实上,大生意并不在门面上做,多半来自固定的主顾。店里的两个人静静坐着,看门窗上天光和雪光交互,一时暗下去,一时亮起来。但听风铃一响,进来两个女人,西人脸相,衣着佩戴却显粗糙,神情则是拘谨的,即判断来自东欧无疑。两人踯躅到柜台,伏身看上面的一盘小石头,拈起来对着光照,叽叽咕咕地议论,转身问是玉还是石?胡老师回答玉是石里的一种。这话很有些狡猾,混淆了概念。女人真懂还是装懂,点着头,最后选定几块形状怪异特别的。胡老师在钻眼机上打了孔,穿上线,又找来几个小首饰盒,将石头很宝贵地插进绒布垫里,真就有玉的样子了。银货交讫中,闲话往来。问从哪里来,回答一个国名。一时不解,再问一遍,再答一回。困顿中,那边老杨出声音了:爱沙尼亚,首都塔林。女人听见,脸上放出光来,说:真高兴,遇到知道我们国家的人!看她们感激的表情,这两人都不知说什么好。站起来送到门口,风铃“叮”一声,人走了,才退回座位。

老杨你知道的不少啊！胡老师重新看他一眼。喝茶喝茶！老杨举起茶碗。真人不可貌相！胡老师一口干了,掀起碗底向对方亮了亮,以茶代酒的意思。哪里的话,正巧撞上我这一路的罢了。这一路是哪一路?胡老师试探道,心下早觉得面前的人有来历。这人哈哈一笑:多快好省的一路！说罢,顺手扯过一页纸,耳朵后面取下一截铅笔头,划拉几条曲线,写几个字:波罗的海,芬兰湾,里加湾,俄罗斯,拉脱维亚,重重打个五角星——爱沙尼亚！胡老师的自尊心上来了,也扯一张纸,夺过铅笔画起来:缅甸,老挝,越南,贵州,四川,中间一个巴掌——云南！抬头看住对面:社会大学,也是有国际背景的。当然,当然！老杨笑得折腰,立起大拇指:牛！两人笑闹打趣,时间已经中午。那一个径直推门而去,这一个也不挽留,大有名士风范,所以才合得来。

胡老师的读书会,父亲欣然前往几回,结交了新朋友。总不能像胡老师,相处自如率性,重要的是学到新鲜的知识。比如,有一回题目为“美联储的秘密”。讲者曾经从业华尔街,不到五十岁便退休了,住在斯丹德岛上,钓鱼,摄影,成人之家做社工——“成人之家”且是另一课内容。这位先生从自己经历说起,如何攻读金融,然后实习,替老板追索一笔四十年前的死账。这样的死账,大小银行不晓得有多少,都可以倒溯至第一次世界大战。本来并不寄希望,有当无地派点活计,不料想真讨了回来。讲者说,其实他也没有特殊的战略,就是咬定青山不松口,“千万里我追寻着你”。倒是让他意外,欠户认账,并无抵赖的意图——由此,引申资本体系的基础,就是诚信。在这里,杀个人未必判死刑,金融欺诈却是重罪。毕业后,顺利找到一家投行,和实习的成绩有关系也无关系。华尔街永远需要人,也永远不缺人。初入职场,是最有成就感的人生阶段,雄心勃勃。穿着布鲁克兄弟牌的黑西装,脖子上挂着吊牌,工间休息时候,聚在楼宇间的空地上吸烟。绝对是这城市的精英,主宰市场走向,经济命脉。斗转星移。这一身西装渐渐变成制服,这一伙人则是军队,服从命令听指挥,一颗小小的螺丝钉。知道我们怎么工作?他问道。眼睛在众人脸上一一扫过,自己回答自己:给你一笔资金,限定时间内收益,有下限,无上限,当然,个人所得的比例相当可观。你就去找项目吧!哪怕一瓶酒,百老汇的一张票,二十一街挤挤挨挨小铺子里一款女式内衣设计,在风投人眼睛里,都是项目。我们就像得了上帝福音的使者,看得见凡俗看不见的景象,那就是每个人头顶都有天使在飞翔,那天使就是绿色纸币!他举起手,做着随风摇摆的姿势——摸准风向,绿纸片便倾盆大雨而下。天长日久,绿纸片便成数字,一个一个符号。然后,抑郁症来了!吁出一口气,后仰在椅上。四下亦都轻松下来，仿佛从一场冒险脱身。这时，忽有人小声道出三个字：美联储！方才想起当日主题，主讲人却已耗尽心力体力，时间也过去大半，便简扼成一条循环链：世界经济在美国手里，美国经济在美联储手里，美联储在犹太人手里，所以，世界经济的钥匙，由犹太人掌握。

下一期活动在胡老师家举行。他们父子提前去到，因胡师母拜托做几味冷餐作茶点。之前总在店里碰头，上门还是头一遭。父亲剃头光脸，换了出客衣服，携两瓶竹叶青，颇为隆重。他备的冷餐有糟香鸭舌、虎皮鹌鹑蛋、蜜汁豆腐干、糯米藕，学洋人酒会小点，插上牙签，摆盘置放桌案。会员们先后进门，络绎二十来人。中国人称的阳春节令，气温陡升。仿佛只在眨眼间，柳树绿了枝条，院子里的几株广玉兰和桃树，开出花来。众人合议，将桌椅推到门外，就在廊下平台开讲。左右邻居大约都出去踏青野炊，两边院子寂静着，鸟的啁啾格外清脆。这一日的主讲人是胡老师新疆戈壁滩的邂逅，搭同一辆军车，住宿兵站。起先都说普通话，互相听见说话里的口音，你们知道，老乡见老乡，两眼泪汪汪。后来，都来到美国。所称上海老乡，其实多为流徙之辈，从根子上论，遍及天南海北。讲题就为“离散”。这一位江西贵溪籍贯。其父是国民党第十二兵团人，与司令黄维同籍、同宗，黄埔军校同期生，可谓嫡系。淮海战役同为共产党解放军俘虏——他讲的正是之后的这一段。此时，母亲已携幼小到了台湾，却执意返回内陆找人。从上海码头登岸，将儿女留在旅店，孤身前往南京。总统府人去楼空，满地狼藉。于是沿京沪线继续向北，过蚌埠、宿州，到徐州，真好比孟姜女千里寻夫的现代版。等在上海的几口人，先还有零星口信，再后来便音信杳然。旅店老板几番催促房租不得，最后下了逐客令，连行李带人送到马路上。随行的女佣是母亲的陪房丫头，贴身藏了两根金条，俗称小黄鱼。夫人临别时交付给她，不到万不得已不能动用。一行人在马路沿坐了半天，不知道什么时候方才算得“万不得已”。踌躇间，那老板到底看不过去，荐她到隔壁弄堂人家伺候月子。支了工钱，赁半间披屋住下来。讲者是家中最末的一个，天天牵了姐姐的手，站在弄堂口等母亲，从天不亮到天黑尽。就看马路上人流冲突，惶遽骚动，北去火车站，南往十六铺码头，还有东西两头的民用军用飞机场。丢了包裹的，丢了孩子的，被车碾压，被马蹄踩踏，遍地哀鸿——就在此刻，忽有声音响起：这不是事实！在座人一震，循声看去，见说话人面生得很，不知哪一路。他惊讶地发现，是父亲，穿着新衣服，新剃的头。站在那里，红着脸，像是羞赧，其实是愠色。他想阻止，却动弹不得，父亲的声音仿佛在很远的地方：请问这位先生，是道听途说还是亲眼看见？那先生镇定道：耳听为虚，眼见为实！父亲轻笑一声：不知道先生用的是哪一只眼，上海市民欢迎解放军进城的秧歌队伍，本人正在其中，锣鼓喧天，红旗招展，看到了吗？讲者抬起身子，直视老人：你有你的眼，我有我的眼，这就是历史的多重性。父亲说：应该说是历史虚无主义，无论多少重，主流唯有一支！讲者寸步不让：自古以来，胜者为王，败者为寇，下一朝为上一朝作传，不晓得隐匿多少真相！父亲仰面大笑：何为胜，何为败，不正应了历史发展规律？演讲人到底年轻，沉不住气，嗖地立起来：那么就要追根溯源，才能拨乱反正。父亲说：追溯就追溯，内战如何发生，哪一方背信弃义？讲者也哈哈大笑：老先生年纪比我大，不如再追溯远一些，从三民主义开始！父亲应战道：三民主义就三民主义！他抬不起头，父亲一反常性，竟如此好斗。四下沉默着，偶有鼻哧声。座椅移动，三两人步下庭院赏花，或自行斟茶添水。这一些细小的动静都透露出，父亲处境孤立。不在于政见的异同，还是不明事理，多么扫兴啊！争论继续着，历史、政党、道统、正义，名词在头顶上飞来飞去，合着昆虫的嗡嗡声。言语越来越枯乏，情绪则加剧激化，更像是斗气。胡老师显然也失措了，一会儿站在这边，一会儿站在那边。师母比较冷静，将茶几上的吃食送到各位面前，大力推荐：真正的淮扬名点啊，出自莫有财正传弟子！带头鼓掌，让他站起来认识认识，推为下一期主讲，题目就是中国菜系和烹饪。胡老师即应和道：民以食为天，这才是历史的硬道理！本来想来句噱头，不料话头引回到起题上。四下不由静一下,气氛又绷紧。有识趣的人吵着要打包点心回家,于是一起动手挑选和分配,几位女宾则帮着收拾残局。主人推辞说:不必不必,走吧走吧!就都走了。

日头西斜过去,左右院落的人回来,汽车的入库声,小孩子的呓语,这一日结束了。

第四章

说起学厨的经历，和黑皮有关。黑皮的爷爷，即舅公，是一名厨子。当然，不是扬州城里有门有派的名厨，而是串村走乡，替人办红白事的手艺人。这样的大司务，江北一带不晓得有多少，俗话说“扬州三把刀”，菜刀剃刀修脚刀，这是头一把。天下闻名的扬帮菜，蟹黄大排翅、鸡火干丝、蜜汁火方、翡翠鱼丝，是上了殿堂的，好比民女选进宫里成了妃子。有一回，他随舅公，后来是他的师傅，在运河边上逛，走过背街，连着几户，后门敞开，正对灶台，热火烹油，镬铲敲得锅沿当当响，晓得前堂是饭店。师傅说：看见没，十七八精壮的小伙子，才有力气颠勺。手腕子一抖，只见一条线上去——肉块、鱼块、鳝筒、青葱、黄姜、黑木耳、红绿椒，五颜六色翻着筋斗，一条线下来，热闹喜庆。这才是扬帮菜呢！还有，曾经在无名镇的集市听评话，说书先生讲得细致,单单“狮子头”一节,足足一壶茶工夫。选料、备料、调味、和馅,最后团在掌心,左右倒手,嘴里木鱼般“的笃的笃”,百十个来回,听客纷纷叫好,又是百十来回。这也是扬帮菜,响亮结实!再有,豆腐。传说有一家豆腐房,生意做大,不免起了野心,登陆大码头,上海。岂不料,非但不发达,反一落千丈。请人看风水,换门面,改朝向,还不行。城隍庙烧香卜卦许愿,立祖宗长生牌位,也不行。一日一日,终于赔个精光。灰溜溜顺原路回到本乡,因羞于见人,闭门不出,衣食渐窘。看一家老小都是靠他的人,必出山不可了。思来想去,除去做豆腐无从生计,硬着头皮又开豆腐锅,竟回到从前,顾客盈门。自省命中七寸,不求一尺,便安下心来,慢慢度岁月。某一日,将晚时,有过路人问宿,就在豆腐房搭一张铺。夜半过来磨豆子,嚯嚯声中,那客人虚着眼看,说道:老板真勤力!老板说:勤力有余,运势却不足!就说起上海的遭际。那人扑哧笑出声:何为“运势”?老板摇头:谋事在人,成事在天,天机不可泄露!过路人说:运势就是水啊!说话间天亮了,夜宿客上了渡口的船。看着船下的河流,老板一拍脑门,懂了!这才叫得来全不费工夫,不就是水吗?不是他的豆腐好,是这条水好!这就是扬帮菜的缘由,乡下人的乡下菜。

那一回,舅公接黑皮回家。本来呢,他要去上海孃孃处,因为尼克松走了。可是,他舍不得黑皮,黑皮也舍不得他。看小兄弟俩垂头丧气，舅公说：一起吧！渡船行在运河，河堤上栽着大柳树，合抱的粗细，一棵一棵连成排。枝条垂地，连成绿屏风。隔着屏风，是高邮湖，水面浩渺。渡船上的人，身上都有股鱼干的咸腥，脚跟的蒲包里，鸡崽鸭崽叽叽喳喳吵个不休。他们中途下船，在一个叫作送驾桥的小码头上岸，即有个剃光头打赤脚的年轻男人接迎。木扁担挑了东西，走在前面，两个小的尾随，舅公押后。两边麦地，已经灌浆，麦芒子唰唰在风中摇摆。回头望，舅公不见了，一会儿，又出来了。只这眨眼的工夫，麦子又熟了一成似的，泛起光来。然后就看见房屋，红砖的，青砖的，一幢一幢。再走近去，上一个缓坡，便来到一片帆布棚底下，排着方桌板凳，中间留一条通道，迎向大门。门楣上贴了白，四角则缀了红。黑皮告诉他，是喜丧。未及问什么意思，黑皮跳开了，蹿到门里，又被拦出来，他也就止了步。日光透过帆布棚顶，变成土姜的颜色，有一点像暮霭。出去布棚，又回到正午。四处走动的人，腰上都系了白布，头上戴着白布帽，帽角上也缀着一点红。空地上，一个女人咔咔踩着缝纫机，白布泉涌一般从针下泻到地上，堆起小山。黑皮折返身子，说一声“走”。二人相跟着，绕屋脚半圈，就看见一片小树林，中间用芦席围起一座披屋，里面砌了灶，灶上坐了汤锅，咕咚咕咚翻滚，地上排了缸和盆。几个女人赤裸着手臂淘洗，舅公坐高凳上喝茶和吸烟。方才迎他们的伙计站在砧板前当当地剁肉，见这二人进来，歪过脸努努嘴。顺着方向，黑皮揭开案上的盖布，拈了两个大馒头，传给他。自己又拈了俩，退出芦席围子，找片树荫坐下来。

馒头烫手得很，嘴里"嘶嘶"着，掰开来，一层层的，热腾腾的扑面而来，他觉得就是走过的那片麦子做的。

短短几日里，麦子熟了，几块阳面的高地已经开镰。发丧的日子也近了，正如火如荼地办事。灶下杀鸡宰羊，灶上锅开鼎沸，舅公不让他们靠近，遣得远远的。站在坡上，就看见吊唁的队伍，打一杆白幡旗，扯起嗓门，女人们互相牵攀着，前仰后合，又像哭又像笑。黑皮陡地转身，向这边跑来，他跟在后头，心怦怦地跳。眼看那一行人跨过院子门槛，扑倒在地，跪爬着前行。黑皮也趴在地上，手足并用。他几次三番企图进门，看那一百岁的老太婆，总也不成。他却有点害怕，慢下脚步，立定了。其时，他知道喜丧就是长寿人去世，福气的事情。吊唁的人已经平静下来，聚在桌边等待上菜。黑皮也回来了。他问：看见没有？回答说：有什么好看，丑死了！像是看见也像没看见。小孩子叫喊着奔跑，时不时撞着大人，招来呵斥。吃饭没了钟点，灶上不停地出菜，女人们穿梭地来回，送上新的，撤下旧的。两人走出流水席棚，在庄子里乱走。

这个庄子大半人家同姓，所以都在丧事里忙。其余姓氏的，下地割麦去了。除那一处热闹，都寂静着，仿佛空村。

他们拾起一根秫秸秆子，打树上的青枣子。还没下手，身后院门却探出一个老奶奶，阻止了他们，说枣还没熟。老奶奶脚边有一个木桶，坐着个奶娃娃，帮腔似的哭号起来。丢下秫秸秆子，走到一个河岔子，看水里一蹿一蹿的小鱼。低下身子，对准了，合拢两只手去捧，一捧清水，从手指缝漏走了。忽然间，两人的胳膊被握住，提起来，甩到几步外的坡上。一条大汉，提着竹耙子，斥一声“找死”，走了。爬起来，去撵村道上漫步的禽类，叫出恐吓的声音。其中一只大公鸡，红冠子垂到脸颊上，先随着母鸡跑，霎时间掉过头，直向他们扑来。这就换作他们逃，鸡们追，但听拔地而起一阵大笑，石破天惊的。这村庄神奇得很，四下里都是眼睛，看着他们。跑着跑着，前面树影子里出来一个小孩，比他们俩不大几岁，却挑着一副水桶，轻轻盈盈地走着。追着挑水男孩，怎么也追不上。一会儿，小孩藏到草垛子后面不见了，再一会儿，又从两排房子的夹道里现身了。渐渐地，离开庄子，上了大路。两边的麦子齐肩高，挑水男孩走在里面，头上是将午的日头，明晃晃照着底下的人，还有挑子两头的水，水上浮着一片荷叶。不知什么时候，男孩头上也顶着一叶大的。走啊走，眼前豁然开朗，麦子躺下来，扎成个子。仿佛从地里冒出来许多男女，割的割，捆的捆。还停了一辆马车，底下人将麦个子抛上去，车上人接住了码齐。男孩卸下挑子，仰头一喊，远近都围过来喝水。这就看见这两个，早就认识似的,叫他们"小厨子"。最后,他们是坐在马车的麦垛顶上回庄的。

下半天里,庄子里热闹些了,遍地都是放学的小孩子,奔跑追逐。小学校在相邻的村庄里,他们也去那里看过。一连排平房,连着东西侧屋,是老师的住家。教室分高小和初小,各一大间。他们从窗口刚一探头,里面就喊成一片,小厨子!小厨子!赶紧缩下身子,蹲到墙根里。黑皮说,下一年他要念书了。他比黑皮长两岁,照理早应该是学生。可是,学校与他却有十万八千里远。黑皮看出他的心思,说一起回家,一起读书。这个允诺并没有让他高兴起来,这天余下的时间里,情绪都低沉着。直到晚间,方才有事情转移注意力,那就是一百岁老太婆要合棺了。

流水席的棚布撤了,饭桌椅凳也撤去。扯出来的电线原样不动,换了高支光灯泡,抢了月亮的光明,衬托出漆黑的夜幕。穿了麻衣的孝子孝孙从灵堂漫到院子,再从院里漫到院外,空地上一片白。如他们这样外来的或者外姓的人,隔一条村路,站在对面的缓坡,屏息敛声。良久,只听院子深处起一声:老祖宗!接着跟上齐崭崭的闷响:躲钉!听的人不自觉地打个战,头顶麻到脚掌窝。两个小的挤在人堆里,手牵着手,又害怕又激动。"老祖宗躲钉"的叫喊持续很久,战栗平息了,月亮移到西边,坡上人发出叹息的啧声。舅公说了一句:这就是周公说的"礼乐"!人们听不懂,发着蒙,舅公又来一句:可惜没有响器。

出殡的次日,天不亮就收灶上路。一个伙计担家什,另个伙计挑他们俩,一头筐里坐一个,蜷着身子做梦。懵懂里被放下地,半睡半醒里,只觉得蒸汽弥漫。大锅滚着沸水,一束束干面下去,一束束熟面捞起。灶头上,面碗一字排开,一笊篱就是一满碗。街上都是吃面的人,头埋进大瓷碗,筷子挑得老高,"呼"地一吸,下一筷又挑起来。粮店门前的木架上,是新挤出的面条,一挂一挂排开,帘幕似的。面的酸酵气,遍地生烟。舅公说:高邮到了。

住在高邮西北乡的黑皮家,盛夏里,孃孃从上海来过一回。乍一见面,两人都惊一跳,孃孃惊的是他长高一头,身板也宽了,成另一个人。他呢,一万个想不到,天下还有孃孃这个人。院子里,桃树开了满枝花,树底栽的几株蚕豆盘上去,结着绿豆荚。孃孃坐在下面,脸是透明的白,身上的白衬衫也是透明,眼镜的金丝边闪着光,就像绢纸做的人。姑侄二人,彼此不说话,只是看着,仿佛睽违一辈子的时间。最后,孃孃生气似的一扭头,躲开他的眼睛,结束了对视。没人的时候,孃孃说话了:我本是带你回上海的,见这里很好,你同黑皮也合得来,就算了!他点头。孃孃冷笑道:我就知道你愿意在这里,哪里都比我那里好!他无从回答,默然无语。屏了半时,孃孃叹一口气,屋里人喊吃饭了。下午,无论怎么留,执意要走,留下一点钱,舅公舅婆不要,打架般撕扯半天，到底放下了。舅公让他送孃孃，孃孃说不要，头也不回地往前走。他跟在身后，不敢趋近，就这么隔了十来步，相跟着走过杨树夹道的土路，到班车站上。日头火辣辣地晒下来，孃孃举一柄折扇作凉棚。蝉鸣作一片，耳朵里轰轰响。远远看见汽车驶来，孃孃这才看他一眼，招他过去，用折扇替他扇着，说：要乖！汽车已经到跟前，打开门，上去人，又合起来，驶走了。

九月来到，黑皮上学，并没有如承诺的，带他一同去。看他孤寂，舅公问要不要跟着去办厨，点头说要。于是，一老一小便上路了。舅公挑一副担子，一头是趁手的刀具，一头铺盖卷。他背上的小筐里，装些零碎：毛巾茶缸，胶鞋雨伞，一卷烟叶，还有一本黄历。随着时间过去，舅公挑子上的东西，一点一点挪到筐子里。最后，索性调换过来，他挑担子，舅公背筐。走乡串村的路线，基本在高邮湖西北一带，比较少往南去。大约是业内的成规，各有应事的区域，互不介入，有饭大家吃的意思。江都地面有几家故旧，偶尔来下定。完毕之后，便稍稍绕道，去扬州城看亲戚，祖父母家客遇舅公，就是这样的时候。再次随舅公去到，虽只一年之后，却长成少年形貌。这一系的人个头都高，他也是，抵到爷爷肩膀，和舅公齐平。奶奶正在和面，他放下挑子，舀一瓢水净了手，接过面盆揉起来。衬衫底下的肩背，鼓起肌肉，里面都是气力。剃头挑子给推的平头，展露出宽阔的前庭，黑漆漆的眉毛，几乎插入鬓角，一眼看去，果真是个标致的乡下人。饭点到了，粥锅揭盖凉着，配粥的小菜摆开，他也有了完整一个咸鸭蛋，不必与人合吃。一大屉包子热腾腾地蹾上桌，筷子夹起来，颤颤的一兜汤，咬开个口子，呼的一下，顾不上烫嘴，全吸进去。

他是从白案入行。先只不过剥葱捣蒜择菜，给豆芽换水，洗了小脚丫，伙计肋下一叉，叉他进面缸里踩面。实在忙不开，就当个人用了，发酵，揪剂子，擀皮，捏包子——一个包子二十六个褶！他脑子好，眼和手有准头，学得进东西，最要紧的是，勤快。像他这个年纪，没有不贪玩的，他就不贪。从小受嬢嬢管，他都不懂得怎么玩。跟黑皮野了半年，觉得有趣，却也不是缺不得。多少的，他有些不太像孩子，而像大人。事实上，一个成年人也不如他持重。那两个伙计，都娶妻生子了，还脱不了玩心，和当地小孩子耍牌、掷骰子，赢不过人家，竟然哭了，倒要他来哄呢！舅公既以为难得，又难免不忍，有时赶他出去。应卯似的溜一圈回来，百无聊赖的样子。舅公也不强求了，而是更用心地教他。

传授厨事之余，舅公还和他讲书。嬢嬢用《红楼梦》作脚本，舅公是黄历。宴席散后，烧一木桶热水让师傅泡脚——他已经改口，叫舅公师傅，就算入了门。师傅脚插在热水里，黄历摊在膝上，手指头点着字念，“沐浴”“扫舍”“置产”“行丧”“作灶”“饰垣”，时不时停下赞叹一声：多么古啊！“古”，是师傅对事物的极高评价。有一回，向晚时分走在路上，太阳正往后落，光着膀子的男人在地头上摇轱辘井，一畦畦的田垄从男人脚下辐射过来。师傅停下脚看一会儿，说：真古！于是，他也从这些词组中领会到了古意，弯腰往木桶添一点热水。师傅继续念下去，“会友”“立约”“裁衣”“修仓”“纳畜”“酝酿”。合起黄历，接过擦脚布，结束道：学了十二对！或许就是读黄历的缘故，师傅习惯以“对”计数，因为这，吃过亏。曾经在集上买鸡蛋，从篮子里拾一个，嘴里念“一对”，再拾一个，念“两对”，卖鸡蛋的女人很狡猾，跟着念，“三对”“四对”，最后“三十对”。结账付钱，走半路才悟过来，三十个鸡蛋算成了六十个。回头去找，哪里还有人影。自此，买鸡蛋的事就交给他，自己站一边，不自主地念叨：一对，两对……小徒弟终于忍不住，抬头说：师傅，你别乱我！赶紧走开，站得远远的。接下来，凡论数计的采买都由他办：鹅掌、鸭头、猪蹄、鸡爪、螃蟹，等等。凡过他手的进出，都记了账。他看见过孃孃的账本，学过来。黑皮用剩的练习簿，横条上画了竖条，列出日期、地点、物件、单价、斤两，清楚整齐。拿给主家看，都咂舌称叹。

其时，黑皮已读完一年级，二年级起就转去公社的完小。十来里路程，星期天回家。他呢，很可能跟着师傅出门应差。算下来，他俩碰面的频率大约两个月一回，难免生分下来。这二年半里，黑皮还是小孩子形状，他却改样了。除去个头体魄以及嗓音，他已经渡过变声期，不看人单听说话，几近成年男子。这些都在其次，最明显的，是待人接物的态度。有个星期，黑皮到家，他也正在。晚饭桌上，黑皮碗吃空了，他伸手接过，起身添了饭送回来，坐下再吃自己的。不经意间，那些玩伴的日子远去了。他在这一家的位置很微妙，一方面是寄居，黑皮的父母，他称表叔表婶的，甚至小表弟妹，都可任意差使。事实上，不等差使，他已经做在前面了，扫地提水，刷锅洗碗。另一方面，他又在某种程度上分担生计，舅公带了他，至少抵得上半个伙计。出于两种身份，他都被称作“大哥”。那“大哥”不比这“大哥”，饭桌上，“大哥”和舅公并排坐上首。舅公小酌，也斟给半盅，下酒菜，拨一半到碗里，“大哥”再拨给小弟妹。

三年过去，舅公说，出师了，去上海看孃孃吧！舅公又说，想回来，随时随地；不回来，有半技之长，总有饭吃。上路那天，表叔送他搭乘班车。叔侄俩争抢行李好几个回合，最终，表叔挑起担子在前头走了，追也追不上。他和表叔没打过交道，见面笑一笑低头过去。就这个人，从不占他饭桌的座，那一碟下酒菜从不伸筷子。老人偏向远房的孩子，并无半点怨言。替他盛饭，总是双手接碗。头一回领教这人的力气和犟性，想不到劲道那么大。上去班车，没站稳脚，就开动了。回头望去，表叔草帽底下流汗的脸倏忽而过，满视野都是煌煌的日头。担子一头是两只活鸡，鸡嗉子撑饱了，伏在蒲包底不动弹，半天咕一声，半天咕一声，打嗝似的。另一头是花生芝麻大枣，一捆鱼干，一篮鸡蛋。安顿好行李，看车窗外，一边是运河，一边是熟了的麦田。他闻见麦香，仿佛滚滚波浪，劈面而来。

再次来到上海，觉得一切都变小。街道窄了，楼矮了，一方方的窗格子，蜂房似的。人却多了，密密匝匝的。他挑着担子，遭来无数白眼，嫌他碍了走路。好容易挤上公共汽车，他发现连站都不会站，左右腾挪，全不对。人终于少了些，他也占到一个座位，稍安定一时，两个蒲包惹起事端，原来，鸡拉屎了，纷纷掩鼻和侧目。鸡屎臭尚未消停，又爬出一只鳖鱼，这才发现，随身还携带有这活物。车厢里骚动起来，他伏在地上捕捉，连带人家的裤管一起捉住，就有人出价要买。纷纷攘攘中，车到站了。弄堂前的马路依然清寂，门口剥豆的女人仿佛没长年纪，原貌原样。沿街窗户伸出的竹竿，晾着洗净的衣服，水珠滴到后颈里，不由缩一下脖子，好像回到小时候，弄堂玩耍的孩子则是另一批了。走上楼梯，推开亭子间的门，孃孃正在桌边吃早饭。牛奶锅煮的泡饭，盛到金边瓷碗里，油条剪碎，浇上虾子酱油，怕热汽熏了眼镜，脱下来放进眼镜盒。这时候，蓦地停下筷子，腾出手取眼镜，戴上，不及防地，微笑起来。他几乎没见过孃孃的笑容，难免有些窘。弯下腰，解开蒲包口，送给孃孃看。看一会儿，即动手一件一件往外取，放置桌面。很快，漫到地上，最后，地上也满了，便将先前的收纳到瓶罐里。那两只鸡，消化尽肚腹里的食，嗉子瘪下去。立在地板上，惊讶环境的改变，转着脖子四下看，竟下了一个蛋。孃孃从床底米缸摸一把米，放在蚊香盘里，推过去。姑侄二人蹲着，看鸡们一起一落啄米，“笃笃笃”地响。

这批副食的到来，十分及时。这一年，除常规的定量供应之外，又新增几种限额。孃孃家只她一个人口，算作小户，配给就又要低一档。家用账目的簿记更为复杂与烦琐，专辟一个半天，将各种票证排列对照。肉票、鱼票、蛋票、豆制品卡——横竖划分成格子，买一份敲一个章。有的以季度计，有的以月计，还有的，以上中下旬为计。最后，孃孃打开一本折子，如同豆制品卡的格式，每一格里贴着手指头大小的花纸票。孃孃说：你父亲寄来的生活费，减去用掉的那些，余下都买了贴花，给你存着。原来是一种极小额的储蓄，一元起存，利虽薄但聊胜于无。他合起折子，推回过去，说：我有钱！然后从衣领里抽出一个小布袋子，里面一卷票子。这些年师傅零散给的剃头洗澡钱，临来时又给一笔整的。你自己苦下的，师傅说。表婶替他缝起来，穿上线，贴身挂在脖颈，叮嘱轻易不可示人。现在，他全交给孃孃。孃孃用手帕在镜片后面擦拭一下，喃喃说：你还是个孩子呢！他低下头，窘得不行。这般大的少年人，最怕动感情，尤其他和孃孃，都不惯表达和交流。

自从他来到，采买和烧煮就全担起了。材料的紧凑，还因为生活方式，上海的炊事比乡下细碎多了。豆芽要掐去两头，蚕豆剥了壳，还要去皮，花生米也要去衣。金针菜黑木耳全年各二两，需分配给各项菜式。鱼是一掌长二指宽，天不亮就去排队，不定买到买不到。半斤肉作几样吃，白切红烧切丝切丁。开一次油锅只出碗脚多点的菜，猫食似的，却要有三四种。所以，格外的忙碌。匆匆进出弄堂，有时和师师走对面，彼此不说话，交臂而过。他长得再快，男孩也是晚发，何况师师又长他几岁，完全是大人模样，已经交了男朋友，窗户底下叫着"师蓓蒂"，他方才知道师师的名字。过一阵子，隔壁后门一响，人下来了，沓沓走出弄堂，轧马路去了。

爷叔走后空下的三楼亭子间，住进一对年轻夫妇，灶间里多一份人家，原先爷叔是不大用厨房的。孃孃冷若冰霜的态度让人不敢接近，换了他情形就不同了，谁都会问两句，今年多大？从哪里来？长住还是短住？做什么菜给孃孃吃？三楼新嫂嫂——底楼的婆婆这么称呼，新嫂嫂是个极爱说话的人，教他开关煤气，监查走表的数字，斩肉杀鱼。形势很快反转过来，变成他教她，婆婆站一边看，啧啧称奇。由此，遇见孃孃顺势也搭讪起来。孃孃呢，内心并不像外表那么拒人千里，而是不善交际，对世事生畏。越生畏越不善，如此循环往复，最终彻底隔断。一旦打通障碍，即随和许多。有时候,女人们一同看他做事,案上案下,锅里锅外,仿佛有几双手,却一点不乱,就十分赞叹。叹着叹着,渐渐漫游开去。但厨房里的说话,终究离不开食用,匮乏的日子,又总是遐想富庶的图景,最近的一幅是尼克松访华——听到“尼克松”三个字,砧板上的刀不禁停一拍。又一次和这名字邂逅,与他有什么关系呢?尼克松访华的时候,女人们感慨道,菜场上多年的消匿又出现了:对虾,黄鱼,螃蟹,河鳗,蹄髈——都是后蹄,整只的猪头,牛腩肉,活鸡鸭,冬笋,豌豆尖,红绿椒……可是,只能看,不能买,绝不能买!里弄和单位,大会小会,小组长一家家上门,让男人管好女人,东家管好保姆。可是,又一个可是,看看也好呀!解解眼馋,馋虫都要从眼睛里爬出来了。说到此,三人哈哈大笑。他也笑。新嫂嫂搡他一把:你笑什么?你知道我们笑什么?于是,那三人又笑。

嬢嬢将他当大人看了。一同上街,不再前后走,而是并排。他已经和嬢嬢一般高。无论身高样貌,还是神情,他都显得比实际年龄成熟。这时节,市面流行一种的确良咔叽的面料,藏青或者铁灰的中山装。钱数事小,难得的是票证,工业券,几乎占去一个人一年的配给,他又没有额度。可嬢嬢执意给他买一件,几番推让,到底拗不过。站在试衣镜前面,店员说:你儿子很好看!从镜子里看见,嬢嬢脸一红,模糊记起让他改口叫“妈妈”的一幕。包起新衣服,出了店门，姑侄俩复又走成一前一后。经过酱园店，驻步讨论买白腐乳还是红腐乳。这一回听他的，买红的，余下的乳汁可做一道腐乳肉。然后，再回到并排，进了弄堂。

转眼，已经半年时间，也想过回师傅那里，却开不了口。孃孃每天晚上和他安排下一日的计划，他能说下一日要走？大概因为暮年将至，更可能是，他长大了。原先是他听孃孃，如今开始倒过来，孃孃听他，凡事都要问他。他呢，有问必答，是做得主的人了。弄堂里的一些公用事务，比如收扫地费，卫生检查，发放老鼠药灭蚊剂，登记临时户口，也都由他接洽。他脑子清楚，言语简洁，态度和煦，不像孃孃，借她多还她少的样子。他和邻里熟悉起来，甚至有几个称得上朋友。其中就有那个被认为最危险的人物，小毛。小毛家原是看弄堂人，每晚摇着铃喊“小心火烛”的，最先是他祖父，接着是他父亲。再后来，这行业消失了，但他们依然住过街楼上。他去玩过，想起爷爷奶奶的家，从街面走进去必经的那条廊桥。看出去的景色也有点相似，绿树和屋顶，觉得是老远老远以前。十四五的孩子，通常不会有太多可供回忆的事情，他却有。小毛其实并不像世人眼睛里那般可怕，就是不爱读书。这个年月，爱读书的有几个？只不过不像他没管束，精力又旺盛，有领袖型气质，所以纠结得起一帮小孩子，呼之而来，呼之而去，难免让人畏惧。随着世道趋于平靖，小毛也长了岁数，屡次治安整顿，进去派出所，再放出来，队伍就散了。但书是读不好了，勉强初中毕业，因上头两个姐姐都插队落户，上山下乡也落潮了，于是分在一家生物化工制品厂，正式走上社会。其时，小毛这乳名，除他母亲，别人叫就要翻脸的，也算是当年枭雄的余威吧。中秋时分，他领孃孃吩咐去食品店买散装月饼，秤好包好结账，缺半两粮票。粮票有半两之分配，算这城市的特色。在他看来大可忽略不计，但营业员并不通融。正为难，边上伸过一只手，递来粮票半两。脱口叫一声"小毛"，小毛笑笑，不言语。银货两讫，一同走出来。就这么认识了。

两人年龄相差一岁半，小毛长些，高一个头顶。不多久，他就能赶上来。穿一色藏青色涤卡上装，看起来就像兄弟。生化制品厂说是生产单位，但运行制度上更接近机关，所以上的是常班。有时候，两人约好在厂门口碰头，一起去看电影。他早到几分钟，只见院子里面，几十辆自行车，瞄准大门，下班的电铃一响，万箭齐发。小毛喊一声"上"，他纵身一跃，跳到车后架，势如破竹一般，骑出车阵。假如生活不发生变故，一径继续下去，也挺好。可是，世事难料，谁都不知道前面等着的是什么。

小毛和他交朋友，有处境的原因。旧党鸟兽散，作为单位的新人，还不及网络联盟。这孩子呢，是弄堂世界的外来者，对过去的是非不甚了解，所以，自觉不自觉的，怀着重写历史的意思。当然，也不能排除个人特质的成分，这一项甚至排得到首位。他相貌堂堂，态度沉着，与小毛历来的结识很不相同，这就涉及到等级的观念了。弄堂里住户与过街楼人家，从主仆关系沿袭而来，经历数次阶级轮替，贫富消长，依然不能完全革除陈习。此一方臣服，彼一方却不定释然。小毛晚上出门，大人问起——自有过派出所拘禁，家里管束严了，本当是小孩子淘气，不料想吃了官司。平民百姓眼睛里，穿制服的都是官府的来头！只消说去大弄堂几号亭子间孃孃家，便安心了。头一次造访，小毛梳齐头发，换了干净衣服，擦亮皮鞋，拎了一篓水果。孃孃家极少客人，尤其年轻的客人。眼前这一位仿佛昨天还是顽劣之辈，倏忽间成谦谦君子，真好比换了人间。于是，格外的殷勤，请坐让茶。来人倒紧张起来，幸好有他，居间周旋。第二次登门，就自然了。放下客套，闲话家常，说到兴起，孃孃抽出香烟朝小毛面前送了送。小毛接过来，擦亮火柴给孃孃点上。再下一次，带的是半条烟。烟也在限量范围，小毛家人口多，又路途广，票证方面就有余地。孃孃还是不过意，为表示感谢，决定请小毛吃饭。

一声令发，这两人便忙碌起来。其时，供给稍微宽松，配额之外，略有些盈余，但需要掌握先机。先机则决定于人脉，菜场肉摊上有小毛昔日的一个兄弟，允诺一个猪后蹄。但是，必须早到。众人都知道每天只有两只后蹄，有心埋下一只，却撑不了太久，一旦起哄，酿成动乱。你知道，兄弟说:肉案上的刀都是现成的。于是,次日清晨,天不亮,他就来到肉摊。昏黄的电灯光里,已经有人站队。小毛的兄弟低头刮洗砧板,任人催促,只是不动刀。过了一刻,他身后又延伸十数人,兄弟这才从案下面抱上一只油腻腻的钱盒子,开张买卖。头两个买主都是要蹄髈,各一个前蹄。其中一人嘀咕道:后蹄呢?后蹄到哪里去了!兄弟不说话,将钞票扔过去,取回前蹄。那人及时按住,钞票又回到盒子。第三位买的五花肉,第四腿肉,他排第五,照了照面,迅雷不及掩耳,钞票飞过去,手中篮子一沉,蹄髈落进来。身后起了喧哗,人已经离开。

有了蹄髈,其他就简单了。年轻人口味厚,小毛尤是。他家父母来自山东,平常饭食皆以盐酱为重。扬帮菜的乡村版,主打冰糖肘子,则属他强项,对上了路子。从中午起直至晚饭时分,一边守着锅里的蹄髈,一边做几样细致的蔬菜,虾皮干丝、水芹豆芽、黄瓜海蜇、毛豆茭白,既照顾孃孃的习惯喜好,也是调节浓淡,平衡全局。等小毛来到,蹄髈挂着丝起锅,酱色透亮,连孃孃都下筷子了。这一餐饭可称功德圆满,大快朵颐,热情高涨,物质精神双丰收。随着盘光碗净,气氛趋向宁静和平。收拾了饭桌,他下去厨房洗刷。完毕后上来,孃孃正翻开一本相册,他坐过去,两人头抵头看。黑色的卡纸上,透明相角嵌贴一张张照片,有着长衫和戴珠花、正襟危坐、仪容肃穆的旧式男女,孃孃解说是兔子的老太爷、老太太。相片上的人，无论服饰还是神情，都像古人，或者戏台上的人。又点了一个绸袍子里的小孩，说是“爷爷”。他是见过爷爷的，无论如何与真人联系不起来。倒是那老太爷，眉眼间依稀有爷爷的影子。后来，爷爷脱去孩童形状，梳分头，西装革履，照理应该与父亲接近，却又不是了——顺孃孃的手，他看到父亲的照片，穿戴皮衣皮帽，焕然成新人类。他还看到孃孃，蝴蝶袖的连衣裙，不戴眼镜，瞳仁很亮，直逼着对面，被她看的人是要胆寒的。但少女的萧瑟里总有几分妩媚，不像成年之后的肃杀。再翻一页，就是一家四口，年轻的父母和幼雏儿女。小毛脱口道：你，兔子！他也认出父亲和姐姐。那抱他在怀里的，仿佛认识，却又不认识。孃孃伸手合起相册，说：没有了！站起身，就是逐客的意思了。

他送小毛下楼，到门口，小毛惶惑地问：你孃孃不高兴？他说：没有没有！小毛是个简单的人，就也放下心来。两人站着，后弄窗户里的光半明半暗地照在脸上。小毛吸完一支烟，说：你长得像你妈！走了。他没有进屋，抬头看看天，被楼顶的堞墙刻成锯齿形，模糊的记忆似乎要突破屏障，终于又没有突破，回去了。他感觉心跳得很快，震动耳膜，嗡嗡的，过三五分钟，复又平息下来。弄口的铁门外，行道树的影里，一对男女相拥着，身边停一辆自行车。他认出是隔壁师师和她的男友，有点害臊。可是并不躲避眼睛，这幅画面使静夜变得甜蜜。月亮移了一步,树影将恋人掩藏更深,几乎看不见,自行车的辐条却烁烁发亮。

时间又过去一段,还是放不下舅公那里的事,试探地向孃孃开口。父亲的生活费固然可靠,终非长久之计。自己也大了,可以谋个事业——说到这里,孃孃拦住话头,摇手道:不必过虑,孃孃我也是有来源的。这"来源"真有其事,还是托词,总归不让他走的意思。话说到此,便搁置下来。直到有一天,孃孃告诉了"源头"的来历,方才知道不是虚应。原来,孃孃有过一次婚姻,双方父母都不看好,因门第不对等。那一方是怡和洋行襄理的公子,这一方只是市井人家女儿。可人在情中,且少不更事,再有,她也是新女性,追求自由。一股脑扎进去,从女中退学,还剩半年就毕业了呀!孃孃屈起手指在桌上叩一下:两人奔往大后方去了。大半年后回来,一是钱花完了,二是怀孕。那一家是中式传统西式教育,保守加开放,于是也接受了。然而,小儿女双方却生倦意。热情这东西,孃孃说:来得快,去得也快。产下一子,留给夫家,因是孩子的母亲,便承诺负责生活,再嫁时候截止。到底生意人,有诚信,自此月月给付。无论时局改变,市面动荡,从不曾中断和拖延——他不禁要问,孃孃后来没有结婚?孃孃颇有得色:他们想不到要养我一辈子,这就叫人算不如天算,婚姻的好处坏处都尝过了,足矣!脸上忽又蒙上戚容,所以,孃孃我养你得起!可是,他为难地说:什么时候我才能回报孃孃呢?孃孃抬起手摇了摇,就知道谈话结束了。

隔日,吃过中饭,孃孃没有如往常一样午歇,而是换了出门衣服,说要带他去一个地方。路上买了一篓苹果,由他提着,上了无轨电车。仲夏季节,浓荫覆地。碎银子般的阳光里,几个滚铁环的孩子,就像精灵闪动,渐渐被汽车拉下,消失在视野。又转了一路车,他跟着孃孃沿马路走去。两边的楼房,多是姜黄色拉毛的涂料,日头底下,呈现颗粒状的明暗,起着绒头。山墙上爬着一些藤蔓植物,留下的是一卷卷丝帛般的影。和他们居住的东区,另有一番景象。囿于孃孃的生活,他对这城市见识极为有限。眼前不止房屋形制,商店橱窗,街道的宽窄曲直,连路人的脸相都是特别的。无论老少男女,甚至儿童,一律有一种目无下尘的表情。孃孃的步态变得昂然,仿佛受周围影响,又仿佛分庭抗礼:有什么了不起,谁不知道谁啊!脚下加了速度,才不致落后。走过一条过廊,廊柱和廊柱之间,由一道道拱形门连接,石头的柱底和柱顶,褐色砖砌的柱身。从廊下的阴凉里出来,又到树荫斑驳的太阳地,满世界都在翻金翻银,眼睛都睁不开。路口转弯,对面一排连体房屋,尖顶红砖的三层,坐着半层高的台阶。他们没有拾级上去,而是走入台阶边的门。下几格楼梯,就到了造访的人家。

虽然是半地下的居室,亦要比孃孃的亭子间明亮,且面积相当宽大,划分为几个区域。东墙下一张双人床,本白挑花镂空的床罩,三面垂同色的流苏。西墙一张长餐桌,中间背床向桌一具三人沙发,南窗下再横放一具单人的。于是,卧室、饭厅、客堂,都有了。主人穿一身雪纺绸睡衣裤,稀疏的头发向后梳齐,面色清癯。岁数应在嬢嬢之上,但两人却互称先生。寒暄后分别落座,将电风扇转向他们姑侄,自己打开一柄折扇,又叫"家主婆"斟酸梅汤给客人解暑。"家主婆"和嬢嬢差不多年纪,着一身黑色香云纱,衬得肌肤雪白,更是显年轻,夫妇俩就像两代人。"家主婆"的沪语里有苏州口音,和嬢嬢说话也是熟稔的,喊他"弟弟"。弟弟在哪里上班?听他只十四岁,便问:弟弟在哪里读书?应酬下来,身上的汗也干了,于是,嬢嬢话锋一转,切入正题:先生,今天来,就为这孩子拜师学艺!他不禁吓一跳,知道嬢嬢有事,却不知道是这档子。那先生倒声色不动,莞尔一笑:孔老二都打倒了,何师之有啊!嬢嬢说:孔老二与我们有什么干系,又不读圣贤书,只求薄技在身,挣碗饭吃。先生只是笑:彼此彼此,共同学习!嬢嬢冷笑一声:先生不用拿新词推诿我们,旧人旧话,就当三十年前,有什么事不能应的!先生脸上有些挂不住,又放不下,浮起一层酡红,讪笑着:这脾性还是三十年前啊!这边针锋相对,那边,师娘没事人一个,弟弟长弟弟短地照应他吃喝。

先生的口风到底软下来,告饶说:早三年退休,连锅铲都没再碰过。嬢嬢将酸梅汤送到嘴边，品酒似的喝半口。也不看先生，兀自话道，某一日，路经“状元楼”，时间已到中午，便进去坐下，点一客红烧小黄鱼配白饭。那黄鱼吃在口中，似曾相识，分明是过去的味道。俗话说“黄鱼脑袋”，指的空无一物，这“空无一物”都吃净了——说到此，嬢嬢回眸望先生一眼，先生低下头去。付完账走出来，想想又折返，绕到后厨看一眼，你知道，你知道我看见了谁？先生双手举起作一个揖：玩票而已！嬢嬢手里的酸梅汤“笃”一声放下：什么玩票？回汤豆腐干！两人对视一会儿，忽又同声笑起来，止都止不住，大有棋逢对手的快意。师娘这才转身回头，嗔道：神经病！

告辞时候，日头斜下去一大半。先生和师娘送到门外，退远望去，一黑一白，如玉树临风，很是好看。回家路上，嬢嬢慢慢告诉他，师娘原是先生的二房。解放以后，共产党废除妻妾制，于是，遣走大的，留下小的。那一笔分手钱还是老东家从香港寄来的一张支票，可不是小数目，扬州原籍买下一座院子。那东家就是嬢嬢先前的公婆。回来后不几天，嬢嬢嘱他专办一桌酒，请先生和师娘，算作拜师饭。至于菜式，全权由他安排，唯有一条，断不可缺了冰糖肘子。嬢嬢说，必得亮一手，让先生不后悔收他。蹄髈还是要走小毛的路子，起大早和冒风险，火中取栗般再来一遍。因听了嬢嬢说状元楼小黄鱼的事，他不敢贸然撞枪口。规避开，用青鱼头尾做一道下巴划水，中段一半熏鱼，一半浸了糟油，放入鲜汤。酒香草头上铺一圈蛋饺，虾皮油里炸了拌冷豆腐……这些精致的配菜更加烘托了冰糖肘子的酣畅浓烈，将宴席推上高潮，收徒的事就定下了。

先生姓单，淮扬大师傅胡松源外系后人。亲不亲，舅家人，就也称得上嫡传。二十岁出头来到上海，先在洋行做司务，后被高级襄理目中，高薪聘用，专为要客办宴。一九四九年，东家迁居香港，得力的仆佣带走大半，他却留下了。舍不下原籍的老娘是一条，看不上香港瘴疠之地是又一条，打底的一条则是，他算得上经历过改朝换代的人了，无论谁坐天下，都要分出三六九等，朱元璋出身草莽，山芋干果腹的穷乡僻壤，坐上龙庭不也锦衣玉食！他们这一行总是用得着，所以就不怕没饭吃。替老东家看两年房子，这两年内，先是军管会进驻，他都看见过陈毅将军，块头挺大，广额方颐，尤其一双耳朵，像似“三国”中的刘备，长可及肩，能成事的样子。确实，他承认，共产党里有人才。后来，军管会搬离，换文管会。再后来，开始安置他们这些留守的人，看起来要长驻的样子，单先生一家就搬进现在这套居室。显然是汽车间改建的，但很宽敞，前后两进，有卫生，有煤气，而且独用。再添上楼梯旁的小间，供女佣住。这女佣原是大太太的人，后来大太太有了新人，留给了他。人口、排场、起居简约许多，简有简的好处，清净自在。过去，终究寄人篱下，如今则一家之主。虽然小人物，总归上一朝的遗属，鼎革之际，所受不薄。最让他服帖的是，新政府念旧，他供职的饭店的雅座，不间断有昔日名流来到，京剧大师、越剧皇后、面粉大王、金融大亨、起义将士，一律共产党做东。如当年老东家的宴席一样，都是他主持，排菜谱，定菜式，查验进货，甚至亲自上灶——蟹黄大排翅、鸡火干丝、蜜炙火方、翡翠鱼丝，这些菜肴，离淮扬菜早已经十万八千里。比如大排翅，食材来自远海，是粤菜的范畴；火方，即火腿上方部位，或金华，或云南，亦不是淮扬的原始物产。沪上淮扬名菜，实为广纳博取，融会贯通，自成一体。所以说，上海是个滩，什么东西，到这里都铺陈开来。这些贵客也得新政风气，放下架子，称堂倌"同志"。有几次专请他到座上，握手合影，那大领导还向他敬酒。这样的热络光景渐渐淡去，最终消失。他视作人情之常，并不以为一阔脸就变，而是一朝天子一朝臣，不能拿客气当福气。等到了"文化革命"，无论新近故旧一锅端，大大小小的领导都下台，又是一条船上的人。反是他，太平无事。老东家的孃孃说得不错：薄技在身，走遍天下。不过她说起那红烧小黄鱼，使他生出些酸楚，多少有些沦落的心情。过去，小黄鱼是给底下人吃的，哪里用得着他动手！世道还是在变。

今日里那一只冰糖肘子，不禁唤起回忆来，让他回去故里。有多少时间过去，又有多少世事转变，他们都上了岁数。那孃孃，还记得她走时的样子，看都不看襁褓里的小把戏，径直走出大门。她的住处还是他给找的，一个远房亲戚的房子。后来送过几次生活费，一直没有搬迁，所以，时间又好像停滞了。上楼走过厨房，黑洞洞四壁之间，那孩子立在灶头跟前，嫩笋一般的身子和精神，仿佛少年的自己。

第五章

胡老师让他主讲读书会，原以为说说而已，不料竟是当真，设在文玩店对面“福临门”的包间。事实上，就是做一桌菜，请来宾品尝，倒也别开生面。桌上菜下去多半，问题来了。头一个胡老师，带有提纲挈领的意思：为什么“淮扬”会成为一大菜系？他沉着应答：由地理位置决定。大运河凿通以来，成南北通道，物质集散中转，尤以粮和盐两项为重要，于是，商贾聚集无数——要知道，凡名菜名点都出自富庶的区域，一是指出产，二则是消费。淮扬地方这两项都具备了，可谓天时地利人和。于是就有人历数川菜、粤菜、湘菜、云南菜——胡老师接过去说，云南菜他有发言权！曾经做缅玉生意，隔三岔五从云南过境缅甸。那一带很乱，有毒枭，有缅共，或者合二为一，需要迂回曲折往来，就熟得很。云南海拔不一，山长水阻，物种杂多，这里是这样，那里就那样了，非一门一派可以囊括。听客说：不是有烟、茶、云腿作代表吗？胡老师说：烟是现代工业产品，不晓得过滤掉多少特质；普洱茶则商业童话，讲故事讲出来的；至于云腿，只怕隔几里路就是另一番味道。又有听客道：重要的是水，贵州的茅台最著名，实际上呢，凡泗水酿的，都是好酒！从淮扬到贵州，从菜品到酒品，跑得够远，又被他带回来：所以，食材离不了水土，水土离不了节令，什么时间产什么，产什么吃什么，就是天地人贯通！一个促狭的问题来了，时差！中国的时令到美国应该如何换算？大家都笑，乱了一阵。有人说：美国有美国的时令，在原住民印第安人那里，英格兰人登陆，带来科学，被同类项合并掉了！这一路跑得更远，空间有半个地球，时间从原始到现代。他再一次将话头带回来，说到一样东西，软兜！美国没有"软兜"。在座人半数不知道"软兜"是为何物。鳝鱼，他说。哦？人们一怔，渐渐开悟，体味到这两个字确实非常象形。它生在稻田里，你们想，养米的水和土！他说：《天工开物》第一篇，即"稻"，中国古代将天下称作"社稷"，就是土和谷。谁都料不及，这厨子竟然说到《天工开物》，连"社稷"都出来了，题目也忒大了。气氛变得肃穆，他惭愧起来，轻下声音：听师傅说的。胡老师说：你们知道他师傅是谁？大名鼎鼎莫有财！他吓一跳，张口要辩解，四下竟鼓起掌来。凡来自上海，有不知道市长的，却无人不知道莫有财。他要说不是都没法说,胡老师一劲地怂恿,窘得脸都红了。这阵子热议终于过去,静下来。那对民国姐妹中的一个问道:听说师傅你给陈香梅办过酒席,做的哪几道菜呢?他拭去额上细汗,解脱地吐一口气。

陈香梅的菜式均是原味,烤麸、熏鱼、白斩鸡、糖醋小排、葱油软兜——冷不防又说到"软兜"。抱歉似的停一停,跳过热炒,直接到了砂锅,腌笃鲜全家福。总而言之,他说:不要什么新鲜噱头,现代设计,尽量还原记忆中的上海口味。以我们这一行的看法,记忆不在大脑,而是舌头。多少人离家乡几十年,口音不改,什么道理?舌头!吃遍山珍海味,最想吃的还是小时候的爱好,什么道理?还是舌头!说到此,在座的就搜集起各方饮食习俗,重庆的麻辣、山西老陈醋、山东大馒头。有当年的知青去到皖北插队,有一种"啥汤",鸡鸭骨架作底,放进麦仁、面筋,最重要是一包药材,凌晨烧火,天明揭锅,满城都是火辣辣的香味,开始不习惯,后来竟离不开了。武汉的热干面,也是每日必吃。浙江温州的"风肖",两个字也不知怎么写的,就是糯米锅巴,薄如绵纸,白糖水一冲,烫得嘴里起泡。有人提及小时候弄堂里的糖粥担子,伴随梆子声,就像童谣里唱的,"笃笃笃,卖糖粥"。说到弄堂,故事就多了。五十年代初,南市有一个卖糕团的行贩,装备一部弹子机,旧币制三百元,即三分钱一击,以目标远近为收获多寡。糕团则以时政事件为命名,

“桂柳会战”“长沙大火”“淞沪抗战”，最贵重超价值的一件也最反动，叫作“反攻大陆”！众人都笑，他却紧张起来，生怕激怒父亲。再一想，父亲并不在场，方才松一口气，也笑了。自从上回起了争执，父亲就拒绝参加读书会，连胡老师都疏远了。大家都很开心，显然是这一讲最出彩的桥段。纷纷说道，这糕团贩子定是蒋匪特务，迟早要吃人民政府的饭。“人民政府的饭”指的坐牢，沪上市井的俚语。也有人说行贩说不定已经潜逃，就在法拉盛，你我他中的一个！于是，又笑。他却沉下了脸，因觉得这说笑都在针对父亲。趁不注意，他起身离席，走廊上遇到老板娘，问一句：散了吗？他不回答，低头侧身而过。这些却没有瞒过胡老师的眼睛，猜得到其中的缘故，亦不好说破，扫大家的兴致，由他去了。

这一日，胡老师上门来了，提一瓶二锅头，两盒熟菜，要和老杨喝一杯。这一杯喝得够长久，他出工开始，下工还未结束。进门只觉得一屋子酒气，满桌子的鸡骨鱼刺。隔壁房内，师师已经睡熟，这边两人用筷子挑仙人骨占卦。所谓仙人骨，即鱼头和鱼脊相交处一根三角刺，筷子夹起松开，桌面上立住，意味着好运气。两人轮番挑起来，落下去，无一回立得住。走近一看，不是仙人骨，是一根鱼肋的长刺。他原本不怕晚，有心也喝一杯，但看都醉得不行，便下令散了。将一个推上床，另一个推出门，架下楼去。胡老师脚底打着绊，舌头也打着绊，力气却很大，挣扎着，企图脱开他的搀扶:走开,我和你没话说,我和老杨是一对!他哪里敢松手,只在嘴上“好,好”地哄着,一边左右顾看,找计程车。头顶一轮皓月,将他们的身影投在地面,看上去像打架一般。寂静的夜里,胡老师的声音格外洪亮:我们,他点点自己胸口,又点点他的,心连心!好的,好的,他说。冷不防,当胸一掌,踉跄后退几步,站住了。胡老师已经坐倒在地。这时,街角闪出计程车黄色的顶灯,赶紧招手,和司机一并将胡老师塞进后座。付了车资,看着车一溜烟驶走,方才转身回去。

第二天早上,他专到文玩店看一眼,昨晚的司机是个波多黎各人,多少有点不放心。隔着玻璃窗,见胡老师在里面活动,便离开了。煌煌的日头底下,景物都有些发花,晕眩似的。心里对胡老师感激,因他愿意和父亲做朋友。这一点,他是做不到的。父子大约是世界上最疏远的关系,有一首台湾歌曲,反复唱的两句:天上的星星像地上的人那么拥挤,地上的人像天上的星星那么疏远——他们就是两颗星星。暗中也期望共同生活能拉近彼此距离,父亲三个月的探亲签证到期后,和上回不同,又续了三个月,显然是师师的作用。她活跃了气氛,但他不敢说师师究竟对父亲有多少理解。那次读书会父亲生事,师师面上不说,背后是不满的,讥诮说:就算不认蒋介石,也得认孙中山啊!他不搭腔。师师继续说:现在不是搞统一了吗,要翻老账啊!他还不搭腔。师师再接着说:邓小平说白猫黑猫捉住老鼠就是好猫,难道老干部不学习吗?他撑不住笑起来。师师就是会扯,从一件事扯到另一件,又扯到第三件,许多争端就这么扯平了。不像他们家,都是较真的人。有几回,听见父亲企图和师师谈一些严肃的问题,比如“唯物主义”,师师很虚心地听着。他怀疑她未必真有兴趣,她懂什么叫“唯物主义”吗?因他自己也是不懂的。但等父亲从抽象理论落实到具体事物,声明他去世后不留遗骸,骨灰尽撒入大海,师师发言了。爸爸,她说——他很感激这一声称呼——爸爸,关于这一点我想发表些意见。你说,父亲面带微笑,期待听到反馈。师师说:这不够环保!他又要笑出来了。父亲虽有些意外,却依旧保持讨论的态度:可以送到远海。师师说:远海的生物种群也会对近海产生影响!他都不知道师师从哪里得来“生物种群”的概念。谈话引入海洋生态的题目,扯是扯远了,却不能说不在“唯物主义”的范畴吧。

师师的胡搅蛮缠规避了交流中的危险。这危险具体是什么,他说不上来,但又无时无刻不感觉到它的存在和窥伺,像水底的暗礁,稍不留意就会翻船。而他们家的人,似乎是一种特别警觉的动物,稍有风吹草动,预先绕开。更彻底的做法是缩在自己的壳子里,与外界筑起一层障壁。师师在某种程度上缓解了他,也许还有父亲的孤独感。他们三个相处得不错,抑或还加上姐姐,不过只能偶尔为之。现在，他相信女人的天敌是女人这句话了。师师和姐姐，笑里都闪着刀光，话没说上几个来回，便扬眉剑出鞘，兵刃相向。奇怪的是，这样的紧张关系，应不见面才好。可偏偏的，两人并不回避，甚至很喜欢。无论哪方发出邀请，对方必定欣然接受，于是，这邀请多少有一点约战的意思。姐姐的德州佬男友，也很会凑热闹，用师师的话，“小二子跟进”，挤一脚的意思。出乎所有人意料，他们这一对，看起来配错了，倒十分稳定，度过这么些时间以及地理上的变动，依然在一起。其中的原委，他和父亲，从来不作讨论，只各自困惑。但谁能捂住师师的大嘴巴？并没有人征询她，陡然间说出一句：谁也看不懂谁！听起来很荒唐，仔细想，却不无道理。好比瞎猫碰着死老鼠，师师就能扑捉到真理！那位仁兄也会扯，扯和扯不一样，师师是假痴假呆的扯，多少有些存心。德州佬则真痴呆，又听不懂中文，每到形势激烈的时候，急切要姐姐替他翻译。姐姐呢，也是存心，翻过去全不是那么回事。他再回来一句，可真是乱成一团麻。无论怎样，效果是好的，大家都乐起来，严肃的事情变得滑稽。师师对德州佬也有一句评价，“说死话”，沪上人的俗语，抖一个空包袱的意思。德州佬的“死话”并非出于语言的机巧，纯属浑然不觉。

长岛有一家日本料理，新近举办活动，周六周日晚，一人一百元自点餐。由师师发起，全家聚一次。下午六时左右,两边人都到齐,围桌而坐,喝一会儿麦茶,研究菜单。本来各吃各的,最民主自由,即便如此,也能生龃龉。师师先要了大份的鱼生拼盘、铁板烧烤、味噌汤和蒸蛋。姐姐合上手里的菜单,说:够了,不必再加!这句话本来无懈可击,师师就挑得出刺来,以为有“越俎代庖”的指摘。答一句:这些只是打底,再想吃什么再点,多少不过一百元!姐姐一时无以应对。差不多算过去了,偏偏不巧,此时此刻,德州佬点了一杯威士忌。只看见姐姐眼睛一亮,斗志点燃:酒是一百元以外的啊!话没落音,师师一挥手,招来服务生,要了一整瓶威士忌。服务生是美国孩子,美国人大多没眼色,多嘴道:酒不包括在餐费。师师很火大地说:我知道了!那男孩带着疑虑的表情缩回去。姐姐说:美国人都是很节约的。师师一笑:这一点我最懂得,一口一声“亲爱的”,吃个汉堡包都要对半对分账!他不禁在桌面击一掌:好!师师的嘴真是爽利,紧接着见姐姐变了脸色,心里擂起鼓来。姐姐也一笑——她们的笑令他胆寒——所以说,嫁来美国的人要想清楚,是你的是你的,不是你的就不是你的。平心而论,姐姐不如师师有急智会说话。她刻薄在外,荏弱在里,难免进退失据。而师师,游刃有余。师师脸白了一下,即恢复正常:还好还好,我嫁了个中国人!德州佬听得懂言语往来中有“美国”和“中国”,插嘴道:文化,这是文化!可说歪打正着。人们怔一怔,笑起来。事情到这里应该告一段落,双方却不肯罢休，仿佛意犹未尽。他觉得他们家人都不正常。师师是正常的，但是，遇到姐姐，便不正常了。

师师不无得意，将方才的话题接下去：所以，按中国文化的惯例，今天的餐费我们全包！姐姐应道：入乡随俗，各付各的，拆伙的时候不必计较你的我的。师师说：中国人信奉白头到老。话脱口即知道失言，因前一段婚姻中途而废，搬起石头砸自己脚，已经收不回了。姐姐"哧"地笑了半声，戛然止住，一片寂然。他的笑也收起了。德州佬高举酒杯，说：干杯！依次与在座碰一下。他发现，德州佬并非不谙世事，他自有通路。这时候，倒有些明白他和姐姐的相处之道了。

眼看父亲续签的三个月又将到期，姐姐带父亲报名旅行社，去加勒比海玩一趟。和来时一样，操办一桌酒菜送行。除家里人，他自做主请了胡老师夫妇。心想当了客人面，她们还不约束些。胡老师一对可说青梅竹马，一条淮海路上长大，一个小学、中学的前后同校。区别在于，一个高中毕业去了新疆，另一个则留在上海做了"社会青年"。所谓"社会青年"其实就是失业的同义词。胡师母长得很漂亮，读书时候是校花，出来后是"淮海路一枝花"。她父亲早年从浙江宁波到上海做裁缝，属"奉帮"一系的。本来有一个门面，后来收起店号，自己在家接回头客的生意，足够生计尚有盈余。母亲据说原是打下手的针凿女工，顺风顺水做上老板娘。“大跃进”号召主妇们走出家庭，就在弄堂口居委会办的缝纫铺里做，算是端公家饭碗。家中养了三个孩子，下面两个男孩和通常人家无异，大的即胡师母，因是头生，又是女孩，调养格外用心思，从小打扮得洋娃娃一般，长大更是出挑。人们说那老裁缝手艺好，工价平，唯有一点，克扣衣料。女儿身上的漂亮衣服，就是克扣下来的零头做成，无奈它拼嵌巧妙，非但看不出，还十分新颖。模样好的女孩子多半读不进书，心思不在此处，初中毕业，没考上高中。正值号召知识青年支援新疆兵团，带兵的人都来到上海，各学校派了名额，还专来怂恿她。这么样绢做的人，去到大漠孤烟的边地，大可成模范和典型。同一条淮海路上，不就有出身资产者家庭的女儿带头报名？可惜这女儿不是那女儿。母亲对她说——她们母女有点像姐妹，两人手里做着针线，嘴里互诉衷肠。母亲说，投胎投在上海是一等福气，投在淮海路再又上一等福气。所以，任凭说得花好稻好，她是绝不会受蛊惑的。但上海的好，是有一点危险的，听“淮海路一枝花”的别称，就知道这城市多么浮浪。幸而大人管束紧，否则，放到世界上，谁驾得住方向？只帮着买些日常杂用，进出弄堂，已经引来无数眼睛，其中有一双就是胡老师的。事情开始得还顺利，年轻的胡老师相貌堂堂，重点高中的优才生，不久即将升入大学。已经选定同济土木系，那里有学生铜管乐队，想去里面吹大号。还有一个香港父亲，虽然负心于结发妻，儿子总是认的。偶尔寄信来，全弄堂的人都可以作证明。上海市井有一颗香港心，既是前生，又是今梦。然而，世事难料，霎时间好事变坏事，恰是“海外关系”这一条，成了命运的拦路虎。大学擦肩而过，换成新疆朝他招手。时代热情激动不了他，此时此刻，自知身在边缘，进不了历史潮流。所以服从动员，是因为向来行动力强。众人瞻望“一枝花”，唯有他，不仅眼睛看，还要设计划：搭讪，送电影票，说服母亲照应老裁缝生意，替两个小的补习功课。他对“一枝花”说，给三年时间，是聚是散，自有定规。这句话，像是哄小姑娘的。蹊跷的是，家里的大人居然也信了，除去人格魅力，香港背景依然发挥作用。一条淮海路上，多少父亲母亲在香港，困难时期，寄来一个个火油箱，里面装着猪油、白糖、鱼肉罐头，小孩子则一个个过境去团圆。事实上，三年的期限推迟到五年，践约回到上海，和“一枝花”结婚。洞房花烛，新娘方才知道，新郎没有户口，但却有精壮的一条身子，炉火煅过似的。戈壁滩上迷路，整五天半米水不沾牙。早上睁开眼睛，一轮红日拔地起来，以为濒死的谵妄，可是活下来了。从上海探亲结束，乘坐几日几夜火车到乌鲁木齐，等过路卡车捎去农场驻地。钱用完了，带去的香烟、大米、卷面、香肠，包括身上的衣服卖尽了，终于来一班顺风车。几十人拥上去，司机不敢开门窗，就这么挂在后车厢上，一行几十里。夜半下大雨，干打垒的土层顶塌方，以为梦魇压住了，其实是泥和水，埋到脖子根……可是，胡老师枕头上发誓：出生入死，不让你吃一点苦！胡师母劈里啪啦一顿巴掌：进一扇门，还说两家话？上海的女子外表是花，内里是草根。俗话说，上得厅堂，下得厨房，就是指这个。

依照惯例，他下厨，师师上菜兼陪客。胡老师带来的五粮液，和父亲对饮，其他人是红酒饮料茶。有胡师母在场调和，姐姐和师师便放过了对方，解脱战备状态。德州佬难免有些无聊，但被美食吸引，摒除旁骛，专心口舌之欲，只时不时地喊"杰瑞"，发出无数天问。"蚂蚁上树"菜名的来历，"宫保鸡丁"出自何典，"霸王别姬"的故事，还有"龙虎斗""翡翠白玉"——这一题转给了胡老师，由此"玉"到彼"玉"，即石中的精华，比如新疆的和田玉。最上品为羊脂玉，温润而坚硬。与你们的钻石不同，他对德州佬说：钻石的光是穿透性的，所谓"光芒四射"，"玉"却柔中有刚，刚中有柔，合乎中国精神最高境界，中庸，因此常用作士大夫清志的象征。德州佬反诘道：那么，《红楼梦》贾宝玉口中含的玉又意味什么？大家都知道，他顶反对传统文化！在座人面面相觑，心想这孩子不得了，不是金融专业的吗？转眼间变汉学家了。最后，胡师母站出来回答：贾宝玉参加科考，完成读书人的功业，然后才回去大荒山无稽崖青埂峰，那块玉他还给了僧道二人。胡师母读《红楼梦》比德州佬熟，听得他直点头，未必真懂，却是折服。众人松下一口气，骤然又提起来，因他紧接说出这样一句话：大荒山无稽崖青埂峰是宇宙时间。这就换成众人服他了。

胡师母向姐姐说：你把他教得很好！姐姐早已经笑得直不起腰，酒意和笑容改变了她的面相，显得年轻，而且随和。胡师母忍不住要问：为什么不结婚，生一个宝宝？姐姐憋着笑转向德州佬，问：为什么不结婚，生一个宝宝？德州佬做了个掩鼻的动作：宝宝很臭，臭死了！姐姐又笑。德州佬佯装正经，拈起一朵装盘的萝卜花，送到姐姐脸前：我要结婚，和我结婚！姐姐抬手打飞萝卜花，两人笑作一团。座上人赔笑几声，多少有些尴尬。幸好师师上了新菜，拔丝苹果。筷子从四面伸来，扯着糖丝收回，空中织出一张网，气氛很热烈。很快，盘子就见底。父亲搁下筷子，说：如果有个孩子，你会比较快乐。本以为搁置的话题又拎起来，人们发现，方才的哄闹中，父亲其实是沉默着的。姐姐挑高眉毛：我不快乐吗？我很快乐！说罢便笑。德州佬跟着笑一声，仿佛回音，很快刹住了。父亲仰头喝一盅酒：快乐就好！姐姐却不依了：你倒说说，我怎么不快乐了？父亲和解地说：我并没有说你不快乐，我很高兴你是快乐的。他显然怕女儿，到这个年龄，做父母的都怕儿女。姐姐不肯放过，追逼道：你说了，“如果有个孩子，你会比较快乐”，意思就是我是不快乐的！父亲被她激起火了，手里的酒盅一蹾：我说了，怎么样，多大的罪？胡师母开解说：你爸爸想抱孙子了，你们俩的孩子一定很漂亮，中西合璧！姐姐将筷子拍到桌面：我最讨厌杂种！德州人完全听不懂言语来去的内容，直觉里和自己有关系又没关系。见诸位神态严峻，再不敢插嘴，索性起身离桌，到厨房与杰瑞说话。

杰瑞，他摇动着葡萄酒杯，看玻璃壁上的挂浆：为什么不开饭店呢？凭你的手艺，生意兴隆，财源滚滚！后两句是用中文说的。"杰瑞"说：不一定，美国人另有口味。那么，德州人很虚心地请教：中国人和美国人，谁的"口味"更好？"杰瑞"认真想一想，回答：路数不同，比如，你们觉得好看的女人，我们常常以为是丑的，甚至极丑！德州人也认真想一想：你们以为那种金发碧眼的美人，在我们看来，很普通！"杰瑞"说：很好，各取所需。嘴上搭话，手里正做一道"松鼠鳜鱼"，倒提着鱼尾，滑入沸滚的油锅，鱼身上的刀口齐崭崭绽开，德州佬不由打个寒战，觉出恐怖。"杰瑞"瞅他一眼，说：圣人有一句话，"君子远庖厨"！德州佬问什么意思。他自己也不怎么清楚，就简单说：知识分子不要进厨房。德州佬退到门口，复又进来，问：你老婆漂亮我老婆漂亮？他不假思索道：我老婆！德州人说：我老婆！闪出去了。

"松鼠鳜鱼"起锅装盘，师师接过去，他则坐下小歇。

餐桌上的风波已经平息，都在听胡老师话说当年。那时候，从新疆跑回上海与师母结婚，一住大半年，用病假单向那边点卯。肝炎、肾炎、肺炎、结核、胃溃疡、类风湿、高血压。除常见病外，还有些稀奇古怪的罕见病，一般人听都没听说过，肌无力综合征、脆骨症、植物神经紊乱、心因性休克，三教九流的人脉中，不乏医院里的结识，都是他们想出来的。中间实在催不过，返回一两次。是心理暗示还是佯装，或者一半对一半，反正到了那边，他真休克过几次。送到场部医院，验血指标果有多项不正常。名字叫医院，实际只算得卫生所，并没有更多的检测手段，主要听病人自诉，病假就续下来。用胡老师话说，火车开过长江大桥，所有症状一一消退，进到上海站，又是一条精壮的身子。人回来了，农场的工资停发，生计怎么办？世上三百六十行，本人做过三百六十一！胡老师一拍案，桌上的碗碟跳起来，落下去。

师师立在姐姐身后，添茶斟酒，挑刺剔骨，殷勤献好中流露出快意，就猜到他不在场时候发生什么，趁了心愿。女人里，师师应属器量大的，可是，就不肯放过姐姐！或多或少也有他的缘故，本来没要紧，落到对方手里，却成了要害，许多争端都是这么发生的。他既好笑又有些不安，隐约中，能量还在积蓄，随时产生后续。打发师师去厨房炒一道蔬菜，给自己斟半杯酒，听胡老师说话。

有一件事，老婆都不知道，胡老师说，曾经去广东深圳，准备越境香港！他们一行三人，筹足钱，联络好当地人，租一条小木船。到约定时间地点，那人却不干了，说巡逻艇增加往来次数，探照灯开得雪亮，海面上扫来扫去，暂时都收手停歇，伺机再发。村落房屋墙上，都写着“严禁偷渡，打击犯罪”的大字。有线广播报着遣返者的名单，让管辖部门去领人。海滩上有游泳溺死又被海流送回来的尸体，赤条条的，年轻、黝黑、铁打般的筋骨，合扑着脸埋在沙粒里，仿佛累了休息一时，却永远醒不过来。于是，三个人原路去原路回——人们看胡师母，胡师母波澜不惊：他当我不知道，“老蜜丝”早告诉我了！“老蜜丝”，同行三人组中的一个，其实是个男人，体育学院水上运动专业的学生，不知为何得这么个雅号。胡老师吓一跳：“老蜜丝”为什么告诉你？师母平静道：向我借钱。为什么向你借钱？胡老师跟进一步追问。我也向他借钱，师母回答。胡老师倒吸一口气：你从来没同我说过！有什么好说的？师母反问。多少年的秘密不提防间揭开，座上人都愕然，纷纷道：师母知道还不拦着，好一步险棋！胡师母说：他这个人最会看山水，晓得进退，又怕死得很。胡老师不服气道：何以见得？胡师母不与他争，只笑着点头，显然手里握着证据。父亲举杯道：惜命好啊！大家都和胡老师碰杯，姐姐也喝了。他放下心来，在姐姐肩上拍一下，感觉到那肩膀的薄和瘦。站起身进厨房，着手最后一款面点。

这一款面点他下了功夫，难度在物色食材。说起来简单，细究却颇费周折，就是小麦。不能生，不能熟，恰是返青的一刻，摘下来，搓下粒；石臼里捣出浆，且不能烂，需保持原形；倾在手里揉，揉，揉成团；压在扁盘里，拍打、切块，上笼蒸。为了它，专在盆里栽几十株麦子。美国这地方，水土太丰腴，种什么，长什么，长什么都是肥硕壮大。他要的麦子却是颗粒小、瘦、高密度，从土里硬挤出来。中国的庄稼，哪一样不是？树的年轮压得死紧，铜线似的一周套一周，箍得个千年不朽。这一款面点，说是甜品，倒有些苦涩，但苦尽甜来，行话叫回甘。少有人知道它，名不见经传，事实上，连“名”也没有。源出并不在淮扬地区，更要向北，盐城如东一带。想来是青黄不接春荒的时日，苦极了，救命的吃食，逐渐演化过来。他瞅准长势，及时掐下来，捡出硬实的麦仁，早一日捣好揉好，湿手巾盖在盘子里，这时切好上笼。还需看着火，不能太过，太过就散了。

端上去的时候，德州人在讲他的故事，接了前面偷渡的话题。一百多年前，爱尔兰土豆受灾，颗粒无收，全国大饥荒，饿殍遍野，难民们离乡背井，向四处投生。几十万人来到新大陆，在某种程度上改变了北美人口种族的结构，他的先祖就在其中。父亲说：听起来很像闯关东，东北的山东籍人占相当比例，山西呢，多往内蒙古一带，信天游“走西口”就唱的那一段，走千走万，奔一口吃的！父亲感叹道。姐姐说:有什么比“吃”更重要? 话说得没错,但有点找茬的意思,这晚上,父女俩较上劲似的。人们都嗅出危险的气味,预感到某个节骨眼上要炸。胡老师插嘴道:今天世界正好倒过来,就拿美国做例子,毁灭它的不是原子弹,不是星际大战,而是肥胖! 他在餐桌正中放下盘子,说:这可是一道饥饿的点心! 待人们伸筷子时候,将做法与来历叙述一遍。胡老师也发感叹:中国许多菜式都来自饥荒的经验,为了储备和防腐,比如腌、腊、霉、臭——德州人说,我们西方人的“芝士”也一样。胡老师说:还是不一样,你们囤积高热能食物,属食肉族,我们是食草族。他不禁也凑个趣:据说,我们的肠子要比洋人长好几米! 大家都笑,以为他说死话。胡老师正色道:莫以为无稽之谈,听过一位生命科学专家的观点,他研究中国人高血糖高血脂多发的现象,结论是人口密集,导致生态贫瘠,经过长期进化,优胜劣汰,只需要极少的食物便可以生存,如今陡然间丰裕起来,于是,毛病来了! 众人均觉得有道理,要求请这位专家主持一期读书会。

他却有不同看法,几千年前,圣人就有“食不厌精,脍不厌细”之道,恰是富裕的文明。洋人求的是力道足,法餐中有一道牛肉,名字就叫“鞑靼人”。“鞑靼人”是什么人? 野蛮人! 忽必烈做皇帝,年号用的是汉字,其实是顺降——师师打断他:赶紧说说“鞑靼人”是什么样的菜式! 生牛肉末,他说。大家一怔,译给德州人听,则以为自然:好吃! 众人就笑:包馄饨很好。父亲说:鲜族有一道菜,生牛肉拌梨丝。胡师母说:生牛肉不敢恭维,我却欣赏日本料理中的生鱼片。他解释给众人听:日本地方,汪洋中一群岛,又都是山地,没什么出产,就一样东西多,三文鱼,所以就在这上面下功夫,创许多新品。胡师母说:这就叫天地生,天地养。正是这道理,他接过去说:什么节令吃什么,不在季候上的东西,无益反有害,比如茄子,本来是好东西,《红楼梦》里,特别写到它,过到秋后,却成发物,引出旧疾来了。姐姐反问:那么,未熟的麦仁,吃了有什么后果?他晓得姐姐刺头的脾性,样样要占上风,今天似乎遭遇另外的事由,越发不驯。笑道:所以只能浅尝辄止,多少年来,不是只这一回吗?还是要掐住时辰老了不行,嫩了也不行。师师说:也是造孽呢!两人都持退让的态度,姐姐不好再计较了。这时,座上的气氛融洽许多,酒足饭饱也让人放松精神。晚宴进到尾声,开始说告别的话。明日几时的航班,哪个机场,送机的车联系好没有,此一去什么时候再来。一定要多、多、多地来啊!胡老师夫妇殷切道。乘兴建议老父亲申请移民绿卡,两个儿女都定居了,何足挂虑的?父亲则摇头:金窝银窝比不上自己的草窝。师母说:家人在哪里,窝在哪里。姐姐又发难:当年胡老师去新疆,师母倒没有去嘛!一晚上下来,人们已经习惯她的挑衅,水来土掩,兵来将挡。胡师母镇定回答:上海这边有我和孩子两个,那边他一个,你说哪个是家？姐姐语塞。他察觉一丝紧张空气，隐约间，方才遏止的事态在抬头，接口道：又不是出征打架，论人多人少！众人笑起来。胡老师说：我的原则是，哪头转得开舵，哪头安家。我不说美国多少好，可是有一条，水面宽，左右逢源！父亲还是摇头：这水不是那水。这句话人们听不太懂了。父亲又来一句：他乡非是我乡！话里的禅机更深，座上人都看他。父亲改摇头为点头，脸上浮起笑容，眼睛亮着。做儿女的很少见有这般表情，酒确实能移性啊！

我这一生，庸庸碌碌，无所作为，勉强可称道的唯两桩事——父亲说，革命和儿女。胡老师表示理解：人生何求，立业成家。父亲却不同意：并不是“立业”的意思，那也忒功利了，而是，信仰！胡老师，你比我，到底晚生，阅历浅。胡老师是啊是地应着，对一个喝多了的人，还能怎么样？我出生在一个旧式家庭，祖上经营盐业。道光时候，实行新法，两淮的盐商便萎缩没落，一路下行，到曾祖代，其实就是坐吃，我一辈人出世，田地、房屋、家什，典当一空，比赤贫更赤贫，因他们只是穷，我们还有潦倒！都说江南好地方，莺飞草长，却不知道身在其中的不堪，冬天潮冷，夏日溽热，小孩子不是冻疮就是疖子，大人一年到头腿上起丹毒；姨娘们争风吃醋，暗中下绊子，叔伯们偷儿女的压岁钱吃花酒；屋檐上镂花的滴水碎下来砸了老妈子的头，找不到赔账，擅自拿了老太太帽顶上的玉珮；米缸见底，最后的一角钱去买三丁包解馋；皮袄蛀洞，墙角长小蘑菇，天棚跑着大老鼠，鱼缸里养浮游；子弟上不起新学堂，对外只说家有古训；女眷们倒新式打扮，烫发皮鞋，无袖旗袍……这就是旧中国！父亲慨然而道。他庆幸自己及早走出家门，跟一位邻家大哥，去到上海，读公费学校，参加青年小组，迎来一九四九，又以调干生名义，考入东北工业大学。后来知道，大哥是中共地下党员，他是我的引路人！父亲说。

寡言的人，一旦开了话匣子，止也止不住。大家都安静听讲，德州人虽然不甚懂，但看周围表情，晓得在说严肃的事情，收起插科打诨，神情专注。横空穿越的七号线上走着火车，时间很晚了，这里不仅没有结束，倒仿佛刚开始。师师快手快脚拾起碗碟，端上水果。父亲转眸看着儿媳，眼光变得慈爱。这样的时候，他最感激师师，代他，还代姐姐接受父爱。父亲说：有这一儿一女，媳妇，你——这“你”指的德州人，德州人的回应是，伸手揽过姐姐的肩膀。姐姐推开他，身体倾向父亲，问出一句：妈妈呢？妈妈在哪里呢？父亲撑一会儿，没撑住，站起来，踉跄一下，被胡老师扶住了。空气中骤然聚集能量，迅速达到饱和，然后，“砰”的一声，原子弹爆炸。没有人，除了他们自家，没有人知道这个爆炸的核是什么，只知道不是什么，不是现场的任何一件事物。姐姐试图拦住父亲，不让退走，手臂被打开了。对于一个向来温和的人，这动作格外粗暴。这席最后的晚餐，人都变得不正常。姐姐扭转身子,对父亲背后嚷:你的两桩成就里面,妈妈属于哪一桩?已经离开饭桌,向卧室走去的父亲,又回来,脸上呈现一种可怕的笑容,将面貌毁坏了。对着姐姐,回答道:两桩都是,既革命,又儿女!姐姐暴怒起来:伪君子!你和妈妈离婚,背叛革命,背叛儿女!父亲眯缝眼睛,露出一种类似无赖的表情:你呢?你为什么和妈妈划清界限!姐姐从椅子上跳将起来,向父亲扑过去。胡师母拦腰抱住,凛然道:都给我闭嘴!这一声呵斥,让所有人震颤。当年的"一枝花",威风竟如同大男子。她把姐姐摔回到椅上,拍着桌子:我平生最不要听的就是"革命"两个字,什么都搅成浑江水!转头指着姐姐:你父亲和母亲结婚,才有你们儿女;和母亲离婚,也是为你们儿女!事情经她一说,倒简单明了:活着最重要,懂不懂?活着就要吃饭,谁给你们吃饭?人们坐在自己的座位上,唯她站着,居高临下扫视周围。经过德州人时候,用沪语说:侬是勿会懂的!德州人点头说是,很敬慕的样子。他真被这女人降服了,又美丽又凶恶,虽然上了岁数,恰恰是岁数,才有魅力。他不怕岁数,美国腹地无边无垠,仿佛时间还未起源,正需要岁数来画下刻度。胡师母倒笑起来。父亲酒也醒了一半,嗫嚅着:没有革命就没有我——胡师母拍拍父亲肩膀:没有谁历史都在进步!胡老师率先鼓掌,师师、德州人也跟着拍手。父亲和姐姐没动弹。他呢,挪开桌上的东西,双手扶住两端,放下支架，桌面合起，并成矮几。再支起，拉开，又成餐桌。来来回回，茶几变餐桌，餐桌变茶几，这一晚终于结束了。

松花江的冰面上，姐姐在滑行。毛线帽压住头发，露出老鼠尾巴似的辫梢。双臂展开，将连着手套的毛线绳抻直。脱去棉袄，毛衣嫌小了，紧裹了身子，臃肿的棉裤更衬出腰肢纤细。逆光的时候，就看见一条黑影，镀着金边，在人群穿梭、腾挪、旋转、跳跃——双脚在空中剪两下，落回冰面。她俯下身子，向后抬腿，脑袋向左侧，再向右侧，乘着惯性。他看见她的笑靥。冻红的脸，沁着细汗，就像花瓣上的露珠子。他脚踩冰鞋，绑紧了，一步不敢移动，倚着一棵树，等姐姐给他松绑。本来说带他的，可经不住伙伴们的叫唤，四面八方都在喊她的名字，北方干爽晴朗的空气中，声波没有阻碍，传得极开。姐姐的名字，脆生生的，铃铛似的，这边也是，那边也是。于是，姐姐丢下弟弟，箭一般射了出去。这时候的姐姐，快活得像一只鸟，无拘无束，自由自在。他并不因为被丢弃而沮丧，相反，松一口气。太阳在冰面上的反光，刺痛了眼睛。天地无比开阔，令人生畏，无从依傍，自觉得渺小极了，一阵风就能吹跑。耳边是冰刀嚯嚯的摩擦，盘互交错的弧线、光影变换明暗，他感到晕眩，快乐的晕眩。可是，依然想念南方。

手风琴在歌唱。这地方时兴一种名叫“巴扬”的手风琴，左右都是纽扣式的按键，适宜演奏快速的乐曲。仿佛看得见舞步，穿着小羊皮靴子，鞋跟踏着拍点。风鼓起裙摆，滴溜溜转，有一股疯劲，莫名的激昂。江这边，江对岸，这一片，那一片，最后汇集起来，顺着冰面底下的江水，一并流淌。他有些害怕呢！随时随地准备，冰鞋的刀锋，哧地划开缝隙，咔嚓崩裂开来。就像一个恐高症的人，想象临万丈深渊。他微微打战，悬着一颗心。人们在滑翔，好像长了翅膀，脱离地心引力，飞起来了。手风琴更加激越。人们簇拥着姐姐，合力将她抛起，接住，再抛起。他惊得几乎叫出声：危险！姐姐显然热衷这危险的游戏，听得见她的笑声，幸福满涨，从周身溢出。太阳向西去，晚霞从天边铺来，只一瞬间，变成暮霭。冰上的人散尽了。他尾随姐姐和她的朋友，冰鞋在背上摇晃，手臂搭着手臂，迈开大步，所向无前的姿态。手风琴剩下一架，在遥远的森林里。也许受环境气氛影响，节奏缓和下来，多了延长音，装饰符就像小旋涡，里面盛着些忧伤。

送走父亲的次日，他去长岛接一单家宴。事毕结清账款，没有回家，而是直接往曼哈顿唐人街，旅社里宿一晚，天明时分搭大巴去了大西洋城。他很久没有玩过了，自从师师来到，逐渐疏离最后戒断，已经过去十年。今日再次踏上路途，却仿佛只一夜之间。依然是嶙峋天际线上鱼肚白的晨曦。前一日的厨余发酵的腐臭,拖车载着货箱压得路面嘎吱嘎吱叫,早市的糕团果粉铺蒸汽弥漫。大巴的车门口站着一个导游,举着旗,等待客人上车。车里坐着三五散客,打着盹,形貌看去,多是中国餐馆的厨工或者跑堂。就仿佛看见过去的自己,不禁意识到生活的改变。

白昼里的大西洋城蒙着一层倦意,彻夜狂欢之后,意兴阑珊。晨光没有使它振作,反而映衬出憔悴。有几支旅行社的团队走在斑马线上,汽车放缓速度,尾气扫着路面,等人走净,一踩油门,驶去了。走到一座大厦底下,跨入转门里,与其说他推门,不如说门推他。灯光流萤般扑面,眨眼工夫,换了人间。光从四面八方照耀,人和物都没有投影,好像空心。时间也好像空心,没有日夜更替。慢慢举步移动,低头看见大理石地坪上倒映出模糊的轮廓,那是自己。有一股气味从脚底起来,是清香剂的喷雾。这化学合成的芬芳里暗藏着体臭、汗腺、烟草、咖啡机壅塞的残渣、隔宿的脂粉。他似乎被召回了,隐隐地兴奋着。走过老虎机,转盘,百家乐,二十一点牌桌。男人头上的发蜡在射灯下发光,女人的妆容像一副石膏面具,射灯下的手,也是石膏白。一个年轻的亚洲人,超不过二十岁,显然是初涉,缩着手脚。发牌人厉声道:把手拿上来!亚洲人左右看看,没有动。那人再喝一声:把手拿上来!方才知道说的他,未及反应,第三遍又来了:把手拿上来!年轻人赤红脸,将手放上绿绒台面。十指又细又长，儿童般粉嫩的肤色，指甲很干净。他不觉点头一笑，不出三月，这孩子会变成老练的赌徒，他有一双老千的手。

时间又变得模糊，场子的区隔依然如十年之前，桌台都没有换地方，荷官几乎也是老面孔。心想，这就叫洞中一日，世上千年！流连牌桌之间，听见有人喊他名字“杰瑞”，回头看，亦脱口叫一声“倩西”。倩西台子上的赌客散了，正往牌盒灌牌，笑盈盈看他。一双单睑的狭长眼，一直插入鬓角。仿佛昨天才见过面似的，双方都没有一点惊诧。他拉开椅子坐下，倩西开始发牌。互相看见对方无名指上的戒指，意识到有许多事情发生了。

倩西是越南西贡的华裔，一九七五年北越攻占南越时候，逃亡美国，据说一张签证需向蛇头交九根金条。他曾经拿这事问过倩西，她淡然道：像我们这种漂泊的人，一生都在积攒财富，黄金算不上什么！他“哦”一声，有点不好意思自己没见识。倩西说：主要是心。他抬起眼睛看她，她却看向很远的地方：我非常想念越南。庄荷同赌客不能有私谊，这是行规。但中国人重乡情，出了门，难免会搭讪。曾经，还在倩西的住处借宿，不是那一类生意，他另有生意伙伴，却从不过通宵，完事走人。他和倩西一个床上，一个地下，说着话便睡着了。蒙眬中，倩西起夜，一只赤脚踩着他肋下。动一动身子，又睡过去了。早晨，睁开眼睛，倩西睡得正熟。天光透过花布窗帘,投在脸上,将玉黄的皮肤映成透明。他卷起铺盖,给自己煮一壶咖啡,煎两个杏利蛋卷,她那一份盖在锅里。然后出门,搭早班车回曼哈顿。后来,和师师一起生活,多少是沿袭这个方式。

第六章

假如没有后面发生的事，生活本可以顺利进行。

拜单先生为师，算是入了胡松源宗门，有了业内的身份。单先生授徒另有一功，不动手，只动嘴。到他家里，各坐一把椅，中间隔一张矮几，几上两杯清茶。一个讲，一个听，听的给讲的添水，递手巾，方才分出上下长幼。讲着讲着，又颠倒过来，长的对幼的说：你忙不忙？还有几句，耽误不了太久。好像不是这一个求那一个教，而是那一个求这一个学。

单先生府上，已经冷清许多。手艺闲置很久，一肚子的话也积了许多。说的菜谱，其实是人间世，你以为——他指着对面的少年，菜式是做出来的？错，是吃出来的！用时髦的话说，存在决定意识，还是意识决定存在，口味和美食，哪个前哪个后？单先生的观点和当今唯物论反过来，口味在前！所以，上等的厨子，首先要培养口味，也就是品！用什么培养？美食。事情又掉过头来。可是，慢！单先生又竖起一根手指：不要想乱我方寸！我没有，他辩解说。不，不说话我也知道，你岁数不够做我儿子的，头脑却顶得过三个大人！好比先有鸡先有蛋的发问，当然必有一件占先，却不是鸡也不是蛋，而是从另一件东西变来，就像猴子进化到人类。你说，猴子是人不是人？这问题难住他了，不敢说"是"也不敢说"不是"。单先生接着说：中国有一本大书，叫作《易经》，知道吗？模糊中仿佛听上一个师傅，就是舅公说过，于是点头。"易"是什么意思，就是"变"！单先生的指头伸向前面，邈远的地方。他隐约有所觉悟，迟疑道：师傅的意思——说下去，单先生的手指头往下一划，批准的表示。不知道徒弟说的对不对，培养口味的那道美食未必可食——聪明！单先生嚷出两个字。受到鼓励，振作一下，大起声音，继续说：也许是颜色和气味，色香味，"味"排在第三，最后出来的。先生屈起手指，在矮几面上一叩。就知道答对了。

洋人品酒，一看，挂浆；二嗅，醇酿；三尝——最后一关。所以，自古天下一家，勿论东西南北，千条江河归大海。还有，先生将身子倾过来，压低音量，耳语道：凡是好厨子都有一性，馋，本人就是一条馋虫！脸上流露淘气的表情，像一个顽童。馋，其实是天赐一条舌头，辨得出好坏；吃得下，还要有得吃,那就是福气;加上肯勤力,动脑动手,就叫天时地利人和! 淮扬菜——终于说到正题,都说盐商的银子铺路,打开食府,我就不同意。商贾都是粗人,出来跑码头的会有怎样的家世? 还不是穷极了,暴发成新贵? 吃是有得吃了,到底没有根基。半路出道,走偏锋了,也是钱害了他们。先生举个例子! 他央求道。单先生身子仰回椅背,端起茶杯,点头,摇头,缓缓说出一句:口味最忌刁钻促狭! 放下茶杯,由徒弟添上新水,方才继续:淮扬菜,好就好在大路朝天,一派正气,肉是肉,鱼是鱼,不像广帮,听说有吃猴脑的! 骇然变色,白了白:有灵性的活物万不可食,犯天条的! 我们淮扬一路里,绝无稀奇古怪,即便荤腥,也是茹素的荤腥,猪牛羊吃的麦麸,鸡鸭是砻糠,鹅吃草,软兜,差不多与稻米同科,都是水田里生长栖息。然而——话锋陡转,到了沪上,根性大改。改在哪里? 他紧问道。言出便知道错了,因已经摸着先生的路数,越问越不答,所答也非所问。果然,回过来的一句是:上海是个滩!

有时候,单先生也带他上街,外面走走。走去哪里? 菜场。往往在下午,小学校课间眼保健操的音乐响起。摊位空了,水龙头冲着地面,木案子刷得哐哐响。鱼鳞黏在砖缝里,光线转移中荧光一闪一闪;肉砧板血水渗透了,苍蝇嗡嗡地盘旋;黄鱼车载着空筐子,咯吱咯吱骑走了;遗下的菜皮,躲不过老太婆和小孩子的眼睛,全收拢起来。菜场也有恬静的时刻呢,第二轮买卖悄悄兴起了。马路沿上,或者菜案的末梢,还有,藏在后面的门洞。零星一点东西,小撮小撮,摆在土布包袱皮上,跟前蹲着的人,穿同色的土布,显见得来自近郊的农户。本地话的叫名,听也听不懂,听懂了却又不认识。原本在田边地头沟底自生自灭,剜到家里栽种,半原始半驯化的野物。单先生要看的就是这个!弯腰拾起一块褐色的根茎,翻来覆去,那浦东女人称作“榔头菇”,敲碎磨细,比生粉好用。单师傅笑道:好比五服以外的姑舅,一家人不认一家人,今日的慈姑就从它来的,所以又叫“野慈姑”!再有一株碎叶草,仿佛茶叶尖,叫“枸鸡头”,果实和根皮可入药用,主治补肾养肝清热凉血,少有人知道嫩芽为一道菜,上得席面。布袋里盛的米粒,瘦长的形状,又像莲子里的那颗心,卖主称作“雕胡米”,他却左右摸不着头脑。单先生又笑起来:茭白总归见过吧,这是它的族兄,学名一个字,“蒋”!

偶尔,单先生领他下馆子。这时候,市面繁荣了些。菜场上有自由买卖,老字号重新挂出牌子。单先生并不专挑淮扬店,倒去另一些,比如“德兴馆”,比如“燕云楼”。点的也不是什么名品珍馐,而是家常菜。德兴馆的“八宝辣酱”,燕云楼的“猪油菜饭”。单先生的意思是,越简单越见功底。八宝辣酱的花生米炒到几成熟,豆酱甜酱自制还是买的行货,肉丁的部位,笋呢,是“冬”是“春”?起锅时候有没有黏底，装盘又是否挂油。猪油菜饭里的咸肉、青菜、米饭、猪油，所涉领域涵盖就广了，种植、养殖、提炼、腌制，一切备齐，最后的火候则是大要。将近餐毕，他离座结账。单先生虽视作当然，心里还是有好感，觉得这孩子“上路”，就肯多说点。他又是什么样的眼色，解得透人意，向学更迫切。有一次，直接问，为什么不去淮扬菜馆，不是师傅的老土地？单先生回答：上海是个滩！

这话成了警句，又像禅语，要参悟。自己琢磨着，理解为广采博纳、融会贯通的意思。反过来想，是否也透露上海的菜系无论哪一系，都已渐离本宗，自成一路？于是，就需从外围包抄，方才得门而入。日子久了，他还发现，单先生的回避里，多少有一种类似近乡情怯的心理。有一天，师徒走在路上，对面来一个人，老远喊道“老单”，趋前握起“老单”的手，热切问候。“老单”则“好好好”虚应。待人过去，走出几步，忽冷笑一声：你听他叫我什么，“老单”，还要握手！原来，是先前的一名厨工，水案上的，几年都出不了师，却有一门绝活，雕花。萝卜、冬瓜、莴笋、红薯，雕得出花卉鸟兽，甚至人像。单先生称为“末技”，不知何时越兴越盛。就这样，此人到了面案、红案，然后二厨，再然后——大厨——他接口道。错！单先生露出狡黠的笑容：饭店领导，出道啦！先生手背在身后，走着戏台上须生的脚步：你若给他吃鱼翅，保管当作线粉，没吃过好东西！

单先生终于说到了鱼翅，话里还是有敬意的，似乎离开淮扬菜质朴的本分。其实呢，单先生说，鱼翅本身无嗅无味，但有膏腴，藏得住鲜。文火慢炖二日以上，这是功夫一，功夫二，就在辅料了！火腿必是金华，蟹必是阳澄湖大白肚，鸡是浦东九斤黄，稻糠揉搓的猪肚，鳝鱼，即软兜，去骨剔肉——仿佛一线游丝，连接本乡。就像姑娘，古称“扬州瘦马”，到沪上长三堂子，黄浦江的水喝上七日，立时脱胎换骨，成摩登人儿。所以说上海是“魔都”，勾魂呢！话扯得远了，急刹住：你是童男子，不懂！

跟单先生学艺，无一个字涉及酬劳，但他从未空手去的。先是孃孃准备，后来自办。三四次过后不觉手紧，就想挣一点花销。和小毛商量，小毛很热心，一来帮朋友，二来，怎么说，亭子间的人家到社会上找活路，有一点良民落草的意思，于是，供出许多线索。小毛供职的生物制品研究所开始经营创收，从社会上接了杂活，时不时，需要临时工，搬运，检货，打包，传递，五花八门。所里统是知识分子行政干部，连小毛都做了科员，独缺他这号的，论小时计费，这是一项。小毛的母亲在街道工厂，这样作坊式的弄堂厂，多是“妈妈姐姐走出来”的“大跃进”时代创办，以女工为主，且又上了岁数。有心招他进去，无奈没有长住户口，就雇他干一些力气活，踏黄鱼车送材料和成品，踏一趟算一趟钱，是又一项。其时，自由经济活跃起来，遍地开花，休息日里，小毛和他到十六铺拉来西瓜,菜场里摆摊。不是有个朋友吗?批发价进,零售价出,刨去损耗,给朋友买几条香烟,余下两人对半分,入账比得过前两项。夏末时候,西瓜生意下市了,小毛喊他去浦东三林塘捉蟋蟀,专替他借一辆自行车。夜里十点钟敲过,两人上路。路灯将柏油路面照得亮堂堂的,公交末班车在身边行驶,并骑一段,看见车厢里明晃晃的,几乎无人,这情景似曾相识。在江边码头上轮渡,江心停了一轮明月,格外的圆和大。忽然想起,多年前,跟三楼爷叔去钢厂洗澡,不过是黎明时分。船靠岸,叮当下锚。自行车推下甲板,其中七八个往一个方向去,原来彼此认识的。都是少年人,唯有一位长者,看起来三十岁朝上,人们称"爷叔"。上海弄堂里有着无数爷叔,所谓藏龙卧虎,就是指他们。但爷叔和爷叔不同。就拿他家楼上的作比吧,那一个独往独来,如今且销声匿迹,踪影不见。这一个则前呼后拥,呈众星捧月之势,一阵风向前去了。狭窄的田埂很快将队伍挤成细长的一条,借来的车不熟,跌了一跤,爬起来,就掉在最后面。

车队驶进一片玉米地,他跟过去,却看不见人了。叶片划拉着,耳朵灌满唰唰的声响,盖住其余的动静。照理有些吓人,可是却格外安宁,嘴里甚至哼起一首歌,他听不见自己的声音,所以不怕丑:小小的郎儿哎,月下芙蓉牡丹花儿开,金黄麦那个割下,秧呀来的栽了,拔根芦柴花花……是跟黑皮学的，眼前豁然一亮，耳朵也一亮，彻底静下来。视野展开，仿佛有无数大小镜子，闪闪烁烁，原来是水塘。与此同时，蛙声贴地而起，天地间全是。车队就在不远处，几十米开外，轮上的辐条画出光圈。脚下加紧，追上去。露水下来了，细密密的，穿透铿锵的蛙鸣，仿佛从筛眼里渗漏。顺着水塘和水塘间的路径，弯弯曲曲，尾随车队。经过一片瓜地，蛙的鼓噪偃息，忽生出无声世界，蟋蟀的振翅却搅动了静夜的气流。露水下成小雨，头发和衣服透湿，呼吸变得清甜。他刹住车，轮下已经无路，到了一片稻茬地。他喊一声"小毛"，爷叔回头"嘘"一声，眼睛炯炯的，在眉棱底下射出光芒。他那位爷叔可没有这等气势。

回程的时间，晨曦微明，轮渡到岸，早点铺的豆浆开锅了。大家坐进去，买的买，端的端。爷叔自是不动，摸出一支烟，立刻有火送上去。豆浆滚烫，油条松脆，咸大饼葱香扑面。一身湿寒尽消，爷叔开始讲故事了。讲的《聊斋》，专有一篇名"促织"。"促织"即蟋蟀的雅称，沪语"趱绩"的"绩"就是"织"这个字。所以，上海地方古来有之，哪里像历史上说，鸦片战争以后方才开埠！话说那"促织"身量短小，颜色也暗淡无华，既没有品相，功架也欠佳，蒲松龄称"蠢若木鸡"，瑟缩而伏。"蟹壳青"傲然无视，只当玩笑，不过绕着撩拨几下，算是应战。却不料，小黑虫当地一跃，须尾奓开，箭似的射出去，衔住蟹壳青的颈子。四下不由惊呼起来,爷叔的手往下压一压,表示事情还刚开始。后来,“促织”的主人向宫里进贡,朝廷上下也是不信,只放出些下品博弈,继而中品,再为上品,一路获胜。最后,极品上来了:“蝴蝶”“螳螂”“油利挞”“青丝额”——都是皇上亲自封的号。宫里斗戏就像作战一般,鼓乐大作,那小黑虫子越战越勇,抖擞精神,踩着拍点跳舞翻筋斗,得号为“卓异”。

讲述到此,他不禁觉得“卓异”两个字与爷叔十分相配。爷叔戴秀琅架眼镜,窄檐草帽。一把长柄雨伞,并不撑开,只握着。坐下立于腿边,骑车则顺在大梁,是用作手杖,即“斯迪克”。白色圆领衫束进牛仔裤腰,系一根铜眼铜扣的原色皮带。爷叔的本职是在华亭路做服装,从行头上可看出进货的风格取向。爷叔的年龄、资历、身份、读书的修养,本不该涉足半大孩子淘里,却乐在其中,这就是有性情。所以,称得上“卓异”。爷叔说:所谓真人不露相,罗汉下到凡间,都是俗得不能再俗,慧眼才能识珠,窥见禀赋!如何才有一双慧眼呢?众人问。修炼!爷叔言简意赅。站起身来要走路的意思,复又站定,挨个脸上扫过:怎么没有人问,那“促织”从何得来异禀?人们嗫嚅着,话不成句。从人而得!爷叔说。这就更困顿了,面面相觑。对着这么些懵懂的眼睛,爷叔叹口气道:九岁小儿失手捏死家中一只神力“促织”,自知父母饶不过他,投井身亡,化为这小黑虫子!爷叔将顶上草帽举了举,再放下,这回真要走了。于是,呼啦啦一众人跟随上车,向市里去了。

后来发生的事情,其实是有预兆的。那一天,孃孃出去了,余他自己在家。午觉醒来,日光斜进窗户,是一种惘然的明亮。人慵懒得很,一动不动中,有一个印象从极深远处逼近,仿佛努力要浮出水面却又不得。小姑娘在后弄里跳皮筋,唱着千年不变的歌谣:马兰花,马兰花,风吹雨打都不怕,勤劳的人在说话——是不是这句词促使他做出下面的行动——之后凡想起这事情,耳边都会有它:勤劳的人在说话。他翻身下床,拉开大橱的门,停了停,有一些愕然,橱门里面几乎是大千世界。收纳的区隔纵向为宽窄两部,横向三层。宽部的中层是衣服,比较重要的依长短排列垂挂,日常的穿戴则按四季轮回的次序,分别置放在窄部的中层,可说占据了主要空间。上层是一列青瓷罐,颜色款式同样,上面贴着白纸标签,写着小字:阿胶、天麻、当归、三七……其中独有一具玻璃瓶,里面是整个一支人参,形态完美,可以入画,根部系着一条红丝带。底层是抽屉,宽窄各有两叠。一格大抽屉是孃孃的鞋子,他无甚兴趣,推上了。下一格就杂了,旧手袋,断了环的珍珠链子,干涸的香水瓶,勾丝的玻璃丝袜,蝉蜕似的一堆。刚要推上,却停住。他看见一个陶瓷盒子,底座镀金,盖上立着两个小人,一男一女,形容逼真可爱,依偎着坐在一段横木上,身后还有一只小羊。背后有旋钮,转动几周松开,就有音乐传出来,仿佛在哪里听过。

这天下午，仿佛说好似的，时间倒流，将零星散落的细节送到跟前，“勤劳的人在说话”。生怕把嬢嬢的东西弄坏，等乐曲唱完，小心放回去，推上抽屉。现在只剩下两个小抽屉了，上一格都是零碎，旧钥匙、水电费收据，几张圣诞卡，不知哪年哪月的，收支流水账本也在这里。针线包、绒线针，几叠零头布。拉开下一格，他才明白要找的是什么。抽屉迎面放着相册，就是小毛来吃饭的晚上，嬢嬢取出来给他看的那一本。他没有看见嬢嬢收在哪里，可是却又像是知道。他从来不擅自翻找东西，这一点，嬢嬢曾经向邻居新嫂嫂说起，夸他懂事，但也流露出失落，他还是与她生分。

取出相册，打开来，一页一页揭过去。揭到一页，没有照片，只余下四个透明相角。看着四角之间，黑色的相册底板，他松了一口气。照片抽走了，危险避开了，“勤劳的人”终于没有说话。它究竟要说什么呢？合起相册，原样放好，推回抽屉，关上橱门。一系列动作急速完成，他发现心跳得很快。弄堂里的歌谣停止了，小姑娘收起皮筋去玩别的游戏。四下里静得出奇，似乎要发生什么事情了。这间朝北的亭子间里倏忽充满姜黄色的夕照，人在其中，又像在远处，一个自己看着另一个自己。他很少审视自己的生活，这一刻的客观性也转瞬即逝。光线变得平面，物体的三维变成二维，再成一维的线条，暮色降临。

他在大西洋城待了三天。大概因为久不涉足,手气分外好,盈多亏少。到第二天下午,方才输净,完成自定的额度。这三天里,他借宿在倩西的小屋。倩西结婚后,家安在费城,这小屋还保留着,亲朋好友过来住一住,自己呢,也可用作歇脚打尖。小屋子总是收拾得整齐清洁,十年的时间未有半点腐蚀。窗帘换了花色,桌布茶巾也有更新,依然简单素雅,保持着闺阁的娟秀气息,似乎为女儿的日子留念。除去第一天不期而遇,他们没有再照面,但处处是倩西的手。冰箱里的食品,淋浴房架上的香波沐浴露,小巧的伸缩晾衣架,调料瓶里的酱醋油盐,小纸盒子上用汉字写了“菜金”。门上,窗下,玄关,衣架,处处挂着香袋,南亚一带的香料和绘制图案。他将吃空的冰箱重新填满,床单枕套洗净熨平,仔细吸一遍尘,往菜金盒丢下剩余的零钱,钥匙放在门口脚垫下面,然后去搭乘回曼哈顿的大巴。

不告而别的三天里,师师也担心也不担心。她知道他出不了事,却想不出他会去什么地方。他们俩彼此间没有秘密,同时,也了解不多,就像自己和自己。她想过旧金山唐人街的台山老板,他到美国后第一份工,对他说艾森豪威尔也在餐馆端过盘子,会不会去了那里?再想,倘若去那里,自然要回来,心又定了。倒是去他任厨的饭店一趟,不说找人,只替他请假。老板也从内地出来的,北方人,性情豪爽,一挥手:没问题!继而记起来,他请过假了。她赶紧接过来:大约还要续几日。于是知道他做了准备,就不像有意外的事端。然而,枕边人却变得陌生。睽违的那些时间,忽地显现,一片空茫。他和她的第一次,并不是第一次,她是过了明路的,他呢?从未追究过。一个成年男人,没有经验才怪!私心还觉得释然,因为扯平了,统统归零。事实上,即便现在,师师也不以为有男女间的隐情。在这外族人的社会里,同宗同源的际遇本就有限,更何况同心同德,他们对彼此满意。当然不像胡老师夫妇热烈的一对——想到胡老师,便坐不住了。起身出门,就往缅街东头的文玩店去。

走在熙攘的人群,时不时地,一张彩色打印的薄纸塞进怀里。闪身让开,由它自行落到地上。躲不及接下来,顺手送进垃圾箱。无须看一眼就知道什么内容,不外乎移民咨询、美元汇兑、新店开张、旧铺出让。她也印发过这类广告,就是请胡老师拟的文字,措词讲究得多了:南北菜肴,东西门户,天地姻缘,贵庶事物。后来,做出声誉,口口相传,广告也发完了。初来法拉盛的日子就在眼前,倏忽却已经十数年,又生出许多事情。带大她的祖母去世,回去奔丧。大殓那天,亲属中夹了一张生面孔,白净皮肤,鸡冠状的发型,原来是儿子。儿子身后紧跟了叔伯兄弟,寸步不离,生怕被他母亲带走似的。心里好笑,却也踏实了,人家的宝贝,何苦掠人之美。她生育早,还未生得儿女心肠,倒也好,免去分离之苦。襁褓里的婴儿,一下子长成少年,仿佛是另一个人,感触甚至不及当年看见兔子。内心里,她自觉不觉地,有些把兔子当儿子。可是,这人到哪里去了呢!

看师师推门进来,胡老师喊道"稀客",这一声让她想起已经许久没来过这里。环顾周围,除柜子里的陈设,布局并无大改。胡老师正拆包几个紫砂壶,解释说是宜兴龙窑烧制。要知道,如今都换成电炉,温度可控,不像古老的柴窑,变数很多,成品只在毛坯十之二三,但却有始料不及的结果。陶制中的"窑变"指的就是这个。师师哪有心思听这个,又不好扫胡老师兴致,沉默着。胡老师小心托起一把柿形壶,颠倒着放在台面,合丝合缝,无一点不稳,说道:器型对了,做工也对。再又扶起来,转着观察:确是老泥!师师终有些不耐,撇撇嘴:一向做玉器,怎么鼓捣起紫砂壶来了?胡老师认真道:学习,活到老,学到老!师师没话说了,兀自坐进扶手椅里。那边的讲坛继续着:世界上老货越来越少,必须开发新品种。一座矿山,从冰川消融,海底成陆,几千几万年的时间,几十年就可以兜底挖空,从有到无。别看市面上这个玉,那个玉,真正的老玉哪里是等闲之辈遇得见的。就说紫砂,那泥也已经差不多了,大师们拼的首先是泥,其次才是手艺。四下里只有他一个人说话,抬起头,看见旁边人在哭。放下手里的壶,将包装纸展平,折起。现在,静下来的店堂只听见涕泣的声音。

店主人退到后面接了水，插上电，案上布开杯具。不一会儿，水滚了，便洗茶，沏茶，滗汁，斟进小乒乓杯。哭泣的人抽噎地说：我不是来喝茶的。却也端起来喝干，胡老师即斟满，再喝干，再斟满。三巡以后，喝茶的收了眼泪：胡老师，你评评道理，他姐姐和爸爸吵架，他给我脸子看！斟茶人又烧开一滚水，换一味茶，重新沏一壶。我不知道他们的事，总是几头讨好，就希望和和气气吃一餐饭。胡老师很同意：是！听胡老师附和，她平静了一些：有没有觉得，这家人都是怪胎，爸爸是老干部，姐姐是老小姐——世上有一种人，生来是老小姐，结婚不结婚都是。还有一个呢，看上去没毛病，可是心里有，病根呢，在第四个人，他娘身上！斟茶的手停住了，有话要说。师师按住他的手：不，不不，不要拦我的话，刚才你说话，我也没有拦你！他只好不说了。胡老师要问他，兴许还问得出些端底，不像我们，蒙在鼓里，凡提到他娘，万事停摆，刹车！她看着对方，有无限的疑惑。胡老师到底抢上话来：家庭内部的事情，外人不得而知。我是外人吗？你的意思，我是外人了！胡老师自知失言，又收不回来，只得摆手。师师接着说：那天你也在场，谁先提的，他自家姐姐，总归内部人了吧，怪我吗？他并没有怪你！胡老师又抢上一句。那么他招呼不打，一走了之，算什么意思！胡老师回答不出，只得沉默，师师就追一句：他和你说了没有？没有！胡老师赶紧摇头。真没有？没有！师师看着他，他也看她，双目对峙，胡老师先让开，师师便也放过了。

在美国华人圈生活那么多年，胡老师其实大致知道同胞们的一些去处，不外乎赌和嫖两项。莫名的苦闷袭来，难免求助于它，也是过来人了。师师手里转着茶盅：他同胡老师你，比和我肯说话。胡老师笑起来：怎么可能，你们是夫妻，一句顶一万句。师师也笑：九百九十九句废话，吃饭啦，睡觉啦，起来啦——说下去！胡老师鼓励道。她反说不下去了，胡老师指着她：说啊！泄气道：有什么说头的，老和尚念经似的。对了！胡老师一拍案：就是念经，念到一万句，天地重开。师师道：什么意思，我不懂。胡老师肯定道：你懂的，有一句话，修百年同舟，修千年共枕，此时尢声胜有声！师师说：未必，还有一句话，夫妻如衣衫，兄弟如手足！胡老师说：你倒读过不少书。师师说：生活中学习。说罢，搁下茶盅，起身离去。胡老师将她撂下的茶盅翻过身，倒扣在案上，心里回味方才一段言语来往，甚觉得有趣。问与答绕着圈子，稍一触及便闪开。结果却是，问也问了，答也答了，就像中国功夫里的太极。从自身经验出发，知道女人是世上最不好惹的人种，聪明，尤其聪明而不自知的那一类。他老婆就是，师师也是。看上去颟顸混沌，出言不经大脑，然而，内藏机锋，仿佛有着超感。你以为是不讲道理，事实呢，先知一般，暧昧的局势中，总能够走对路。这时候，来见他胡老师，就是一例。

走到家，开锁推门，听见浴室哗哗的水声，知道人回来了。片刻之后，洗澡的人赤裸裸走出来，打个照面，什么事也没有，过去了。

生活继续。曾经的激烈和焦灼，很快平均分配于日复一日，连余数都除尽了。安稳静好的岁月，相应也是沉闷的，或者说以沉闷为代价。他下午四时去餐馆，子夜甚至凌晨回家，这一等的大厨，晚市才出阵。师师那边要复杂一些，私人定制的家宴，回头客都应付不及，只能拣近便和友好，倒免去招商。租房的联络比较简单，主要在于信息。师师性情爽利，不拘泥小利，这一带的风评很好，无论上家下家，供量都充裕。婚姻的事情，只是牵线，又不能“包生儿子”。但是，此一项会派生彼一项，一项接一项，接成产业链。比如，她介绍的一位月嫂，即将黑下身份，主仆两边都求她想办法，于是启动婚介业务，找到一个美国老头。语言的问题就来了，不得已她亲自出马。师师的英语对话是在假设的前提下建立交流，就是自信对方完全听得懂她，她也完全听得懂对方。一句去，一句来，勿管通不通，即可无限进行。与其说是语言，毋宁说是镇定的态度，让对话者服了她，相信那一连串流利的音节大有深意。时不时，几个耳熟的字词蹦出来，坐标似的，指引了谈话的方向。你能说听不懂？就这样，她随那女人去约会，竟然消磨一个晚上，双方还意犹未尽，约了下一次。师师心里有数，晓得老头醉翁之意,再去时,放下一本英汉双向字典,便退场了。这些麻烦,按师师的话,沾上手甩也甩不脱,但是也有趣,还让人得意。她向他说,你若不要我,要我的人多了!他回家的那天夜里,她又说了。此情此景,就是话中有话。他回应:只有你不要我,哪里会倒过来!她冷笑一声:怕只怕,搭错一根神经!他说:你搭错神经!她说:你搭错!他又说:你!她再说:你!这两人斗嘴就像小孩子,一个字可往返无数回合,言不及义中绕开了敏感区域,却是出于成熟的心智。

他们挺合得来。身在异国异族,对某一类婚姻是有益处的。人际关系简化,也和过往的经历断开。法拉盛多的是这样封闭的人生,事物的动态到这里就静止了。街上的繁体字的店招,民国年号的记时,再要留个心眼,就会听见旧式的苏州腔的沪语,衣着态度也是旧式的摩登,都是历史停滞的表征。新东西也有,意味又一轮启动。国内派遣演出团海报、孔子学院的公告、台湾“立法委员”来美的演讲、粤语课、足浴房、三温暖、华裔小姐竞选……就这么着,原乡生活凋落下的零星半点,重组成法拉盛的编年。

但是,切莫以为它没有自己,法拉盛亦有时间的轨迹,以一种纯粹的生存原则划下刻度。没有民族的国家的大义,只出于个体需求。因为量大,足够形成循环。从曼哈顿四十二街始发的七号线,满载着的人,就是去充盈内存,扩容供和产的周期。七号线行走在旷野上,新大陆呈现原始的面貌，仿佛移民的车队正从东岸往西岸，四下是未开垦的处女地。高架的铁轨下面，地上物凌乱疏阔地分布，流露着无政府状态。从终点站的闸口上到路面，喧哗的市声扑面而来，让人忘记了在美利坚合众国，而是到了中国内陆发展中的城镇。一派草莽，但生气勃勃。走路的人一律目标明确，步伐坚定。轩昂的面部表情，来源于无知无畏。这一块侨埠，不知从哪里飞出去的，你可以说它是造假，假品牌、假商标、假产地、假身份、假来历、假话连篇。也是重生，假娘胎里生出的真性命。上一段人生从此成了前世，关于前世，坊间有许多传说，梦里常出现的一处地方，就是！还有忘川的水，孟婆的汤，两百年前的灵异讲究，一百年前心理学超验理论，说的都是！到法拉盛，就摇身一变，变成什么？八卦！背地里的嚼舌头，每个人都是另一个的谈资，谣言的源头，谁捂得住谁的嘴呢？有时候，瞎话也能开出真理的花朵。

胡师母就和胡老师说过：或者拎出摊平，角角落落翻开来，或者团起揉碎烂掉，怕就怕欲言又止，欲罢还休。胡老师知道她指的什么，答道：哪里由得自己，好比旧伤或者暗病，不定什么时候发作，挡也挡不住。胡师母坚持自己的意见：一个脓头，切开它，瘪了，就结痂了。胡老师说：倘若没有脓头呢？胡师母说：吃些发物，吊它出来，香椿、葱韭、牛羊肉！胡老师说：一物对一物，谁知道哪里对哪里？就像花粉过敏,美国人非要找出过敏源,找出来没有啊,空屁！胡师母点头道:这话有点对头了,《红楼梦》里贾宝玉,焚香净身,屋里人都清出去,等他林妹妹托梦,就是不来;他考场出来走失,阖家人上天入地也找不到,他老子船泊途中,却见一个僧人上前作揖,原来是他。正应古话,踏破铁鞋无觅处,得来全不费功夫！胡老师笑起来:读“红楼”堪称活学活用！胡师母得意说:当然！胡老师又说:我不如你读得通,只觉得其中有个人像你。谁？胡师母问。以为答案是林黛玉,不料是紫鹃,难免失落了,诘问道:怎么是个丫头？胡老师说:我喜欢这丫头,胜过无数小姐！喜欢她什么？一个字,“义”。命却不济,到庵子里做了尼姑！胡老师就说:我就是你的庵子,不过我是人间禅。话到这里,说不下去了。因为两人都不是玄学家,儒释道一门不通,不过道听途说的杂拌。也扯得够远,想不起哪里起的头,又怎么走到这里。静一静,就睡了。

波澜平息,归于细水长流,到底还是留下余波,潜在地影响事态。他从此不再参加读书会。胡老师请他,当时不能驳面子,答应了,临到头总能找到托词告假。师师推动也不奏效。问他缘故,或说累,或说忙。忙什么？有事。什么事？不再回答,直接推出门去了。

复回大西洋城,有一次就有二次三次,不一定上赌场,而是待在倩西的小屋里。赌资是个问题,有家庭的人,财政的自由度难免受限制，他又不愿意为钱和师师起争端。本来也不是奔赌来的，奔的是清静。他来他走，倩西有时之前知道，有时则在之后，多少有些故意回避，不去打扰，晓得是个有心事的人。中间有一次，突下大雨，还夹着冰雹，倩西就宿在这里。看她提着高跟鞋，湿淋淋地进门，彼此也没有太大的意外。那边洗澡更衣，这边已经下好一碗热汤粉。刀面压碎花生米，撒上去，再加一层炸焦的蒜末，满屋生香。然后，他继续看电视，倩西吃饭。倩西告诉说，不久前去中国大陆旅行，黄山真美，苏锡常的饭菜好吃，但口味过甜了。上海呢，太先进了，相比之下，曼哈顿简直就是乡下，外滩的夜景呀，震撼！唯一的遗憾是，人太多，太多，实在太多了！可是，倩西带了些愧意似的说：还是想念西贡！又解释道：不是喜欢，是想念。他问：想念什么？倩西想了想：人，那里的人很淳朴。他说：那么回去看看嘛！倩西摇头：不回去，回去会哭！她喝干碗底最后一口汤。他想到师师，这两个女人的吃相都好，有一种对食物的珍惜和理解。做厨子的往往缺乏食欲，所以很羡慕那些好胃口的人。倩西到水斗刷洗锅碗。他关上电视，将枕头铺盖移到席地的床垫，躺下了。不一会儿，倩西也上床关灯。雨点敲在窗玻璃上，一片哗响。

你呢？倩西还没有睡意：你不回上海看看，惊艳啊！他说：我其实不是上海人。那么哪里人呢？倩西问。停了停，他说:东北。我们东北人那疙瘩啊——翠花上酸菜!倩西学了一句唱,笑道:赌场里,东北人最多,出手也阔绰,输个几千上万,眼睛都不眨!他说:我也算不得东北人。听他说话有些含糊,知道是半睡,床上的人翻个身不再搭腔。未料想床下的人又说起话来:我也不知道自己究竟算哪里人。倩西哧的又笑了:你以为你是耶稣,玛丽亚受天孕,生在牛棚里。他说:我应该是孙悟空,石头缝蹦出来。倩西说:你至多是猪八戒,成天价忙一张吃嘴!这话把他说乐了,一劲地笑,困头全笑没了。停下来,静了静,倩西又当他睡着,黑里面却发出声音:猪八戒连石头这点来历也没了。倩西说:它们都是出世的性灵,断尘根的。他说:也好,干净。倩西向床下面探去,看不见他的脸,心想这话说得颇有些前因,也不好深问。萍水相逢的缘分,又在大西洋城的地方,人和事都仿佛虚拟的。她睡回去,说:结婚了,不就生出亲故来。他抬起手,看看指上的婚戒,二十四 K 金,有一种沉着的光芒:说时容易做时难。她问:你老婆一定很漂亮?上海女人都漂亮。他回答:漂亮不漂亮,反正是我的菜!她来了兴致,翻个身,侧在床沿:说说看,怎么个菜。他害羞了,说:比我大。恋母啊!我不知道什么叫作“恋母”,他说。不知什么时候,雨停了,室外的潮湿空气沁入,呼吸变得清新。两人不再说话,几乎是在同时,入眠了。

这样的夜晚,带有些戏剧性的,仅只偶然。大多数时间，他一个人度过。简单做几样菜，喝二两酒。他喜欢中国白酒，寒带生活过的人，多少有那么点嗜好。他不贪杯，喜静不喜闹，自斟自饮，倒会过量，但节制的性格又总能到好就收。师师讲的小偷撑死的故事，他一生都记得。喝过即睡，睡多久也无人打扰。午夜里，睁开眼睛，问自己：什么地方啊？然后一点一点想起来。告诉谁，谁相信？一个多小时车程，还不算上从法拉盛去曼哈顿下城。来到著名的赌城，只为了在某人的蜗居，独自喝一顿，睡一宿。现在，连胡老师都不敢担保了。师师呢，也不去找胡老师，仿佛害怕获得某种证实。有一次，在巴士站遇到胡师母，问候几句客套，她以为对方知道些什么，立刻将话头岔开，说着别的不相干的事，很夸张地笑着。忽然想起什么要紧的遗忘，匆匆告辞，放过了靠站的巴士。她注意到，每一次人间蒸发之后再出现，他脸上表情都格外平静，仿佛欲望得到满足，让她心惊。她曾经大了胆子问去哪里了，回答说生意、寿宴、开张或者公司年会，地方涉及新泽西、费城、普林斯顿，都要有几日的来回。这样的事过去也有，现在却有点不像，这里那里，露出破绽。她又不敢深究了。于是，又什么也没有发生地继续下去。师师暗自希望真的过去了，一切归回正常，也确实正常地日复一日，她被麻痹了。可是，不期然间，人不见了。似乎潜在着周期，只是她算不准日子。这一日，她往曼哈顿找姐姐去了。

姐姐约她在公共图书馆背后的街心花园见面。初秋季节,暑热消散,人们将铁椅子拉出遮阳伞下,尽情享受阳光。湛蓝的天,柳丝拂地,花开得姹紫嫣红——真叫人忧愁。两人从邻近面包店买了茶点,端过来,找到一张无人的桌子。人被照得透亮,脸上花影幢幢,双方持防守的战略,都不说话,等对方开口。吸管咬瘪了,师师撑不住了,发声道:你弟弟和我玩失踪!姐姐扬起眉毛,松开吸管:他玩他的,你玩你的,谁怕谁!话说出来,倒没有顾忌了,师师单刀直入:他去你那里了?没有,姐姐简捷回答。可是你知道,对不对?师师逼近一步。你知道,你是他老婆!姐姐说。你是他姐姐!

两人对嘴的阵势回到从前,后弄里玩耍发生龃龉,你一句,我一句,无数回合中积蓄起杀伤力,倏忽出手。姐姐反问:我和你,哪个和他关系紧密?师师说:你!姐姐说:你!师师说:血浓于水,打断骨头连着筋!姐姐手里的饮料杯往桌面上一蹾:夫妻本是同林鸟——师师接过去:大难来临各自飞!什么"大难"?"大难"在哪里?姐姐发怒了。两人对视着,就像两把刀。师师先放弃,别过脸去,多日的积虑使她变得软弱:我不知道,我一点不知道!眼泪喷涌而出,顾不得脸上的妆容,东一抹西一抹,顿时全花了。对方看着不忍,抽一张纸巾递过去,被粗暴地推开。姐姐叹口气,将杯中饮料一气吸完,说:男人嘛!师师叫道:不关男女的事!

姐姐倒有些愕然，盯着面前的花脸。洇染的眼影中，眸子退到深邃处，有些吓人，不由瑟缩起来：那你怕什么？师师哭泣：不知道！姐姐安慰她：放心，我弟弟有恋母情结，离不开你！师师渐趋平静：你男朋友也有恋母情结。姐姐说：他不同，他只是看不懂中国人的年龄，在美国人眼睛里，中国女人的年龄是个谜！师师说：中国人未必看得懂中国人！

这天余下的时间里，她们相处得很和睦，一个受挫，另一个就生恻隐之心，凡事退让。两人肩并肩沿百老汇街到苏荷，挑选衣服，然后挤在试衣间试穿。女人的心，天上的云，方才电闪雷鸣，转瞬雨过天晴。进来出去店铺，都买了东西，再搭地铁到四十二街转乘。临分手，姐姐说：我们东北，有一种鼹鼠，专在土里掘洞，一有风吹草动，就钻进去。危险消失，再从另一处钻出来，地下的通道长达几里几十里，男人就像鼹鼠！师师说：东北真是个奇怪的地方。姐姐说：山海关，天下第一关嘛，里外两重天！两人同时想起第一次见面，"关里关外"的问答。回到法拉盛的家里，他又在了，烧一桌菜，等她。

他比先前更加体贴，甚至是巴结的。师师失手打了碗碟，碎声刚响，人已经扑到地上，捡起碗碴子；师师用过浴室，转眼间收拾干净，换下的衣服在洗衣机里翻滚；师师出门，看看天阴得厉害，寻思要不要转回去拿雨具，那人就到了身边，送上一把伞，伴着一张赔笑的脸——师师走在雨里，广阔的暗沉的天，压在头顶，沉甸甸的。尼龙伞面投下光晕，罩着一个小世界。真是忧郁啊！她都忘了要去哪里。他们变得生分，明显有了裂隙，越来越宽和深，跨也跨不过。她在心里叫喊：到底发生了什么？他也在心里说：什么事都没有，没有！不会发生任何事情！可是，她那里却保不住了。

师师和谁？就是那老头，介绍给月嫂，她去担任翻译的。一个犹太人，瘦长瘦长，为自己的身高害羞，弯着腰背。师师在女性中，算是高的。走在路上，都有体校篮球队的教练，问她哪个学校，愿不愿意参加训练。她仰起脑袋，看见一双泪汪汪的眼睛，仿佛含着无限忧愁，向她俯下来。他们基本上各说各的。开始他还放慢语速，一个单词一个单词往外吐。渐渐地，越说越快，是以为对方完全能听懂，或者不管她懂不懂，说过算数。事实上，师师彻底放弃听懂的佯装，任由他说去。等到师师发言，一段前言不搭后语的洋文，接着中文，再接着全套上海话，他则很理解地点着头。两人坐在韩国蛋糕店的卡座上，胳膊支在桌面，双手托腮，脸对脸。旁人看起来一定会觉得滑稽，可是不由自主地为之感动，因双方的态度如此诚挚，流淌着真实的哀伤。谁知道他们哀伤什么，连他们自己都不知道哀伤什么。

星期天的下午，师师随老头到他森林小丘的公寓。事毕之后，老头淋浴过，就去厨房做晚餐。师师顺了指示，到走廊尽头用浴室。出来却迷路了,走廊两边有几扇门,以为卧室。推进去,也是一间卧室,但不是刚才的,晓得推错了。她往里看一眼,见矮柜上立了照片,至少二十来个大小镜框。大人抱着小孩,小孩坐在大人膝上,结婚的新人,全家福的大合照。老头过来请师师吃饭,告诉她这是谁,谁,谁。犹太人重家庭,这点和中国人相似。老头又说,原先是父母的卧室,双亲离世也没有移动,原样放着。他拿起其中一个双人照的绞丝镜框,贴在心口处。眼睛里真的要流出泪来,这动作就不显得好笑了。

小客厅已经摆好饭桌,生菜和意大利面,显然都是半成品,略微加工即成。餐具倒齐全。点了蜡烛,烛光映着玻璃杯里的葡萄酒。这一餐饭,两人都没有说话,静静吃完,她要起身收拾,老头拦住了。看他将洗净的碗碟倒扣在架上沥水,然后用干布擦拭玻璃杯,不时对着灯亮照一照杯壁,手势娴熟,就像一个老练的酒保。

从森林小丘出来,心情平静许多。他和她,又一次扯平了。上回她欠他,这回他欠她——她有一种报复的快意。这快意又不够抚平委屈,甚至更委屈。有谁愿意糟践生活!仿佛真有第六感存在,自从和老头有过那一次,他不再消失踪迹,每天午夜准时到家,洗漱就寝,直到日上三竿。师师下半夜里醒来,看他酣恬的睡相,眉心宽展,面容舒泰。有一个周末,应斯丹德岛朋友邀约,搭乘七号线到曼哈顿下城,转一号线抵南码头摆渡。渡船走出哈德逊河口,绕一个大弯,从自由女神像底下驶过。海鸥上下飞翔,宽阔的水面前方呈现细细一条地平线。耳畔忽传来一声沪语:姆妈,到了!两人不由相视一笑,发现依得很近,感觉到彼此衣服底下丰沛的肉体,热腾腾的。斯丹德岛越升越高,露出全貌。

下　部

第七章

一九三四年，她出生于哈市道里一户基督教家庭。父亲在女一中任数学老师，母亲是当年的学生。有情人终成眷属，以时代的话语，当属五四式的浪漫史。事实上，东北地方远离中原，不在儒家的道统中。中东铁路通车，送来的俄国人，无论体质还是气质，都和原住民女真族相近，尤其两性关系，风气开放。莫说现代教育下的知识阶层，普通人的社会，婚姻自由度也很高。家中连她总共五个孩子，中间相隔二至三岁，站在一起，仿佛一列音阶。周日礼拜，常是父亲弹奏风琴，母亲带领合唱颂诗，颇受教友欢迎，孩子们也成了街区的小明星。待她稍长几岁，便替下父亲弹奏，并且担任礼拜堂的风琴手。排行居中的她，继承父母的音乐禀赋，变声期渡过，母亲专请一位白俄女老师教她声乐。老师名亚历山德拉克洛娃，人们都称“洛娃老师”。洛娃老师革命前不过中等人家，但祖上封过爵，布尔什维克掌握政权之际逐出故地，从海参崴进入中国。流离中，随身携带的财物挥散殆尽，家人走的走，亡的亡，最后只剩洛娃老师一人。在这远东城市，从十六岁的窈窕少女长成体态臃肿、行动迟缓的大妈。但依然保持甜美纯净的嗓音，那歌声仿佛来自另一具身体。洛娃老师很喜欢她，大约因为她正是自己初来到哈市时，青葱一样的年龄。她叫她“艾比娜”，是山楂花的法国名。洛娃老师的俄语带法国腔，还掺杂许多法文单词。是贵族血统里的徽印，还是家族记忆？有意无意中保存着，不让遗失。这点法国装饰多少是造作的，可法国人不都有些造作？其时，中华人民共和国成立，新朝开元，朗朗乾坤，人心都是昂扬向上。洛娃老师却属旧时代的人和事，难免让她心生成见，“艾比娜”这名字也并不喜欢。是音乐挽留了她，没有很快离开。老师帮她解决了换音节的那个坎，即可自如过渡上下音区，连贯气息。事实上，老师教学的强项更在于钢琴。从旁目睹钢琴课，无论什么程度进门，都摸不着琴，离得远远的，凭空练习垂臂，抬起来，放下去。这动作甚至重复数月之久，有些初学的小娃娃，练到哭鼻子。然而苦尽甘来，一旦触键，音锤击打琴弦，出声就是不凡。在洛娃老师的音乐室学习两年，终于按捺不住跃跃然的身体和心。地板散发着幽暗的光，挽起一半的天鹅绒窗帘里藏着蛀洞，枝形烛台上烛蜡淌到一半冻住了，画布上的油彩干裂了，人物和风景都是模糊的。外面是飘扬的红旗，天空飞着白鸽，鸽哨飞扬，手风琴奏着《列宁山》，弱拍上的起句推人前进，少先队组织铁木尔小组，青年团学习卓娅和舒拉，全民义务劳动日……她没有应众人期待报考音乐学院。母亲因及早成家，走入相夫教子的主妇生活，放弃深造，一直心存遗憾，将梦想寄予女儿身上，不想她却上了工业大学电气机械系。

学校起源于中东铁路培训人才的需要，一度名为“中东铁路工业大学”，是中苏交好的象征，也显示走苏联道路的基本国策。行政结构，教学模型，以及意识形态，全盘苏维埃化。某些课程直接以俄语教学，于是，这印欧语系斯拉夫语族东斯拉夫语支便成为必修课程。课余时间，放映苏联电影，唱苏联歌曲，排演戏剧——这倒不限于苏联时期，延伸到更早之前，比如，奥斯特洛夫斯基的《大雷雨》，契诃夫的《海鸥》，果戈理的《钦差大臣》，显然，十九世纪的俄罗斯文学是被纳入无产阶级艺术的范畴的。政治信仰也影响着生活方式，女学生穿布拉吉，男学生流行垫肩铜扣的军用大衣。星期天到苏联外教的俱乐部里，喝红酒，大列巴夹蒜泥肉肠。免不了涉足爱情，多半无疾而终。有那么极少数，无视纪律一意孤行者，则以惩戒处分为结局，但罗曼蒂克的空气还是弥散在校园里。上半年学期末，临放暑假之前，是北国最美好的季节，杜鹃花开了，绿草如茵。班会、共青团组织生活，甚至某些课程，移到松花江边，太阳岛上。白日将尽，篝火点燃。手风琴和歌声，这一片，那一片，交叠错落，渐渐合起节拍，再分成声部，经过激越的快板，如歌的行板，舒缓下来，在一个终止音上延长，延长，然后收住，静寂下来。虫鸣铿锵，松枝在燃烧中爆裂，挥散出油脂的香味，江水向东。就在这清阔的时刻，一个女声响起，逐级攀升。洛娃老师的学生，总是被教导，被鼓励：让你的声音变得高贵。她说：这世界充满着庸俗的琐碎的噪音，乐音则是过滤和提纯，好比把粮食酿成酒。她的粗短的五指按在肥厚的胸脯，张开嘴，下巴压出几层，气息在后颚滚动，搜索，聚散，发掘隐秘的宝藏。又比娜，山楂花，一树一树地盛开，洁白的瓣，纤长的蕊，开满山坡田野。洛娃老师不期然间出现眼前，仿佛歌剧女主角，金银雕饰的台口，就像老师墙上的油画框架，通向深邃的天幕。那些夸张的举止表情不再是造作的，而是具有一种戏剧性，以超出平均数的能量，烟花般照亮灰暗的天空。

她很快成为校花级的人物。外形，风度，歌唱的优长，都可算作条件，又都算不上，重要的还是学业。综合看，她大约在中游稍上，但有一门出类拔萃，就是外语。可能与音乐的天赋有关，她有着良好的听觉，一定程度上有助语言学习。加上她接触过多种外国语——日治十三年，学校施行日语教育，抗战胜利光复东三省，但坊间流行日本语延续多年;在此同时,俄国侨民带去又一种通用语言;而她基督教家庭,礼拜日,赞美诗,祈祷词,又都用英语。耳聪目明的她,触类旁通,来去自如。有白俄出身的外教,惊异她竟有着旧俄时代上流社会的用语和发音。这就又要回到洛娃老师的音乐室,法语的练声曲,意大利语的歌剧唱段,让学生规避了粗鄙的市井腔。先是俄语课代表,然后,剧社里演出,《大雷雨》的卡捷琳娜,《海鸥》里的妮娜,她总是不二人选。再后来,外国友人来访,担任翻译,专家俱乐部里,她也是常客。几个年轻的东欧教师同时追求她,出于心怀坦荡,她态度大方,平等对待,无厚薄之分,结果却引起更激烈的竞争。斯拉夫人多血气旺,又好酒,头脑热昏难免举止失控。她呢,真不觉假不觉,一如既往。女生们总是容易起妒意,男生呢,由爱生恨,有一度,处境变得孤立。她依旧混沌不觉,该怎么还怎么,除去负气不说,更是骄傲使然。在她内心里,其实有着大志向,绝非男女爱情、一时虚荣可同日而语。志向的具体内容并不十分明了,正是不明了,便向无限自由生长。假如一定要她说出名目,可能只一个字:好!是的,"好"的社会,"好"的事业,"好"的生活,"好"的人,你说边界在哪里?因抱负远大,就常以挑战的目光看望周遭。有时候,存心的,和外国留学生在校园里漫步,追逐,朗声大笑。这种游戏终究是危险的,可她存的就是冒险心呢!事态开始越出常规了,趋向疯狂。两个男生,一个来自莫斯科，一个来自乌克兰，原本的民族情绪和历史嫌隙，添加进爱欲恩仇，无可调和之下，相约森林公园决斗。等她得知消息，那两位已经出发，这才着急起来，报告班长。班长报告系领导，系领导报告留学生办公室，派出保卫处的吉普车，载了人赶去。幸好决斗的例行程序延宕了时间，公证人，一位立陶宛学生还在发布冗长的宣言，显然沉浸于角色之中，很是享受。作为肇事人的她，系里讨论决定给严重警告处分，交上级审批。考虑到她学习和工作的积极表现，虽然事故由她而起，但不是直接参与行动者，并且及时汇报，遏制了后果，也算是补过吧。减轻一等，为警告。再报到党委，不知出于什么样的疏漏，压住了，没有下文，算是撤销了。共和国培养的一代知识人，有重大的需要等着他们，所以格外宽待。在此背景之外，还有具体的人事原因，那就是，即便抱着各样的成见，也没有人会以为她生性轻浮。

自发生森林公园事件，她到底吸取教训，收敛了特立独行的作风。她驱散了围绕身边的留学生，不再独自出入专家俱乐部，和中国同学的关系融洽了。不存在谁接纳谁，或者谁屈从谁，就是一次回归。她重新置身群体中，依然是那个受欢迎的人。

和谐的局面维持一段时间，又呈现破裂的迹象，这一回却不是因为私人生活，而是政治立场。大鸣大放开始了，报栏，告示栏，宣传橱窗，张贴了墨笔写就的白报纸。这些白纸黑字仿佛会繁殖似的，越来越多，于是架起展板，更简单的是，树与树之间拉起绳子。后来，展板和绳子也不够用了，直接铺在草地和操场。新生的人民政权，昨天还花好稻好，今日遍体破绽，不知有多少出于本意，又有多少只是响应号召。年轻人总是冲动和偏激，振臂一呼，追随者无数，真就成历史潮流，所向无前。她则溯流而上。也就是她，换了谁，就算持不同意见，也不会当面锣，对面鼓，亮相叫板，做活靶子。尤其她，森林公园事件尚未淡出印象，这时候重新提起。校领导不了了之的做法，成为姑息养奸的一条罪状。她的名字赫然出现在大字报上。群众运动情形总是复杂的，有真心诚意，有投机取巧，有政治厚黑学，亦有宣泄私愤——猝不及防中爆发，连自己都想不到的。原来积蓄很久，埋藏很深，能量就很大。

晚上，大礼堂里，灯火通明，曾经演出《大雷雨》《海鸥》的舞台，此刻拉开大辩论的横幅："共产主义的乌托邦"。也是一出戏剧，她饰演的是圣女贞德，对方一众人，她单挑。舞台灯光顺乌黑的发顶流淌到脚底，白衣蓝裙，搭扣黑皮鞋。众声喧哗中，唯有她的声音字字入耳。激辩的要紧关头，有几回哑然失语，却并无惶遽之色。场子里静了静，看她蹲下身，打开脚边的皮包，翻找书籍材料佐证观点。那姿态让她回到一个极小的女孩，中学生的年龄。杨帆挤在台下观战席里，不禁生出怜惜的心情。这心情于事于人，都是多余,有背时背德之嫌。可没有办法,就是怜惜呢。

杨帆是学校里寂寂无名之辈,入学前有过两年工作经历,属于调干生,就比同年级人长两岁。两三岁年龄算不得什么,他的长相并不见老,相反,因江南地方人,还显得后生些。但持重的性格,人们都称作“老杨”。老杨说话口音很重,遣词造句也不如北方人流利,反应又慢半拍,就跟不上趟了。后来几十年,他一直和尖团音以及四声做斗争,结果,普通话没练好,家乡话也不成了。于是,他常以明人徐渭的话自嘲:“几间东倒西歪屋,一个南腔北调人。”老杨没什么文体方面的特长,难免有些闷。校园里的人物往往出在这两项课余活动中,他则是连观众都做不称职。因为缺乏兴趣,信息又不灵通,每每错过时间。公益事务中,他只一门专长,种树。北方的树种不同于南方,生出研究的兴趣,常常独自去森林公园看树,始料未及撞见“决斗”的一幕。现场比较混乱,谁也没有注意他的出现,只关心他箍住的那名乌克兰男生,因紧张和沮丧,哭得浑身打战,还扭头在箍他的人肩上咬了一口,就这,也没有松手,坚持将人推上保卫处的吉普车。他也很激动,久久不能平息心情。小说中读到的情节会在眼前上演,完全超出他的想象力。涉事的女生他是知道的,有谁不知道呢?唯有她才能担任传奇的女主角。她就是这么一个戏剧化的人物,在他朴素的生活之外,无限遥远。

“贞德”力战群雄，或有几个后援，发声却都软弱，难以响应。无论人数、气势，还是论点的支持，她都处于低地，很快就颓然下场，挤出人群。老杨自认为不懂政治学，只凭常识判断，觉得两边都对，两边又都不对。那一边对政府要求过激，他信奉的是，饭要一口一口吃，事要一件一件办；这一边呢，似乎与他同样，持体谅的态度，又似乎不一样。他是从实际出发，她却有更高原则，认为政府有更宏大的目标，世人的目光不可企及。他为她悬着心，觉着调门太高，犹如一张满弓，稍过一点点弦就崩断。可又觉得自然，这就是她！总是激流的旋涡中心。之前的平静，好比戏剧的幕间，上一场结束，下一场开始，剧情层层递进，推向高潮。他惊讶她的能量，不知源头哪里，取之不尽，用之不竭，使精神丰盈，漫溢到自身以外，感染周边的人。他想起森林公园的一幕，不由打个寒噤，起了恐惧。她退场离开，辩论会明显沉寂了。没有对手当然是原因，更重要的，有一种光彩熄灭了。悸动平息下来，到了收尾的时间。

然而，谁也无法预料的，形势陡然掉过头，反方向而去。短暂的惊愕之后，毫不彷徨，再又运动起来。不像上一波的汹涌澎湃，而是有组织和秩序，就像漫流的水进到河床。无政府狂欢结束了，重新整肃纪律，比之前更加严厉。前一波浪潮里的勇进派，率先者定作极右，革除学籍，重则送交刑律，轻则遣返原地；次一级为右倾，留校察看，从中细分一二三等行政处罚。

政治历来为革命和保守力量对比，此起彼落，历史就在此间发展，其实无碍于“左右”。此时的“右派”恰是彼时的“左派”，彼时的“左派”则是此时的“右派”。不等醒过神，已然成了英雄。曾经孤立无援，独守阵地，却原来是真理所在，对方的战旗猝然落地。她，又一回独领风骚。一系列的好事接踵而来，高教系统优秀学生，共青团大会代表，两年前提交的入党申请有了回应，通知参加组织生活，列席党内会议，特别安排发言，陈述意见。没有人会质疑她，与她争个不休。可是，并没有希冀中的骄傲和喜悦。胜利来得太容易，没来得及经过检验和甄别。她怀想当时的激辩，甚至不乏攻讦性质的对抗。她敏感到周围的冷淡，有热切的，也不是她要的那种。同宿舍的一名女生，来自天津塘沽，父亲是引水员，家境应在中等以上。女同学生相恬静，性格内敛，和她关系并不亲近——严格说，她基本没有亲近的女性朋友，当她落单时候，女同学也不特意远着。首尾相衔的两场运动中，都持疏离的态度，埋头读书。有天晚上，女同学的床空到很久，过了午夜，方才听到门响。这一段，她患了失眠症，有时睡不着，有时睡着，半夜又醒来。半阖眼睛，看见夜归人摸索着铺床。窗外的一盏路灯透进一线光，照着一侧的脸庞，眼睛红肿，像是恸哭过后的泪痕。她知道，背地里，同学们三两结伙，为离校的人送别，没有人联络她参加。女同学洗漱就寝，路灯也熄了，换作月光，反更亮了。她将头埋进被子，眼泪流下来。

这一年，表面的辉煌之下，其实是无比寂寞的心。星期天回家，洛娃老师不期而至。师生二人大约有两年时间未见，洛娃老师更胖了，爬上三层楼梯，喘得不行。停了半时，终于说出话来，方才知道是来告别。老师将移民澳大利亚，那里有她的兄弟。房屋退租，钢琴归还琴行，家具用物卖的卖，送的送，扔的扔。母亲问有什么需要帮忙的，洛娃老师说有一个小忙，从草编提篮里取出一摞乐谱，是歌剧选段的钢琴伴奏——也许艾比娜喜欢。母亲留饭，洛娃老师说，要是昨天就好了，今晚有几个学生为她饯行。她难过地想：他们也没来约她。事实上，这些学生未必认得，她有多久没去过音乐课了？临到最后一分钟，她都在激烈斗争：还来得及，来得及参加晚宴，也许洛娃老师正等待她开口。可是，最终，她们谁也没说出来。分手时，洛娃老师拥抱了她，她的脸紧紧压在老师肥厚温暖的胸脯，真像一片沃土。眼泪把老师的衣襟都湿了。她变得爱哭，眼睛里蓄满了泪，动辄便泉涌而出。

洛娃老师的离去，仿佛是一个预先的信号，学校里的外教也逐渐回国。随着赫鲁晓夫继位，苏维埃内部政治经济政策开始大变革。斯大林的铁幕破冰解冻，国际共产主义同盟呈现裂变的迹象，中苏交恶在所难免。然而，风云诡谲,身在局部的人完全不能了解。就在六十年代初期,省对外友协组织代表团访苏,她作为翻译借调入列。这一次出行的外交意味深不可测,在她个人,却及时遏制了抑郁的倾向。时差在物理性质上转换了精神场域,追逐太阳飞行,延长的白昼,使日照充沛。歌曲和电影里的景象出现眼前,让人不敢相信:红场,列宁墓,克里姆林宫,卫国战争纪念碑,是无产阶级革命圣地;而沙皇时代的旧迹,青铜铸像,石砌建筑,大剧院,芭蕾舞,应归于历史艺术遗产;新市政,比如地铁,象征人民和劳动的力量;少先队员的鼓乐,则代表未来。飞机在夜晚降落基辅,舷窗下一片璀璨,越来越近,扑面而来,陡一侧身,又远去了,再一侧身,便置身光明之中。眼泪又涌上来,但却是滚烫的。先前的颓唐消失殆尽,它们到哪里去了?曾经有过吗?她又惭愧又疑惑。时代充满奋进的希望,努力还来不及呢,这就是小资产阶级的软弱动摇吧!归途中,透支的时间还回来,日夜恢复原先的比例,可是,却无大碍,抑郁症不治而愈。她复原了,不是单纯的复原。经历和克服过困难,已不是原来那个自己。表面的棱角不那么尖锐,变得温和,其实是蕴藏到深处,有了厚度,是莹润的光泽。

在这嬗变的过程里,她和老杨确定了关系。没有热烈悸动的情节,但稳步进行,水到渠成。同学开玩笑说老杨拾了个"洋捞",揶揄中可见出人们多以为不般配。唯同宿舍的天津女同学另有见解，对她说：你终于做对了一件事！她们向来没有说体己话的习惯。她有无数追求者，出于一种微妙心理，同性间的关系比较平淡。女同学人际关系顺利，老少咸宜，男生背后议论，对她的评价为“人皆可妻”，换个说法，即缺乏个性的意思。那天从饭堂回宿舍的路上，走在一起，女同学忽就挑起话头。她转过脸看向对方，惊讶在那一双单睑之下的眸子，竟然焕发出明亮的光芒。女同学说：我很羡慕你。她更惊讶了，因为对方的坦率。停一停，方才说出两个字：谢谢！谢我什么呀！对面的人笑了，原来娴静的女同学也有着爽朗的音容。她也笑了。是呀，谢什么呢？谢她的鼓励，谢她对自己吐露心意。老杨的好，不容易看出来，这就是真好！女同学说。她先红了脸，随即调皮起来：你为什么不自己对他说？对他说嘛！女同学也是个调皮角色，回应道：晚了一步，让你得手！她越发活泼了：争取嘛！女同学收住嬉笑，正色道：倘若别人还有胜数，你，我却争不过，除非——除非什么？除非你让给我！她纵身一跳，蹿出去：我不让，你来抢！女同学说：我来抢了！两人绕着圈子追逐。草地上开了白色的小花，寒带急促的花事，一旦盛开，娇媚极了。

她领略到友谊的宁馨，不是像男女之情那般激动的快感，那快感有一半来自生理性的官能，比如荷尔蒙，它往往会遮蔽精神的吸引。女生间就不同了。她们头并头窃窃私语，不用多问，便打开话匣子，里面存着多少闺帏里的心事。别看她身前身后簇拥着膜拜者，众星捧月似的，可是有谁能说私房话？她告诉女同学与留学生交往的经验。真是迷人啊！她说：就像雕塑，从石座上走下来。而且，热烈奔放，不像中国小伙子，不爱的人仿佛看不见，爱的呢，也像看不见，坐怀不乱吧，是文明的结果。他们呢，更接近野蛮人，我喜欢野蛮人！爱恨分明，荣誉胜过生命，比如普希金——说到此，两人都想起森林公园事件，她双手掩面，羞惭道：太荒唐了！女同学拉下她的手，眼睛对着眼睛：我很想荒唐一下，真的，可惜没有机会！对方真挚的表情让她相信并非讥诮，接着说：这只是开始，然后——然后怎么样？然后发现，只能远观，不能近处。那种豪迈其实更是放纵，也是原始性作祟，他们几乎没有自律的概念，喝酒，喝到大吐，又哭又笑，纠缠个不休，罗曼蒂克的背后，且是压根不尊重女性！女同学吁一口气：有那么严重吗？还有更严重的！她说：酒色改变了他们的外形，皮肤粗糙，肌肉松弛，早早有了肚腩，而且脱发，因为痛风手脚肿胀……女同学忽然问出一句：老杨呢，老杨是什么人？兀地截断话头，说话人有些茫然，慢慢回过神，回答道：老杨是文明人。

即便如她，聚光灯的焦点，很难看清周围，依然发现，女同学说话，远兜近绕，最后一准归到老杨。从她的立场，老杨在低沉时期介入生活，多少是屈就的心情。世人眼里，却不这样看,反以为平步青云,正处上升阶段,于是就有攀附的嫌疑,比如“拾个洋捞”的调侃。无论从哪方面,都可见得老杨不畏人言,内心并不像外表那样平凡,而是自有主张。尽管如此,两人的关系中,还是她占主动方。其时其地,有谁敢觊觎“女神”,存非分之想?她先约的他,他则当仁不让,一拍即合。所以选择老杨,其实并不出于多少了解,经历情节跌宕的戏剧,渴望平静的人情之常,是退守姿态,但从积极处说,又称得上返璞归真。不管哪一种动因,确实如女同学所说,“终于做对了一件事”。她呀,何等的冰雪聪明,很知道“对”的时候做“对”的事,也知道老杨正是那个“对”。同时知道的还有,只要发出召唤,“错”和“对”都会响应,而她当然是选择“对”了。虽然没有明说,态度却再清楚不过,是自恃,也是天真。不同于常人就在这里,也算是在世事沉浮中打过滚的,却依然葆有赤子之心。

她说:老杨是文明人,我也是,人总是选择同类。女同学微微一笑:是你选择他,也是他选择你,没有人是被选择的。这话让她不悦,就也微微一笑:所有人都分两种,一种选择,一种被选择。由什么原则决定谁是选择谁是被选择?女同学反诘。天生命定!她气冲冲道。哦!女同学的这一声带着讥诮,激怒了她,忽然变得尖刻:你不是人皆可妻吗?这话颇为不逊,而且粗暴,自己都吓一跳。再想挽回,女同学已经转身走了。

刚开始的亲好，又反目了。这符合女生间的关系，好一时，坏一时，坏一时，再好一时，循环往复。在她们却只有一个周期，因都是认真的人，讨论的又是认真的事，彼此触及痛处，到底受伤了。如果时间足够，兴许挽得回来，可是形势逼人，等不及和解的契机。毕业分配公布方案，五年学府生活仿佛一瞬间，从眼前掠过。原来，已经那么久了，骤然失了耐心。于是，捆扎行李，预定行程，购买车票，有单位派遣接受的人住进招待所，就要面晤和谈话，性急的人已经在了路上。校园里充斥着曲终人散的空气，同时呢，是新生活的憧憬，兴兴头头的，所以，又激情洋溢。她和老杨都分在本市。有多家单位的外事部门要她，她的外语能力小有名气，远超过本专业领域的成绩。最后，进到中直部委属下的科技研究所。老杨则在重型机械厂制动设备室任技术员。重型机械厂前身是沙俄铁路制造局，日俄战争改军工，“二战”以后，转民生。原先的巨型体量上，再向苏联社会主义托拉斯模式扩建，从原材料到加工、配件、组装、检验、出品、运输一体化，总厂底下就有数个分厂和部门。这是生产，生活也是全覆盖，宿舍，住宅，医院，商店，幼托，小学，中学，甚至还在郊区有一个农场，独立成自给自足的小社会。他们毕业后登记结婚，老杨分到家属区一套住房。她所在单位，按属地原则为省部，但福利远不能同日而语。行政级别越高，领导越多，一层一层下到小文书一层，资源余裕就更有限。如此,她只在机关分到一间二人宿舍供午休用,或者,下班晚了,交通受阻,临时过宿。合住的女同事是机要处秘书,比她年资深,办公室里面另有休息的地方,所以,她们极少照面。

他们将婚房安在机械厂里。住宅本身配置有床和桌椅,又从她娘家搬过来几样,也算作嫁妆,再添些必要的杂用,一个家初具雏形。接下来是举办仪式。老杨不是本地人,没有亲属,唯三五个新同事,其余就是和她共有的老同学——列名单时候,她想起了女同学。女同学却已经离开,听说她分回原籍天津,具体是哪里不知道。自从那次不欢而散,她们俩就没有说话。

她和老杨,都是单位里的新人,要从最基础入手。尤其她,工作环境和所学专业理论上两头兼顾,实际并不对接,一切从头来起,早出晚归,十分繁忙。机械厂生活区和生产区不算远,之间还有班车通勤,减去路程的耗时和辛苦,家中的庶务自然归了他。江南人也不像北方,男女的应分划得很清,还有农业社会里男耕女织的遗存。老杨家乡淮扬,男人上厨蔚然成风,他称不上精通,但至少不手生。每晚烧好晚饭,她进门就端碗。隔日起来,换下的衣服洗净叠齐,收进橱柜,皮鞋擦得锃亮。老杨甚至还会一点缝纫,她的陪嫁里,有一部"星家"缝纫机,全由他使用。或单面折边,或双面对齐,"嚓嚓嚓",踏板前后踩动,眨眼工夫,窗帘、门帘、被单，都出来了。渐渐地，他学会了裁剪，将车床工件三维绘图方法，移用到人体，就能做简单的衣裤。休息日里，她常常加班，对外事务真是没个点。代表团出访或来访，各国对华政策的报告传达，案头的背书和口头传译，说来就来。她很快融入本所的工作，跟上节奏，还经常应差外单位借用。这样的时候，他独自在家，守着一部"星家"。她不在，可到处都是她。面霜的气味，椅背床架到处扔的衣服的体味，枕上的发香——她习惯在洗头水里点几滴花露水，俄国砖茶的浓酽——她们家上辈子传下来的铜茶炊。每到下午时分，家人围炉而坐，茶碗接了热茶，倾在茶碟，三个手指托起来，慢慢吸吮，不至于烫了嘴。这场面有一种仪式感。就这样，小女孩长成大姑娘，然后离家住校，现在由他掌握茶炊。"星家"缝纫机，曾经车过她的衣物，从襁褓围嘴到各式裙子，宽背带、细褶皱、蓬起下摆、布拉吉……他心里很安宁。门敞开着，家属区的风气，仿佛共产主义集体生活。后边山上的杜鹃花盛开，花香阵阵，小学校操场的高音喇叭传来喊操声，准备国庆节的检阅，一个高亢的童音，小号般直冲云霄。

婚后第二年，凑她出差上海的机会，方才回去他的老家拜见公婆。拖延至今，当然有时间的缘故，但潜在的，还出于回避的心理。他们俩，尤其他，很难想象她与自己家人在一起的情形，那是连他都疏远的亲属。大学期间，只两个寒假回去过年，不等假期结束，就匆匆赶回来，有点像逃跑。他已经不适应阴湿的气候，没有供暖，室内室外同样冷热。也下雪，但积不起来，经鞋底踩踏，一汪水，一汪泥，冬日的肃杀中又另添凋敝。光照不足的老屋，之前尚有两进，日前接大哥信，告诉说父亲交出前院，只余后天井，拦断南北过道，东墙上破开一门，跨进夹弄，沿山墙攀一道石阶，从廊桥经过，方能出街。迂回曲折，但避免和人往来互通，省去各种后患。他想不出缩减一半地盘的旧宅的样子，更是要逼仄阴暗。家中成员又多，老少男女，说着诘聱的乡音，抬头见，低头见，也是想不出的窘。重重顾虑中，计划的行程，一日一日来临了。

腊月二十九，南方人俗称小年夜，城内卵石路上，走过两个外乡人。头戴皮帽，脚蹬长靴。男的还好，是一件毛领呢面军大衣，女的则一身深蓝皮衣，袖口和下摆镶了灰毛绲边。街上玩耍的小孩停止游戏，退到墙根，让开路，等他们走过去，火速聚起来，冲着后背有节律地叫道：华侨！华侨！在这童声合唱伴随下，两人走进一个门洞。“华侨华侨”的歌声不绝于耳，久久不散，引出许多大人，不晓得发生了什么事。

火车上的燥和热，很快消散，取而代之以彻骨的寒冷，哪里都是冰凉。玻璃杯口浮着茶叶，水温显然不到沸点。汤碗刚上桌还冒热气，转眼风平浪静。踩在砖地上，鞋底仿佛被穿透,脚指头冻得生疼。脱下的皮大衣重新穿上身,坐在藤椅上的棉垫子里,就像女王驾临,周围忙碌着臣仆。她其实很熬得住苦,下厂下屯,无论农户还是工友,都融洽无间。可眼下这一家偏偏不是工农。他的父亲,虽然穿短袄,却是缎面。母亲的布棉袄,领口上别了一朵缠丝嵌宝珠花。爷爷坐着另一张藤椅,围着丝棉被,老头棉鞋蹬着黄铜脚炉,膝上是手炉。炭的烟气,加上灶上的柴火,本来就暗淡的光线又蒙上一层灰,积成氤氲,在视线里漂移,人和物就有些变形。爷爷他,年轻时被鸦片和女色损害了身体,继而又在家道式微中坏了性情,世上无一桩事如他所愿,都在走下坡路。一方面是老,一方面是闲,越来越少动弹,终于连舌头也停下,不再发声。眼睛却发出锐亮的光芒,其时,对着案子那头的孙媳妇,看得人心里发毛。她试着寒暄,说些敬老的话,却没有一句回应,于是便放弃了。转过身子,迎着又一双眼睛。红木矮凳上坐着小姑子,老杨的妹妹,从下而上看她。看一阵子,发问了。问她皮衣皮靴的材质,牛皮羊皮抑或羊羔皮?属哪一款风格,巴黎式柏林式?听说东北那地方冻得掉耳朵鼻子?还有许多“罗宋”杂种人?这些问题既幼稚又世故,让人不晓得说什么好。于是提问的人也放弃了答案,口袋里掏出烟盒,客套地送一送。不等拒绝,已经收回去,抽出一支,自己点上。她猜不出这位妹妹的年龄,金丝边眼镜后面,也有一双老爷爷的鹰眼,脸颊的皮肤格外白皙。侧面看，从前额，鼻梁，到下颏部，呈现一道纤细的曲线，如小女孩子。转回正面，也许发型的缘故，正中分路，两边低垂盖耳，向后挽起盘一个髻，太阳穴处变得紧窄，就有了岁数。再看穿着，织锦缎棉袄，啥味呢西裤，驼绒高帮皮鞋，是老派人的摩登。猜得到对方的疑惑，妹妹吐一口烟，说：我与你同年生人，住在上海。话里有压着她的意思，还有些套近乎。仿佛，她们俩是一路，其他人是另一路。确实，这位妹妹在家中的位置很特殊，除穿戴举止的差异——现在可以解释了，原来是上海来的人，还在于，无论长辈平辈，都不太与妹妹搭话。说不上来出于畏惧还是嫌弃，或许两者都有。也正因为此，就想与新来的嫂嫂交好，但新嫂嫂也远着她呢。事实上，并不只是妹妹，老爷爷、父亲、母亲、大哥，都是疏离的。这一众人，就像侥幸规避了时代的更替，从历史的接缝中遗漏，竟也能够自给自足，自生自灭。他的大哥，上海交大船舶系毕业生，造船厂任工程师，和社会有接触，尚不至于封闭耳目，照理可以沟通。偏偏一口方言，似乎有意为之，格外夸张。外乡人听来，就有些油滑。她不知道，大哥他是一位扬州评书爱好者，年轻时候到王少堂跟前拜过师。但天赋欠缺，或者引荐人力道不足，总之没有入门，只能自学。厂里联欢，文娱比赛，都是推他，说一段《武松打虎》《皮五辣子》，颇受欢迎，他也很自得。显然他的性情比老二活跃，却不知什么原因，迟迟未婚，这就又让他和时间脱节了。老杨他，进到家门，也说起这种口音，就像变了一个人。怎么说呢，变得俚俗，所以，也是陌生的。而且，有意无意地和她拉开距离，抱矜持的态度。是避免在家人跟前说普通话吗？普通话在方言区里，总是有官话的色彩。大约还出于一种畏惧心，因知道她不能与家人调和，索性退到那一边。说实话，在这市井世界，她显得如此不凡，让人自惭形秽，不敢靠近。

家里上缴前进院落之后，在后进隔出一层，加盖阁楼，作大哥的睡房。此时让给新人，床铺垫得很厚。被窝里塞一个铜汤婆，裹进旧绒布套子里，依然滚烫。这时候，人方才舒展得开了。温暖和同眠并没有让他们亲密，四处都有动静。大哥的床临时安置在木头扶梯的斜角里，对面窗下睡着妹妹，两人说了一阵话，听不清内容，只有嗡嗡的回音。然后，一股淡淡的烟味弥漫开来，是妹妹的睡前一支烟。松木楼板的拼接处透出丝丝缕缕的光，顶上也有光，从瓦爿的缝隙中下来。两人拘谨得厉害，不提防碰了手脚，赶紧闪开。因床和被窝的局促，就不敢动了。灯光熄灭，黑暗从四面合拢，闭得十分严实，仿佛有重力，沉甸甸的。迷糊中睡过去，不知道真有其事还是夜梦，很远的地方，敲了三下梆子，时间穿越到古时候，再渐渐回进来。一声昂然的鸡啼，高频上延续很久，陡地收尾。停顿片刻，随之遍地应和，此起彼落。那骄傲的领唱者早偃止了歌喉，余下一片琐碎。

晨曦照亮阁楼的北窗，睁开眼睛，身边人不在。她张开身体，躺成一个“大”字，呼吸畅通了。楼下嘈杂起来，却不像静夜里的尖锐，而是混沌。水泼上石板，碗碟叩击，门的开闭，收音机吱吱地调频道，一日的生活拉开帷幕。即便在这般逼仄的空间里，依然带着一股子跃然。挺身起床，挟裹着被褥的热气，汤婆子还暖着呢！拉开窗帘，推出去，眼前是连绵不断的屋瓦，一波接一波，铺往地平线。目极处有一片红亮，散开来，空气中水分充盈，微微颤动，分解一列色系。心中生出一种陌生的感动，这挤簇、琐碎、平庸的鳞鳞爪爪，和谐地融为一体，也有着宽广的幅度。她惊诧造物的周密细致，蕴含着对人世的怜惜。感动的就是这个，以往从未领略过的。她单以为大自然气势如虹，天地宏远，其实是积少成多，量变到质变。作一个深呼吸，吐出一昼夜的郁结，顿时清爽许多。早晨的空气带着寒露，转眼间灌满阁楼。身上起着冷战，赶紧关上窗户，穿好衣服下楼去。

一家人都感染她的好心情，从上一日便悬着的心落地了。大哥叫道：开饭开饭！于是团团坐好。桌上已经摆开稀饭豆浆油条烧饼，各样配粥的小菜。餐毕，她伸手捡拾碗筷，要承担刷洗的劳动，被母亲挡开。那边妹妹则推她上楼穿大衣拿包，要出去游玩。来回争夺几番，还是恭敬不如从命。虽然带有虚应的成分，却也算过了仪式，做了这家的媳妇。

一刻以后,四个年轻人就走在了街上。大年除夕的白天,大人们多在家中准备年饭,性急的小孩子已经放炮仗了,东一响,西一响,制造出零星的喜庆。天气晴朗,日头升高,暖洋洋的。此时,她发现穿着的笨重,体会到江南轻盈的冬季。仰起脸,太阳光从疏阔的枝条间洒下,痒酥酥的。妹妹告诉她,上海——特别要强调,上海,有一句俗谚:邋遢冬至干净年,反过来亦是。因今年冬至下了雪,所以,春节有这好天气。老杨兄弟走在前边,落下她们,单独相对,好像两个女人有什么贴己话要说似的。这对姑嫂分开看兴许好些,在一起却显得夸张了。仿佛戏台上的人物,一个出演的西洋剧,另一个呢,中国式的西装旗袍剧。照理是两种剧情,不该碰在一处,偏就并肩而行。身后又有小孩子跳着脚喊:华侨华侨!妹妹回头斥骂着驱赶,脸上带着笑影,流露出心里的高兴。显然,是喜欢这称呼的。小孩子一哄而散,跑到远处,停下来,继续"华侨华侨"地喊。不理他!妹妹说:小地方人没见过什么世面的。她问:妹妹在上海什么地方工作?回答是:不做工作,坐吃!她没听出话里自嘲的意味,只觉得措词鄙陋,就不想往下问了。可是,对方刚开话题,正篇还在后面。站住脚低头点上一支烟,等抬起头,新嫂嫂已经跑到前面,落下她自己。

沿瘦西湖走了两个著名的园林,大哥本想做东请客,但大年三十,饭馆都封灶闭门。二十四桥有一处茶室还营业,便买下一些糕饼零食，要四杯清茶，权当午餐。茶室设在水榭，檐下摆了桌椅，坐了五六成。半是常客，按时必来的，另有一半是外地人，公差或者游冶，所以并不十分寂寥。那兄妹三人，人生命运各异，终究同出一源，有许多相通的人和事，她难免在局外。先还注意地听，渐渐涣散开注意，因不在经验里，总是隔膜着。其中涉及老杨的部分，却又不是她认识的那个老杨，本应该有好奇心的，她却没有，而是感到了无聊。早先的兴致低落了，起身离座，伏在栏杆看水。潜在湖底的鱼群，受她投影吸引，游上来。她揉碎半个面包喂食，搅起波澜，渐渐平息。亭台的倒影浮起，仿佛海市蜃楼。心中有些恍惚，不知何年何月，何情何境，且为何处身于此。那边招呼她过去，茶室供应汤包，从附近厨房送到了，揭开笼盖，热气腾腾。她走过去，重新入座。谁的手送上一双竹筷。大哥向她示范，夹住汤包，平平端起，只见那一兜汤颤颤地垂下，嘬起嘴咬一小口，慢慢吸吮。这一切都是在小心翼翼中进行，不可半点疏忽。她却学不好，汤漏了一碟子，还烫了舌头。正午的日头更热烈了，岸边的柳树似乎眨眼间爆出新绿。有几桌撤走，有几桌又换了新茶，相邻的一桌拿出扑克牌。茶室里的女人拎出热水瓶，分发给余下的客人自便，无论坐到几时，要走只管走。年后上班，再收拾桌椅茶具。然后关门上锁，回去烧年饭了。看她过桥上岸，沿湖走很远，终于消失身影。

这地方有一股享乐主义空气，当是漕运和盐业繁荣时期的遗风。商贾多半暴发，富不过三代，就没有积养，所以享乐也是庶民的，和皇城八旗的豪阔不同。那里是满汉全席，这里是家常菜。精神生活呢，这里至多风花雪月，那里可是左牵黄，右擎苍。格局大多了，等级也森严，这里却有些民主共和，天下一家的小意思，贫富贵贱差异不大。旧历年的国定假里，这地方满城膏腴和灶火。老杨家当门安一具小石磨，浸泡过夜的糯米灌进磨眼，霍霍声中，雪白的米浆流进纱布袋，系紧了吊在竹竿上沥水。妹妹专司蛋饺，嘴里衔一支烟，侧头眯眼，不让烟熏着。手持一柄汤勺，筷子夹一片肥肉，勺底擦出一点油，浇一调羹蛋糊。大哥负责杀鸡。鸡头拗到背后，握在翅膀里，拔去颈部的软毛，刀刃一划。掉过身来，汩汩的血淌入碗里的清水，这才放开它，一根筷子顺时针方向搅，搅，搅，一碗鸡血制成。派给父亲的是技术活，划鳝丝。一根竹篾子，削薄了。黄鳝甩上砧板，直往起跳，顺了身子捋，催眠似的，慢慢安静下来。篾片子从头到梢，从头到梢，转眼就是一堆。母亲备馅做大肉丸子，此地叫“狮子头”。奇怪的是，肉馅不是剁，而是切，先切片，再切丝，最后切粒，料酒精盐，也是搅。搅馅的活，就交到老杨手上。老杨在东北算得上火头军师，到这里只能打杂。给黄花菜摘根，清洗木耳里的沙土，旧牙刷剔花蛤贝上的泥，烧开水拔鸡毛，切腊肠。腊肠是几日前熏好的，海蜇早一年就浸在坛子里，豆腐事先向一家作坊定制，豆酱则是另一家。她也想做点什么，却发现没一样做得了，人人还都避让着，怕脏了她的衣服。热火朝天的一家人，唯有老爷爷和她闲着。老爷爷显然已经看够她了，从此不瞥一眼。目视前方，仿佛泥塑的佛。她穿上大衣，悄悄出了院子，从夹弄上去廊桥，看屋顶上的炊烟。

她比原定计划提早一天告辞，去了上海，全家人嘴上挽留，私下松一口气。这几日彼此拘得紧，实是煎熬的。妹妹想和她结伴同行，因也是急于离开家的人。几度暗示，却没有任何反响，都是一等的聪敏和骄傲，能看不出对方的请求和推诿？于是作罢，迟一天才走，家中人再松一口气。老杨独自住到探亲假末尾，按约定去上海会合她。下长途车，天已入夜，先找公用电话往她招待所报到，说好明天直接在北火车站月台碰面，然后就奔妹妹处投宿了。

他家兄妹三个，之间各差两岁。长子总是得器重，底下的不免慢待。共同的处境，排序的相近，这两个的关系比较和大哥之间就要亲近。起初几年，还是大家庭，他们联合与叔伯姊妹兄弟抗衡，后来，则是与大哥为敌。一起被大人责打，跪洗衣搓板。她背了父母，与那富家子往大后方去，只有他知情，到车站送行。头一次看见那“姐夫”，豆芽儿似的一细条，白潦潦的脸，不像担得起的人，就知道是妹妹拿的主意。同样，离婚也是妹妹的决定。这种斩截的手势，只有妹妹做得出来。后来,他跟着邻家大哥哥到上海读书,吃住都由妹妹供给。分开的日子里,他收获新思想,而这却是无法与妹妹说的。他能想象她奚落的眼神,像听小孩子说梦话,她向来当他小孩子看。妹妹其实更像姐姐,女孩本来早熟,两岁年龄的差距早已经弥合了。他去东北上大学,是妹妹送行。仿佛这一瞬间,他长大了。出远门的人,有一股庄严肃穆,妹妹终于生出些微的敬意。

就像多年前,他宿在亭子间北窗下的沙发上,隔一张方桌,和靠着床档的妹妹说话。说起父母,虽然清简下来,但小门小户的日子,反倒干净利落,精神也健旺了。又说老爷爷,平时向着大的和小的,养老却执意要跟二的,也就是他们的父亲。柿子捡软的捏,妹妹说不然,偏心的是老奶奶。这就说到老奶奶,顶厉害了,好比《红楼梦》的王熙凤。老爷爷惧内,心里明镜似的,晓得三个媳妇中,他们的母亲最贤良。只是不想起纠纷,凡事不作仲裁,等一个走掉,立刻转过来。他说:“贤良”不过是软柿子的好词。妹妹探过头,脸上露出诡黠的笑容:老爷爷又不是净身过来,带了家私的!这回轮到他不以为然:公有制社会,有什么家私?妹妹冷笑:哪个社会都要吃饭。话到这里,出现分歧的端倪,就不谈了,关灯睡觉。窗户外面正是一盏铁罩子路灯,映在窗帘上。妹妹忽说了一句:妈妈本来备下见面礼,一个金锁片,怕人家看不上眼,没拿出手。他一怔,这是家人第一次提她,之前,从没有当面议论过这一桩婚姻。怎么会呢?他嗫嚅地辩解:她要是知道,一定很高兴。他看不见妹妹隐在暗中的脸,但知道又在笑,不由生气了:你有成见!妹妹反诘:什么成见?她长得漂亮!这话击中对方的痛处,长得不够漂亮,可说是妹妹最大的遗憾。小时候,争吵不过,就是最后的撒手锏。此一时彼一时,毕竟是大人了,扔出去的分量就不同。妹妹噎了一下,停了停,方才说出话来:先不要得意,吃苦在后头!他也不让,逼过去:何以见得?回过来:她目无下尘,早晚有报应!话说到这一步,都变得刻毒。再不济也就是你这样!他说。我这样怎么样?不用伏小屈就,看人的眼色!她说。寄生虫!他骂道。两人都坐起来,拉亮电灯,房间里雪亮一片,照着两张虎视眈眈的脸。亲密的人吵起架来是不留情面的。又来了,又来了,好像你们不寄生,我寄生在一个人身上,你们寄生在全体人民身上!你,你,气急之下,除一个"你"字,再没别的了。妹妹却重新抖擞起来,恢复口齿的尖利:国家干部,下田还是做工?到时候关饷,还不如老爷爷,吃的是祖业产!这就有些胡搅蛮缠,但气势占了上风。他躺倒去,将被子蒙了脸。对方数落一阵,只是不答,到底无趣,关灯睡了。

第八章

隔年春天，女儿出生。拥着被窝，抱了婴儿哺乳的她，呈现安详沉静的表情。向老家报了消息，不久收到一个小小的包裹，平绒盒子里躺着金锁片，凤凰麒麟的图案。想就是妹妹说的，母亲原本送媳妇的见面礼，现在给了孙女儿，也是一样。她打开看了看，又合起来，嘱他收进抽屉，并没有流露不屑的意思，便放下心来。于是意识到在她跟前，自己其实是紧张的。他喜欢看她哺乳，一个全新的形象，不是松花江边歌唱的瑰丽，也不是"贞德圣女"，又不是蹲在地上搜寻证据时的羸弱——就是这个瞬间，让他生出爱怜。现在的她，怀孕和生育增加了体重，脸庞圆了，相应的，五官略显平坦，眼睛也不那么大而明亮。成日价套一件孕妇罩衫，胸前印着奶渍，乱蓬蓬的头发用手绢在脑后扎起一把。她变得邋遢，随便，贴得很近地看婴儿的粪便，散开的发绺几乎垂到尿布上。母乳不够，需要补充奶粉，兑水的动作就像实验室里观察量杯和试管。不善家务的她，动作笨拙，但态度认真，几近庄严。夜里醒来，看见她抱着襁褓在房间来回走，小声唱着曲子。桌上只开一盏台灯，投下一圈光晕，映着婴儿毛茸茸的头顶。她在影地里，轮廓有些模糊，但却十分柔和。他静静看着，听着，沉浸在幸福的慵懒中。

产假过去，因加班积攒的补休，又延后半个月，就到上班的日子。这才发现，衣服和鞋都紧了。她奇怪地看着地上的纤巧的皮鞋，想到"灰姑娘"童话里的水晶鞋，不明白怎么能把脚挤进去的，可硬是挤进去了。经过痛苦的几天时间，竟然又回到先前的脚型。人体原来具有很大程度的伸缩弹性，就看怎么塑造它。婴儿寄托在机械厂的哺乳室，不是由母亲而是由父亲喂奶。调制好的奶液灌在玻璃瓶里，上午一次，下午一次，去到哺乳室，坐在一群撩衣敞怀的女工中间，一手托婴儿，一手扶奶瓶，脑门上沁着细汗。半是紧张，生怕失手，两样东西都是易碎物，不可大意；另一半是女工们的打趣。屋子里壅塞着哺乳期女人特有的气味，酸甜，还有一点腥膻，小孩子的尿臊和乳臭。寒带的三四月，气温尚在零度上下徘徊，未结束供暖，闭着门窗，有一股令人窒息的暖意。笑闹的间隙中，会忽然静下来，听得见小嘴有力的吸吮下，奶水滋滋地向外涌。母亲的脸或低或仰，舒泰安宁。有时候，一双手冷不防插到他怀里，抱起女儿，喂上几口。女工们的奶水特别饱满,实在消不掉,会朝他脸上滋几下。异性的在场,使气氛变得亢奋。这些流水线上的女人,受教育程度不高。工业社会又是另一种蛮荒世界,野地里长出来的生命,绕过文明驯化,母兽一般。他窘得厉害,却也感到满足。

她原本就不足的奶水,此时彻底退回去,身形很快回到从前,工作也重新甚至更加忙碌起来。其时,中苏关系正式破裂,东北地区经济产业大多建立于苏联支援的基础,就处在技术和设备大规模转移的调整中。她们对外部门的俄语人员承担起善后事宜,在文案与谈判桌之间穿梭,同时,也敏感到将会有很长阶段两国交流停滞,就要准备调换专业方向。她在外国语学院报名英法语课程旁听,退一万步,也能到学校做教师。工作和学习,两头奔波,通勤都难,机关里那间宿舍成了常住地。某个周末回家,将女儿从地上抱起,脸对着脸。只见一双黑亮亮的眼睛直视过来,不由心里一紧。什么时候,小人儿脱离襁褓,独立出来了。民间有个说法,小孩子跟谁像谁。起初,是随她的,如今却在向父亲靠拢。男人里面,他称得上好看,端正的前额,眉棱底下一双深目,长脸颊,高鼻梁,这样的长相在女孩多少有点硬。正值困难时期,辅食不足,婴儿的肥胖很快瘦削下去。没有肉的小脸上,一双眼睛大得出奇,薄嘴唇抿起一条线,批判地看着世界。单就他们父女俩,不觉有什么,那年头,大多都是菜色肌肤，衣着灰暗。工厂大院且是集体性的生活方式，有些像军队，不仅色彩，还包括形态，都是单一化的。来到光彩照人的母亲跟前，两相对照，不禁显出委顿。难得的闲适中，母亲尝试给女儿塑造新形象。从箱底翻出自己幼年时候的衣服，将稀软的头发梳成发辫，系上绸丝带。那些华丽的荷叶边，白色蕾丝，以及发顶的大蝴蝶结，更衬出人的小和黄。因为受装束的拘泥，行动举止呆板木讷，连原先的机灵劲都没了，效果令人扫兴。天然母性在疏远的日子里逐渐淡化，余下的，多少有一些小姑娘打扮洋娃娃的少女游戏，也收尾了。本职工作和业余学习，危机感和进取心，将有限的逸情挤得干干净净。女儿在父亲的自行车上长大，她也有着父亲纤长的四肢。运动神经格外发达，这点又像母亲了。刚学走路，就能从地下一跃而起，跨坐到车后架，任由缓急颠簸。幼儿园的时候，已经会从车大梁下伸过一只脚踩着踏板，骑得一溜烟，父亲在后头徒步追赶，成为厂区里引众人瞩目的风景，人们称之“老杨追小杨”。

不知不觉中，年景向好，枯干的日子有了膏腴。看出去，视野变得丰润，人们的目光也柔和下来。傍晚，下班后接她出幼儿园，看见门里奔来一个小姑娘，身上的花衣裤透着亮，映照出娇嫩的小胳膊小腿，他几乎没有认出来。万物呈现复苏的景象，仿佛一夜间，女人们都怀孕了，挺着滚圆的肚子，蹒跚上坡下坡。他们的第二胎，就是在这时候得的。孕期里，她得了妊娠高血压。临时调动到情报处资料室，上下班固定，没有外勤和出差，可按时作息。随着身子显出来，她套一件宽松罩衫，底下是他的裤子，浮肿的脚上也是他的胶底鞋。镜子里的人，好像不是自己，而是洛娃老师——她想起洛娃老师，在遥远的澳大利亚，过得怎么样？电烫的卷发拉直，剪到齐耳，回到女学生的样子。每天，吃过晚饭，先不忙洗碗，坐在桌边，各人说各人白日里的遭遇，女儿也插上一嘴。她诧异地听着小孩子们的人和事，好奇他们竟也有自己的社会生活。她不知道所有的孩子，还只是女儿，表达能力这般强。听到一个精辟的措词，就会抬起眼睛向他看去，止好接住投过来的目光，两个大人流露出吓一跳的表情。小孩子其实都是人精，立即领会父母的赞叹，于是更加喋喋不休，语出惊人。临睡前的节目是，女儿贴在母亲肚子上“听弟弟”——不约而同，他们都称腹中的小生命“弟弟”，好像肯定就是个男孩。

女儿和母亲亲密起来，他有些妒忌。可不也是正常吗？孩子总是更倾向母亲，胚胎在她身子里着床，一天一天长大，成形，最后啄破壳壁落地，那里有着意识之外的联络。女儿伏在母亲膝上，一上一下，眼睛对眼睛，两人脸上仿佛罩了光晕，亮亮的。这一次怀孕，她特别显身子，肚腹和胸脯胀鼓鼓、沉甸甸的，脚踝肿起一圈，慵懒地坐在椅上，打着盹。她的形象开始接近哺乳室里的女工，连体味都变得相像。

他将女儿从母亲膝上抱开。女儿也睡着了，他怀疑她们是不是做同一个梦，因为有同样的安详面容。这一段日子无限美好，他格外恋家。下班后等不及地冲出绘图室或者车间，途经幼儿园，也不下车，喊一声。话音没落，箭似的射过来小人儿，跳上车后架，直向生活区驶去。老远看见门上的挂锁卸下了，于是，后架上的那个纵身一跃，下车了。他心怦怦地跳着，却故作镇定，锁上车，取下挂在车把上的菜和肉什么的，慢慢走进家门。

婴儿如期分娩，真应了众人的期望，是个弟弟。产妇呢，暗合他比照女工们的心意，奶水丰盛。倒不是弟弟比姐姐更可爱些，但母乳滋养，这一个比上一个肥白壮硕，捧在手里，满满一怀。她宁可相信生育年龄，第二次比第一次身心成熟，舐犊之情便强烈许多。产假休完，没有像大的那样留给他照管，而是带在身边。寄托到省委机关的育儿室，也是上下午各一次，步行五分钟喂奶。哺乳将怀胎时候的血缘交流延续下来，小脑袋顶在胸口，发顶的绒毛扫着下颏，痒酥酥的。因吸吮的用力，腮帮有节律地鼓动，她被迷住了。那一大一小难免受冷落。但是，不要紧，大家都是一样，一样的爱和心疼。小肚子吃饱了，踢腾着圆滚滚的腿脚，小手指在空中抓挠，那里有长大后再也看不见的飞翔物，咿咿呀呀，只有它们自己懂。趁着不解人语，尽情地说和听吧！女儿很快学会给弟弟换尿布，而且从啼哭声中判断饿了还是屙了。他看出女儿呵护弟弟，多少有讨好母亲的成分。一向以来，她转动脑筋，妙语连珠，大声地笑，伏在妈妈肚子上“听弟弟”，一半真实，一半则出自于引母亲注意。他自己不也有一点吗？她高兴，他就高兴，她不高兴，不由自主，他也低落下来。她是他们家情绪的中心。现在，多了一个成员，中心扩大了。强弱倾斜，落差更加悬殊；同时呢，也分化了队伍，一边对一边。按斗争的哲学，哪里有压迫哪里就有反抗。这是一个有趣的局面，时不时的，负气，吵架，眼泪，紧接着是安抚，绥靖，和解，然后再开始下一轮。就像滚雪球似的，将一家人团紧了。

一年的哺乳期过去，弟弟还是回到机械厂托儿所。母亲参加“四清社教”工作组，派往呼兰。每月一次休假，回来住几天再回去。父亲呢，也进了工作组，去的是航运系统，虽在本市，但一个城南，一个城北，周日才能回家。两人商量将孩子送到道里的外公外婆处，她专为此事回去一趟，却见家中气氛低沉，二老显然有心事。私下问小弟，知道父亲正接受审查，关于和基督教会关系的问题。准备吐口的话就咽下了。如此一来，唯一的办法，就是大的带小的。多子女的家庭，哪个不是一拖二、二拖三地长大。这一年，姐姐六岁，下一年可上小学，脖子上挂了钥匙，铅笔盒装一叠饭菜票，零钱缝在内衣口袋。于是，早晨和傍晚，厂区里就上演着危险的一幕。弟弟拦腰捆绑在自行车后架，前面的姐姐，一条腿伸过车大梁底下，踩着踏板，一起一落，飞驶而往，飞驶而返。父母最顾虑的一项开水事务，拜托给邻居，上学前将空热水瓶放门口，回来时已经灌满。这就要说到住厂区的好处了，集体生活是粗放的，同时互助互济。到处可见这样散养的孩子，有些社会达尔文主义，强者生存，因此都有股子野劲。姐姐摸爬滚打地长大，还算吃得开，弟弟就要吃些苦头了。一岁半的年龄最黏人，晚上哭着找妈妈，姐姐哄不住，也陪着哭。左右邻就有开骂的，骂的话很难听：娘老子死了吗？等等，等等的。姐姐倒收住眼泪，骂回去：你娘老子死了！那头再骂：少爹娘调教的东西！这边再回过去：你少爹娘调教！听大人和小孩斗嘴，边上人不禁笑起来。夜哭郎受这一惊，竟忘记出声，停了停，睡着了。下一夜，又来这么一轮，三四回经过，哭的和吵的似乎都没了兴头，夜间的喧哗便结束了。但白昼里的忧郁却是绵长的，幼儿园和托儿所在一个院子，隔墙听见涕泣，就知道是自己家的人，于是跑过去抱一抱。后来，索性领到自己班上，排队游戏，唱歌跳舞，身后都拖了条尾巴。弟弟白绒帽上的两只兔耳朵，被调皮男孩揪下来了，小皮靴子踩到泥水里，脸上巴着眼泪鼻涕，皴出细口子，手背上也是。手织的绞绳花样的绒线裤尿湿，烘干，再尿湿，裆里硬硬的一片，看上去真是落魄。周末父亲回家，带两个孩子上职工澡堂，小姑娘自己进女浴室，在阿姨们壮硕的大腿间挤来挤去，脚底上抹了肥皂当瓷砖地面滑冰场。弟弟跟了爸爸，浑身上下被搓得通红，一周的积垢清洗一净。又在下一日全面复辟，成了泥猴。仿佛眼泪哭干了，他脱去“哭宝”的污名。不像姐姐开口早，他两岁了还不怎么会说话，可他有自己的语言。吃完碗里的饭菜还想要，就坐在小椅子上不起身，阿姨拉他，他扒着桌子；谁对他没好声气，他用唾沫回敬；姐姐和小伙伴起争执，他猴在对方身上，扯人家头发。谁都不敢惹这一对凶悍的姐弟，甚至还要巴结。父亲带去澡堂，脱衣服时候，口袋里鼓鼓的。玻璃弹子、香烟壳叠的片子、粘着碎屑的糖纸、牛皮筋、回形针，是战利品和进贡。母亲休假，全家去江边野餐。他在草地奔跑，脚底绊一下，跌倒了，小嘴里吐出一个“操”字。母亲吓一跳，发现羊羔般的儿子变成了狼崽子。

时间其实自有步骤。姐姐上小学，不能继续罩着弟弟的时候，弟弟已经独立，从托儿所升到幼儿园，算得上大孩子了。他个头比同龄孩子高，身体也结实，是免遭欺凌的重要保障。那些强势者在姐弟联盟的时代吃过教训，不再招惹他，他也收敛起了凶蛮劲。因为口讷还是生性的缘故，他比较沉默，不像姐姐言词锋利，有攻击性。老师阿姨都喜欢上这个漂亮安静的男孩，他讲究的衣着保持了基本的整洁：翻毛领子飞行员小夹克衫，镶皮箍的有檐帽，裤子上的吊带，还有哥萨克式宽袖绣花衬衫，都是外婆家舅舅们幼年的衣服。这时候，社教运动告一段落，工作队解散，父亲和母亲先后回原单位上班，恢复原先的作息制度。家庭生活重上轨道，但成员间的关系结构有所变化。在父母缺位的阶段里，姐姐逐渐占据中心，弟弟加盟，父亲略退后些，母亲则到边缘。发薪的日子，姐姐拿了爸爸的图章到财务科领饷。她请求会计阿姨，大票面换成小票面，好分配用项。其中半部买做饭菜票，再留出煤火水电费用、两人的学杂零食，余下的上缴“国库”——大人们这么称呼家庭财政。母亲的工资不能直接到手，则是由她安排预算：弟弟的鞋小了；父亲要添两双尼龙袜；自己觊觎一种磁铁开关的塑料铅笔盒，同学们都旧换新了；自行车轮胎扎了几个洞；热水瓶碎一个，现在用的是邻居家富余的……她趴在桌上写着开支的清单。扁平的后脑勺上，一条笔直的发路，分开两边，紧紧编成小辫，垂到纸面，和铅笔打架。弟弟挤在旁边，手扒着姐姐的胳膊，看得懂似的。母亲和父亲忍住笑，交换眼色，喜欢，又有点失落。没有他们，儿女也在长大，仿佛被抛弃的心情。

比较儿子的变化，女儿更让她吃惊。倏忽而过的时间里，这孩子长成另一个人，神情举止从容不迫，胸有成竹的样子。本就开口早，终日喋喋不休，如今沉静下来，出言慎重，却常有料想不及之语。当然脱不了孩童气，但应对并不输给成年人。她向母亲叙述同学间的友好和龃龉，那些小人小事，因其态度严肃，听的人不得不认真起来，给予评价和建议，还举例自己的幼年故事，引为参照和借鉴。从过去到现在，兴许还往将来，人和事其实循环上演，就像一座舞台，背景不同，角色更迭，剧情的细部有所变化，但实质性内容差不了大概。在旁观察，他发现母女又回到曾经的亲密关系，地位更趋平等。甚至于，有迹象交换身份，不是女儿，而是母亲取悦对方。他不禁感到好奇，女性究竟是怎样的神秘动物，身体感官之外，另有超自然通道。这对血亲，形貌相差很远，奇怪的是，凡看见的，无人不以为母女。似乎内在却有一种联系，透过表相，呈现出来。现在，弟弟到了父亲的阵营，他们都是缄默的性格，不能像对面阵营里的活跃。可是，潜深流静，也许是更丰沛的内心生活。

波涛起伏的六十年代中期，是一个短暂的休憩。许多事物，扣紧机遇，和时间赛跑，匆匆生长。这一家四口，赶场子似的，上马迭尔饭店吃俄式大餐，看马戏，看话剧，看电影——常是晚八点外国影片的场次，斯大林时期苏联电影为多数，《列宁格勒保卫战》《人民公敌》，漫长的上下集，就有点夜生活的意思。姐弟俩兴致勃勃，很快陷入沉闷，结束时已经睡得烂熟。爸爸和妈妈，一个身上挂一个，脚底在霜冻的路面打滑，追赶末班车。外婆家也走得很勤。外公通过审查，终于从运动中脱身，大门重新敞开，复起往日的热闹。长餐台铺上双层桌布，花边流苏垂下来。大盘的鸡块，大盘的灌肠，大盘的锅包肉，大列巴，玻璃缸里的番茄黄瓜，瓦罐装的鲜奶、酸奶，果子酱，酸菜粉条炖猪肉，突突地冒泡，啤酒杯也在冒泡。儿孙济济一堂，吃饱喝足，舅舅拉起手风琴，轮番献唱。唱的不是赞美诗，是时代歌曲。独唱过后编组唱，大人一组，小孩子一组，男声一组，女声一组，最终合起来，分出四声部，和声唱，唱《卡农》。这家人天生有音乐细胞，还因为父母的爱好，耳濡目染，就都会些弹拨，乐器上手，歌即出喉。唯有弟弟，怎么哄他，只是摇头。脸对着脸，一句一句引他，不出声地笑，还是摇头。小朋友一个接一个，拔萝卜似的拉他起来，那就要哭了。他还小呢！姐姐解围道。人们只得放过他，由他自己玩去。他却也不走开，一个人坐在餐桌边，头枕在手背上，以为睡着了。其实呢，眼睛睁得大大的，听入神了。

放眼望去，四处可见这样的家庭，深受异族生活方式影响，信奉基督教或者东正教。祖先或许有着斯拉夫血统，多血质的性格，荷尔蒙分泌格外旺盛，隐隐中，还相信天道与人道。这一年，节日里的盛宴其实是危险的引子，力量在失去平衡，暗暗倾斜，可是谁也不觉察。繁荣的年景，顶容易蒙蔽人了，尤其是原始性强的族群。当年六月，田野和山岭，杜鹃花盛开，啤酒花的香味顺风吹得满街满巷。一场规模巨大的狂欢平地而起，覆盖之下，那一小点一小点的笙歌，简直就像草芥尘埃，转眼间偃息，无影无痕。父亲和母亲又进入忙碌状态，常规工作外，加增许多学习和会议。厂区的大喇叭里，传送出的声音高亢起来，炒豆子似的往外吐字。姐姐的小学校里，高年级语文扔了课本，换作读报纸和写大字报，批判“燕山夜话”和“三家村”。大字报，这和平年代的进攻武器，又启动了。全城的墙面和楼体，都被印染了墨迹的白报纸包裹起来，后面的窗洞就像堡垒上的枪眼。幼儿园里教唱新编的造反歌曲，他依然是摇头，不肯开口。谁都知道这是个害羞又执拗的孩子，从来不唱歌，也拿他没办法。可是，这城市有点怪呢，白昼里的骚动结束，极地的光芒越过冰川，照亮夜晚，太阳岛上依然传来篝火的青烟和手风琴声。漫长的冬季过去，夏天显得格外美丽，即便是历史洪流，也不肯错过它的到来。

父亲很快学会在时间的罅隙里照顾家庭。一方面，学习侵占了大量的工余时间，另方面，生产的程序却被打断甚至中止。所以，就有零碎的空闲，可供他花插着回家。捅开炉子，烧开一壶开水，搜罗该洗的衣物浸泡起来，杀一条鱼抹了盐，下班后直接进油锅，等等。有一日，他正收拾孩子们乱扔的文具书本，女儿匆匆闯进，来不及和父亲说话，直冲到书桌跟前，拉开抽屉埋头翻检。问她找什么呢，回答毛笔和墨汁。做什么用？三个字：大批判！手上已经抓到要用的东西，脱兔般冲出去。他这才知道，小学低年级也开始写大字报了。这形势，以时下的流行，真可谓“如火如荼”。一眨眼工夫，门外的空地里，女儿不见了身影。他忽想起她的母亲。在两人相距甚远的外表之下，实有着同一类性格。因为环境和教养，还有年龄的差异，女儿展现更直接和尖锐，母亲则是优雅的，于是，某种程度地美学化了。下午两三点的阳光，照亮半间屋，明晃晃的，什么都在发光。他心中生出不安，仿佛身边的一切都是短暂，说没就没了。

狂飙突起，漫卷天下，她却沉静着。看上去，甚至是漠然的。中央部级机关的造反派，直贯基层，她没有参加。地方所属托管的省委省政府也拉起了队伍，她依然没有参加。与她共用宿舍的那一位，正处在离婚的过程中，彻底搬过来住，免不了照面，就认识了。女同事热心革命，因机要工作的关系，了解些内情，又谙熟政治用语，观点相当激进。整个午休时间，往往在亢奋的聒噪中度过。有时，会下床走到对角的床前，撩开帐子，看里面的人是不是睡着了，为什么一言不发。两人眼睛对眼睛相持一会儿，忍不住扑哧笑出来。再又回去自己那头，重新躺下，忘了方才说到哪里。安静片刻，另起话头。语速慢下来，情绪也稍许缓和，不自禁叹一口气，说：运动不能解决所有问题。听的人想：所有问题里，是不是包括个人生活的困境？女同事的革命动机明显掺杂私念，不那么纯粹，同时呢，又变得可同情了。

现在，家中饭点不定，如同流水席，随到随吃。以前，时不时地去食堂打菜打饭，如今，他日日起炊，三餐必备。潜意识里，是不是要维持生活的基本秩序？大人小孩进门来，自己从锅里挖一碗饭或者抓一个馒头，和着汤和菜，站在灶头跟前划拉下去，连弟弟都会自己喂自己了。难得全家到齐，终于共桌吃饭，也是各人捧各人的碗。就像伙食团开饭，碰巧坐一起的同事，但终究可以说上话了。话题自然也脱不了目下局势。女儿神色严峻，原来，危险就在每个人的身边，不定什么时候爆发反动复辟，到底让她赶上了！课本上的一幅图画，细心查来，总共有十数处敌情。战士的枪口正对身后的天安门城楼，边饰的花案里隐匿着恶毒的攻击字样，还有数字，顺过来一种编码，倒过去另一种，大有含义！就在工厂的废料场上，小朋友捡到一台发报机，交到了工厂保卫处——父亲听她描绘，判断是一架坏损的矿石收音机。这个解释引来女儿勃然大怒，脸涨得通红，迸出眼泪。他赶紧收回解释，检讨不够警觉。事实上，他只当是一场游戏，大人总归不能像孩子那般投入，时不时地出戏，扫了他们的兴头。

此时，自上而下，各级部门职能权限皆遭质疑，基层机关停止日常工作，专职运动。先还是笼统地响应，号召动员，誓师游行，上北京接受领袖检阅，再辐射各地串联交流。和每一次革命相同，集体狂欢之后是分化瓦解，犹如细胞裂变，派生无数支系。但归纳起来，不外两大体系，一为造反，一为保皇。所谓“皇”,不过是各单位的领导。“造反”说起来就复杂了,平日里的积怨,人际关系,私德和作风,一旦附会理论,都可揭竿而起。至于谁占正义高地,纳进进步潮流,真就是公说公有理,婆说婆有理,遂演变成名实之争。她哪一边都不参加。无论办公室同事还是宿舍室友游说,她听归听,却不表态,就归进第三系,逍遥派。但人家是真逍遥,趁乱休闲,怀孕生育,整顿庶务。她则按时上班下班,参加大会小会,听内外报告,各派观点,看大字报——从本单位到外单位,本街区到外街区,沿途走去。红绿传单从天降下,纷纷扬扬,待她伸手去接,一伙孩子呼啸而至,跳跃着,争相抢夺,转眼间一张不剩。不由想起一句古词:白茫茫大地真干净。有几次,无意中走到父母门前,门上张贴白纸,表示已经查抄。总算,人没带走,但随叫随到,几近软禁。她停住脚步,站了一时,没有任何动静,转身离开了。

别人不觉得,熟悉的人觉得异常。以她追求完美的禀赋,多少有一些空想社会主义的成分,正合乎革命的特质。从旁观察,先以为经历上一轮运动,变得沉稳,父母家的当下处境,也让人审慎。还有,运动中日益显现的人格弱点,不止是卑劣,还是荒谬,大大降低了政治生活的严肃性。他们夫妇免不了交换见闻和看法,但只在泛泛。居家厂区,既同事又邻里,公私交错,人事纠葛,他惶惑地发现,不晓得什么时候开始,人人自危。大人们都在告诫儿女,不许乱说话，祸从口出。所以，必等孩子入眠，关闭门窗，方才细语几句。他却又敏感到，孩子的母亲并不热衷与自己谈这些，态度甚至是敷衍的。她向不当他作思想的对手，他似乎也默认了。共同生活是有麻痹作用的，它将人与人的了解局限在某一部分，而放弃了另一部分。确实，他提供不了有效的见解，大约让她更失望了。他倒是参加了一个战斗队，是绘图室里刚毕业进来的年轻人挑头成立，他已经算老人马了。如今，四处树杆子，张大旗。局势到了这一步，不革命就要被革命。战斗队刻印公章，制作袖标，除了抽象的口号，尚未有具体的主张，多半为了自保。等到强弱决出，顺势而去，机会主义就产生了。生产单位关乎民生，不能彻底停摆，勉强维持运作，但生产纪律到底恢复不到原先。他臂上挂着战斗队的红袖章，还从箱底翻出一顶旧军帽，是上大学前政干军训班发的，扣在头上，就有了时代气息。自行车一骑，出厂区到市里，买来新鲜蔬菜，刚出炉的大列巴，蒜肉肠，桶装啤酒。再往岳家绕一圈，放下点东西，问问寒暖。回到车间，接着上班和学习。

主持家务的人多出闲时和闲心，一日三餐比往日更丰盛，缝纫上也有大开发。孩子母亲的大裙摆布拉吉，孕期里的罩衫，出国做的旗袍装，他自己的毛料裤，屁股和膝盖磨薄了些，尚有三成新，咔叽布长风衣……并非穿不着，而是过时了。看着它们，觉着很不真实，仿佛舞台上的戏装。事实上也是，大学剧社排演《日出》，他就贡献一件蓝布长衫。穿长衫的日子，屈指算算没几年，却翻过几个山头，几重天下。旧衣服摊开折起，卡尺横量竖量，绘图纸上打样，再回去旧衣服，一个针眼一个针眼挑线，拆成衣片。洗净，晾干，熨平，图纸移过来，沿画线裁剪。然后拉出“星家”缝纫机，拭去灰尘和锈迹，点上机油，一踩踏板，皮带进了轮盘槽，嚓嚓嚓的走针声增添了夜晚的宁静。孩子们睡了。她呢，出门了。

大串联走过高潮，渐趋平息，天安门广场将举行第八次也是最后一次领袖接见，她动身启程。接见的消息登报了，同去的人有回来的，没有她的音讯。上海的妹妹倒来了一封信，告诉在淮海路上海市电影局门口遇见她，正看大字报，说当晚就上火车返回。从写信到收信，一周时间过去，未见人影。他既担心又不担心，担心是乱世里的安危，不担心是外地的乱终究无瓜葛，本地的就难说了，也许不回来有不回来的好。车间里都在做子弹，还有铁制的梭镖头，安全帽一筐筐搬出仓库，干道的路口垒起了路障，一场大规模的巷战正在备战中。因此，他甚至希望她更晚回来。认识她，他方才知道，世上有一种渴望牺牲的人，就像飞蛾扑火，由着光的吸引，直向祭坛。安稳岁月里，光是平均分配于日复一日，但等特别的时刻，能量聚集，天雷与地火相接，正负电碰击，于是，劈空而下，燃烧将至。

确实如杨家妹妹说的，姑嫂邂逅的当晚，她即登上北归的火车，但是中途却在天津下车，往塘沽去了。通讯录里，留着大学舍友女同学的家庭住址，是两人交好时候交换的，不知有意还是无意，一直保存着没有删除。地址所在，是一幢独立的二层洋房。应门的梳髻的女人，以为是女同学的母亲，问了要找的人名，退进去回报"找大小姐的"，方才知道是保姆。正惊异这一家的旧式派场，恍悟女同学的教养，原来生成于此。女人复又转来，做一个邀请的手势。水汀烧得很热，她脱下大衣，女人接过去，挂在门厅护墙板上的衣钩，楼梯就有脚步声响。一眼看去，真以为是女同学。再看，年纪要长些，不用问，是母亲无疑了。同学的母亲穿一条飞鸟格薄呢面夹旗袍，脚上一双黑平绒绣花便鞋，迎她到客厅，面对面坐下，问姓名、工作、家人。她一一应答，说及结婚成家，已有一子一女。那母亲便展开笑颜，说：我们家的那个，你的同学，也有了自己的小家庭，年前方做妈妈。看起来，女同学婚育比同龄人包括自己晚了许多，让做母亲的很上心事，现在终于释然。母亲告诉她，女婿在市立医院做外科医生，原就是通家之好，两人自小认识，大人们早有意思。可能太稔熟了，反而成盲点，彼此看不见，各自有一段寻觅，又都无果。回过头来，岁月蹉跎，那人却在灯火阑珊处！不知不觉，已经中午。同学的母亲留饭，说会打电话给女儿，下班直接过来。她顺便问同学毕业分去什么单位。

母亲看她一眼,大概奇怪她竟不知道,回答就在新港职工学校任教,离开不远。午饭时候,女同学的父亲下楼来。这位退休的引水员,身量中等,一张五官平坦的宽脸,按理说不属好看的类型,但令人惊讶的,却有着特别的和谐。他话极少,态度很闲定,比热情的女主人更让人放松。她发现,女同学的长相极似母亲,气质更可能与父亲接近。看见桌上的菜肴,她觉出饿,饱餐一顿,母亲领她进女同学婚前的卧室休息。和衣躺在绉纱条纹床罩上,环顾周围,这一间闺房流露出男孩子的趣味。书桌上是地球仪,窗台立了一架小型天文望远镜,一整个墙面的书架。来不及辨别书脊的字样,眼睛就合上了。离家二十来天,寝食不定,车马劳顿,又有许多杂芜的印象,纷至沓来。先前还撑持着,此刻,安逸之下,抵挡不住倦意来袭。这一觉不知睡到几点几分,蒙眬间,仿佛身在姜黄色的光晕里。神志渐渐清醒,手脚却动弹不得。女同学的母亲俯视着她,向她微笑,不是现在,而是年轻的很久以前。手掌在脸颊轻轻拍几下,她喊出一声女同学的名字,坐了起来。

这天晚上,女同学没有回自己家,两人挤一张床,像是回到学生时候。也不全像,因她们在学校时并没有这样亲密。她补足了睡眠,此刻头脑清明,靠床背坐着。女同学半躺,手肘支在枕上看她。她问:没想到我会登门吧?女同学说:想不到,又想得到。她问:这话什么意思?回答说:有意思又没意思！两人成了小女孩一般斗嘴，词语的游戏，加上些诡辩术。揣摩起来，不完全是这些，还有参禅的成分。说说看，有何贵干！女同学说。从她的角度看去，女同学的脸半掩在台灯的灯影里，显得十分柔和，甚至妩媚，她从未注意过呢！聚光之下，四周都是暗淡的。她停了停，答非所问地说：真想不到，你的家庭是——迟疑一下，继续道：是这样的。女同学慢慢解释道：我父亲水手出身，这一带吃水上饭的很多，从近海到远洋，渐渐升为大副，然后上岸做引水员。按中国社会各阶层分析，引水员的行当，不掌握生产资料，凭技术谋生，就可算作劳动人民。但收入优渥，解放后享受“保留工资”，托共产党福，我们可以持有“这样的”生活。“这样的”三个字，把她没说出的意思说出来，她倒有些难为情。这就是女同学，会听话也会说话。她不由一笑，旋即收起，表情变得严肃。

女同学抬手推她：想什么呢，想他了？她笑出来：也想，也不想。这又是什么意思？有意思也没意思。她照样回敬。女同学的手伸到她腋窝咯吱一下，她缩了身子，说：你才想老公呢，我们是老夫老妻了！女同学收回手：你呀，得便宜卖乖！她说：你才是呢，终得如意郎君，换不换？女同学正色道：我们说换不作数，人家不定愿意。她说：管他愿意不愿意！都知道那个“他”是指谁。女同学说：你是他的女神！她说：你也是他的女神！这个“他”就是指女同学的他了。女生间的说话只在半句和半句中往来。女同学说：我是人皆可妻！当年就是为这句话两人掰了的，如今想起，简直有隔世的浩渺。她转过身，双手按住对方的头，直按到被窝里。闹了一阵，听见有汽笛传来，船进港了。静夜显出辽阔，天涯海角，那里有着不可知的事物。

她坐直起来，前倾着身子，说：我去过北京了。女同学不动弹，静静听着。天安门那么远，什么都看不见，她说，可是满地的人都在跳跃，叫喊，流泪——她止住话头，停顿片刻，接着说出一句：都控制不了自己了！女同学动了动。她继续：理性，理性到哪里去了？女同学在枕上问：你加入组织了？没有，她说，我读书。读什么书？《反杜林论》《国家与革命》《路易·波拿巴的雾月十八日》……读书好！女同学说。读书是不够的，她说，要到实践中去。女同学翻身坐起，将她的身子扳过来，眼睛对眼睛：不要！不要什么？她问。女同学语塞，然后说：不要做傻事。她笑了。轻轻推开对方，躺回到床背上，双手枕在脑后，望着天花板，那里有一小片水渍，洇成蝴蝶的形状。在上海，我也去了上海，她解释道，目睹一幕，堪称天下奇观，修理电线的机械车，升降台上，立了开国元勋，低头谢罪，驶过闹市。沿途街道，还有两边楼房的窗户里，人头攒动，仿佛节日里的花车游行，又仿佛鲁迅先生文章里斩首的场面。现在，她们交换了姿势，她半躺，女同学坐直了，俯身看向她：忘记它，想都不要想！可是我做不到！她说。逼自己去做！她忽发出尖刻的笑声：这就是你，夹缝中生存，得益于某种遗传！女同学当然听得出话中所指，说：我不和你吵，夹缝就夹缝，你以为历史是由纪念碑铸成的？更可能是石头缝里的草籽和泥土！我承认我渺小，至少，对于我的家人，还有一点价值。这番话多少有些触动，但她向来不服人的，负气地说一句：你有你的一套！

两人沉默着，听得见时钟走针的声音。女同学躺了回去，也看着天花板，问：为什么来找我？她回答：为什么不能找你？女同学说：我是认真的。我也是认真的。两人又沉默下来。过一会儿，她扑哧一笑：你家保姆称你“大小姐”！女同学也笑了：没办法，阿妈来我们家近三十年，我都是她带大的，改不了口了。她叹息道：你们家，就好像在时代边上擦肩而过。女同学说：别以为我们家落后，父亲可是共产党员哦！她侧过头，惊诧地看去一眼，随即问：你父亲如何评价现在的局面？我们家不谈政治，女同学说。她不屑道：总有你谈的时候！政治无处不在，你不找它，它找你，反过来，它不找你，你找它。怎么说？女同学歪着头问。比如，那一年，“右派”同学离校，你去为他们送行。你看见了吗？我看见有人半夜摸回宿舍，哭肿了眼睛！你呀！女同学伸出手指头点她前额一下。你们对我起戒心，所以不叫我。多年的委屈涌上心，想起来都要哭。不是，女同学说：我们都仰望你,就像仰望星空。你们才是星空！她说。我们是凡间的人,我们相信平凡的真理。女同学按灭台灯,窗帘上却有光掠过。船进港了,女同学说。

元旦后第二天,近午光景,老杨照例溜出制图车间,回家烧饭。看见门上的挂锁卸下了,门推了半扇。以为孩子放学,原来却是她,站在桌边,从敞口的旅行袋往外拿东西。天津大麻花,上海城隍庙五香豆,大白兔奶糖,塑料铅笔盒,尼龙男袜,一副玩具弓箭。两人对视一眼,遂移开目光,有些羞涩似的。这大概是他们结婚后分开最久的时间了,互相都有些陌生,却是喜悦的。中午,孩子们到家,反应就不那么含蓄了,大叫大喊扑将过来,那小的贴上身,撕都撕不下。大的则说个不停,谁也插不进嘴去。他埋头厨房,刀在砧板上当当的响。不知为什么,有一种失而复得的心情,几乎落泪。她也激动着,想不到自己其实是想念家和家人的。下一周的星期天,一家四口,两架自行车,姐姐骑母亲的女车,小姑娘已经坐得上车座,两条长腿踩风火轮似的。这车是“三飞”制动装置,踩一下转几圈,好像要飞起来。父亲则一带三,母亲坐后架,弟弟载在前杠,还有两双冰刀,一袋吃喝。好天气,路上全是骑车的人,都往江边去。老远就看见江面,日光反射,雪亮一条。早到的人已经收起冰鞋返程,迎面而来。姐姐跳着脚催促,快！快！妈妈几乎是被她拽下车的。母女俩忙着系冰鞋，脱下的大厚衣服做个窝，埋进弟弟，只露出小脑袋，好像待哺的鸟雏。这城市冰期长，像弟弟这么大的孩子，已经跟着上冰面了，可他们家的这个抵死不从。舅舅送他小时候穿的冰鞋，让他试穿，两条腿乱蹬，捉也捉不住。还曾经，母亲让他站在自己脚背上慢慢溜滑，许多大人和小孩都是这样玩耍。他不敢抬头，盯着底下看，仿佛窥见有万丈深渊，表情甚为惊恐。人们归因父亲南方遗传。事实上，父亲不单冰上而是所有运动都不擅长，自称室外反应迟钝。故乡扬州，水网密布。小孩子不会走路就下水，他也不会，被叫作旱鸭子。这么着，父子俩瑟缩地看母女俩辗转腾挪。大的拉着小的手，时而并排，时而前后；时而背光，变成两幅剪影；时而迎了太阳，透亮，成人形的晶体，打着旋，旋进日头中心，融化了。

快乐时光特别容易滋生乐观主义，忽略隐患。他没有注意，也许注意了又放过了。那就是，出门回来，她没有谈及这一趟的印象和感想。婚姻家庭充斥了琐事，都是些零碎，但架不住多，边边角角全覆盖，难免会遮蔽眼睛。可是，难道这还不够吗？言语交流其实抵不过共同起居的亲和力，诗里说的“死生契阔”“与子偕老”，要平均分配，就是点滴时光。他是个会生活的人，这优点很可能造成假象，连他自己都以为缺乏思想。他和她的结合，不能说全部，至少部分的，拜处境所赐，正在她的低潮，或者说一个嬗变的阶段。

从天上回到地下，由他引入普遍性的日常人生，那里也有着真理一类的存在。在他是本能自然，她呢，不经过诠释，便无法认识。他们还年轻，在有限的日子里，已经算得经历丰富，倘再给些机会，完全可能补偿不足。然而，历史将时间压缩了，一切都在急遽地发生，简直回不过神来。

春节来到，他们讨论是不是去老家过年，让他父母看看这对孙儿孙女。他大哥正准备结婚，喜期已定，大年初四。让人顾虑的是大串联余波尚未平息，很难预料道路的情况，她刚历经远途跋涉，喘息稍定，并且，不是在上海见过孩子的孃孃了？也算得上一次探亲。最后，家里来信说，将过门的媳妇是单位里的领导，主张移风易俗，所以新事新办，他们不到也罢。于是，按惯例上她家过除夕夜，但气氛大不如往年。外公外婆不知是突然还是循序渐进，露出老态。舅舅们没有到齐，不因为这就因为那，反正都是推托不掉的事务。舅舅请假，舅母自然也缺席，帮厨的人少一半，吃食也少一半，小孩子只剩三两个。这年的冬天奇异地温暖着，雪下得薄，时断时续，落到地面就污脏了，再落一层，再污脏，显得残败。四处炮竹爆响，火星划过，更加衬托了夜空的无边无际。没有手风琴助兴，换外婆弹钢琴。试奏一首新歌，让她唱，起错了调，等找到合适的，又忘了旋律。零落的音节里，小孩子趴在餐桌边睡着了。他和岳丈两人对饮，喝过了头，一反常态活泼起来，给大家唱家乡的小调。开始还觉得新鲜有趣,拍手叫好。可挡不住三遍四遍,甚而至于五遍六遍,就知道是醉了。好不容易,架着离座,走出门,一路上不知跌多少斤斗。两个孩子睡醒了觉,父亲每跌一次,就乐一回。他呢,难免人来疯,半真半假,跌了又跌。连滚带爬地到家,启明星已经在天边闪着寒光。雪停了,气温直降,四个人冻得直跳。他忽然头脑清明,在心中自问:是祸是福？又自答:祸兮,福之所倚;福兮,祸之所伏!

事情早在酝酿之中,而他始终蒙在鼓里。

春节以后上班,午休时间,她就在宿舍的桌上,铺开白报纸书写。同宿舍的女机要员并不关心她写什么,每个人都写大字报,自己曾经也是个大字报积极分子。但大字报的浪潮已经落篷,运动从舆论准备进入到实践阶段,就是夺权。所以,同屋人不免会开玩笑,“革命不分先后”或者“后发制人”。她只笑笑,并不作答。不久,女同屋的婚姻状况大约有所缓和,东西搬回一半,人也难得见了。于是,她一个人独用房间。这段日子究竟多少长短,人们也计算不出来。只知道有一日,她夹着一卷纸,另一手提着糨糊桶,走出宿舍楼,来到省委机关大院的外墙下。墙上的大字报已经斑驳,挂落下来。没有人做帮手,只她自己,将纸卷放在地上,先清除旧迹。扯下碎纸片,露出壁砖,湿抹布擦拭一遍。然后刷子蘸了糨糊,薄薄涂一层,蹲下身抽一张写就的字纸，提起来，抖一抖，展平了，对齐上沿，贴住，顺两边抹到下沿，再按紧。后来，在人们的描述中，他仿佛看见学校大礼堂舞台，顶灯照耀下，白衣蓝裙的女学生蹲在地上，从皮包翻找书籍。大字报方才贴上一页，就有人驻步；三四页以后，便围拢起来；再有六七，张贴已经赶不上阅读的速度，性急的人从桶里抄起糨糊刷子往墙上涂。这动作具有启发性，几个人同时上前，弯腰抽取大字报，被她拦住，生怕乱了页码，每一张都需亲自核对编号和上下文。但有人帮助刷糨糊，对缝，抹平，到底效率提高，最后几页很快上了墙。总共十二页，标题为“人民政权和群众运动”，落款“一名中共候补党员”，底下是真名实姓。她从结尾走回开篇，浏览查验，哪里没有压实，就伸手拍紧。因文章的内容，大约还是她雍容的仪态，人群安静着。等她终于提了空桶，消失背影，就像梦醒一般，骚动起来。

白报纸上的墨迹十分清晰干净，字体接近柳公权，属正楷，就好辨识，行文又流利。格式合乎目下通行，每一段落起一小题，引一段警句警言，再论述观点，看起来很明白，却不好判断。文中的主张，似乎没有偏倚，即不造反也不保皇，两边的队都不站，两边也都不支持。是要倒退到革命之前吗？却又像超越至最终目标：共产主义，消灭阶级，人类大同。一时间，众说纷纭，各派组织都前往抄读。尤其是大中学校，当时当地即铺开阵势，激烈争论，结果往往陷入困顿,不明所以。他得到消息,骑车去时,已经三日过去,人墙围堵,根本挤不近前,耳边却飞来流言。有说写大字报人来头天大,多半上层授意,看来革命即将转向;又有说逆流大趋势,右派言论公然出炉,可见得斗争很复杂;再说的是,大字报贴在省委门前大有讲究,难道是政权分治的先声?坊间闲话,渔樵论史,却也归纳出一些要义,那就是,运动有误。可不是吗?多少领导都下台了,这怎么说呢?心怦怦跳着,他退出人群,折头返回,向她办公室驶去。办公室没有人,就又骑往后排院落的宿舍楼。转弯时候车链子掉了,来不及挂上,下车推着走到楼下。

他第一次去她宿舍。单位大院,大凡都是一个样。建国初期,中苏交好时候的火柴盒式建筑,一个门洞分两翼,房间沿走廊排列。上午十点光景,大人上班,孩子上学。几个老太太站在各自门口说话,看见生面孔,便停下来。公共厕所有抽水声,管道里轰隆隆激荡着响。从老太太狐疑的目光里穿过,上了楼梯,找到她的那间。门忽然开了,走出一个年轻女人,眼窝很深,这地方俄国人留下不少血脉,人称“二毛子”,就是这种长相。女人手里抱着东西,知道他是谁似的,用脚抵住门,让他进去。她坐在临窗的书桌前,抬头看一眼,复又低下去。他站在门口,说:回家吧!她没有回答,就又说一遍:一起回家!带些命令的意思,好像面对闯祸的孩子。她笑了笑,依然低着头:你自己回去吧!他说：适可而止吧！他有点动气了，想伸手拉她。狭长的房间，因透视的缘故，她仿佛在纵深处的聚焦点上，够也够不着。她不动弹，说：你先回家。他又等了等，说：好，你马上回来！转身出去，回头带上门。日光从窗外照着她的头发，黑亮亮的，电烫的痕迹在发梢尚有残余，留下一个曲度，从耳后绕到脸颊，衬出白皙的肤色。他不知道，这是最后的一眼。自此，就再没有看见她。他骑车在返程路上，几番回头，均无人影。心里只觉得离开的人越来越远，远到渺茫。直至入夜，又到第二第三日，他终于明白，她不随他回家，是因为已经身不由己，不得离开。他又去一次省委大门口，远远看见，大字报已经撤除，连同原先的残余，洗刷得一片白。他别转车头，往她宿舍骑去，不敢走正门，绕到后院。越过院墙看去，水泥的楼体，压顶而来。上下排列的窗洞，好像藏着无数眼睛。他踯躅一时，原路骑回了。

多少年过去，他百思不得其解，两个孩子从开头第一天，就没有问过：妈妈到哪里去了？他猜测，大的或许有些许耳闻，小的呢？最黏母亲的年龄，却从此不再提一个字。小孩子就像动物，感知危险的本能尚未在进化中萎缩。他既心酸又有一种侥幸，倘若他们问起来，真没法解释，因连自己都弄不明白。在他这边，所有的消息全都阻隔。从通知送交衣物的地点变化，事态显然在升级中。先是单位保卫部门，后来到路段属地派出所，再又转入公安局拘留处。

这一段时间比较长，他心存侥幸，以为局势缓和，会有转机。可是，长久的静止又让人不安了。春夏两季在这悬置状态中过去，哈市的冬天来得早，十月份下了第一场雪。没有消息，但是生活在急剧变化着。他被调离绘图室，下到车间，名义还保持技术人员，实际做的操作工。小学成立红小兵，代替少年先锋队，人人都是，唯女儿不是。回家也不说，他却看得出来，因没有红袖章。厂部隔三差五召他谈话，开始是本厂人，后来外边人，由本地变成京城，着便衣到穿制服，制服呢，则从公安延至军界。一张横放的桌子，对面两个，他一个，就像是审讯。先问她私下里的言论和表现，听起来，他们似乎不是夫妇，而是一处共事的同僚；再涉及交游和活动，又像互相的眼线；最后，是关于他的态度。这时候，会挑几节"南京政府向何处去"念给他，而他不由感到为难，因为既不知道她"向何处去"，也不知道自己"向何处去"，在训诫和沉默中，结束了谈话。其中一次，问讯者随他回家，取她的笔记和书籍。他们倒没有动手，只是看着。两个大人加两个孩子，逼仄的空间里，无法划分专门的收纳，全混作一堆。衣服鞋袜，玩具文具，笔记本，作业本，绘图纸，图画册，真可谓你中有我，我中有你。也不作挑拣，一并收入旅行包，带走了。

第二场雪下来，温度骤降。先后两晚，有不速之客上门。第一位只在门口站了站，递过来一个报纸包，转身就走。皮帽的盖耳和口罩之间，露出一双眼睛，似乎哪里见过。进屋打开报纸，里面裹着两双鞋，一双棉的便鞋，一双高跟鞋。鞋壳里塞着些零碎，手绢，小镜子，半盒百雀羚面霜，一个小镜框，镶了姐弟俩的照片。是她留在宿舍的东西。于是想起，那天在宿舍外遇到的，正是来人，她的同屋。光从灯罩里照下来，仿佛一幅静物画。他心里忽然冒出一个念头，静物的主人不会回来了。那女人来，就为了告诉他这个。隔一日还是两日，门又叩响，拉开一条缝，便闪进一个人，挟裹着一团寒气。站在地砖上，棉靴上的雪顿时化成一摊水。那人定定地看他一眼，手套里拔出手，将蒙头的大围巾一圈一圈解下，这时候，他看清了，是大学同学，她的室友。毕业之后再没见过，一时都想不起名字。以此可见，她从未提起过女同学对他的倾慕，也没有说及南下串联、天津塘沽的一夜。尽管如此，女同学的到来，还是让他喜出望外。这一段，他们一家，生活在孤寂中，过去的往来都停了走动。有对方的缘故，也有他的，因不想牵累别人。就算是他，内敛的性格，也会感到苦闷了。开始还镇定着，让客人坐下，沏茶端来，问有没有吃饭。女同学反问，这个点到哪里吃饭？他不禁感到羞赧，折转身进厨房。女同学并不推让，由他忙碌，点火起炊。手捧着茶，环顾周围，起身推开卧室的门。窗外的雪光透过花布帘子，映在两个孩子的脸上，看了一时退出。热食上桌了，一盘大葱蛋炒饭，一碗紫菜虾皮汤。这才坐定,脸上笑着,要说什么,却哭起来。

女同学埋头吃饭,没有一个“劝”字。看来是饿狠了,大概还觉得,想哭就哭吧!仿佛得到鼓励,他更放纵起来,涕泣声在屋顶下回荡,然后渐渐息止。他擦把脸,平静下来,女同学面前的碗碟也空了。两人默坐一时,女同学说:凌晨有火车往南去,我带孩子走。他倒没想到,眼睛亮了亮,说:我有个妹妹在上海。女同学思忖一下,要了姓名地址。他又问一句:买得到车票吗?女同学回答:我们学校属军队系统,我有军官证。说罢站起身,自行去到里屋。他还要找孩子的衣物,女同学说:什么都不必!动手推大的起来,被他拦住:这一个留下,知道人事了!女同学目光移到小的身上,点头道:也好,出来一个是一个!从被窝里掏出人来,一层一层穿衣服。孩子一直在酣睡中,小身子热烘烘,软绵绵。女同学笑了,问:他叫什么名字?父亲说:我们都叫他弟弟。好,弟弟,我们走!穿上大衣,用围巾裹住怀里的人,推开门走了。

从进门到出门,前后不过一个钟点,就像做一个梦,雪夜里的静梦。他站在门前地上,久久回不过神,甚至连来人的样貌都想不起来了。真是惊鸿一瞥!

第九章

他的记忆从孃孃的亭子间开始。窗户底下，女孩子跳着皮筋，唱道："马兰花，马兰花，风吹雨打都不怕，勤劳的人在说话……"躺在沙发床上，刚从午睡中睁开眼睛，拳头松松的握不紧。墙上有一片光，从对面的窗玻璃反射过来。插销没有固定，随着风吹，晃动到脸上，眼睛就闭一闭。刷得粉白的天花板垂下一只细小的蜘蛛，来回荡秋千，带了一丝亮。仿佛人在水中，四周围都波动着。其实是，空气中的水分，也就是氤氲。许多日子以后，他长成少年，回去出生地哈市，最先敏感到的，便是干湿度的差异。不仅在体感，还在视觉和呼吸。与他离开的时间差不多，也是入冬的季节，这个烧煤供电供暖的城市上空，充满颗粒状的悬浮物，干扰了采光。街道和建筑表面，都染上一层铅灰。幸而视野宽广，否则就会变得暗淡，成为悲观主义的温床。雪下来了，质地的密度比不上悬浮物，但更有重力。最重要的是，增添了湿度，于是，天地间一下子变得碧清。

有一些模糊的印象回来了。冰面上的滑行，呈流线的弧度，和此时此刻重叠。姐姐在跳跃，旋转，双脚在空中打剪，一下，两下，三下。落下的一瞬间，一变二，紧接着又二合一。有个隐身人，是妈妈。很长一段时间里，他一直以为妈妈是另一张面容，夜行列车上，映在漆黑的双层窗上的侧影。他从下朝上地看她。睡眠如潮汐涌起，再退下。火车停站，酱黄的灯光透进车厢，伴随而来的是一片动响：脚步声，叫喊声，铁器的敲击，最后，是哨声，在同一频率上持续。车轮沉重地摩擦着铁轨，从慢到快。那张侧脸在明暗中穿行，睡眠的潮涌又淹没了。就在一夜之间，母亲的形象忽然变得清晰。在报纸头版，宣传栏橱窗，杂志封面，俯瞰着簇拥的人群，好像是全国人民的母亲，独独和他没关系。他有些躲她呢，却躲不开。从任何角度，那双眼睛都看着他，有话要说似的。越来越多的母亲的照片披露出来，从少女时代到求学生涯，再到工作阶段。各种姿态表情：读书，种树，唱歌，演剧。藏在嬢嬢相册里，匆匆一瞥的那张家庭照，也到了其中。照片上的自己，也令他茫然，那是谁呢？姐姐和父亲，他却认识。不得不承认，他们是一家人。

当年，惶遽离开的地方，如今在另一种惶遽中回来。父亲的家——他总是这么认为，无论人们怎样强调，这就是自己的家，父亲的家似乎比孃孃的还要局促，不是指面积，而是容积率。孃孃的亭子间有一种殷实，这里呢，四壁空空，白木家具立在水泥地上，显得寒素。父亲本来爱干净，近些年演变成洁癖的倾向。地面和桌椅橱柜被碱水刷洗得扒去一层皮，近乎薄瘠。一个人的时候，他在里外两间屋来回走动，打开橱门，拉出抽屉，残存的一点记忆又模糊了。他努力想象曾经在这里生活，结果陷入茫然。家里是陌生，外面呢，仿佛都是熟人，热切地要与他说话，拉手。好容易挣脱身，又被目光跟踪，他只得尽少出门。这也不行，因为有径直敲上门来的，说话和拉手，或者只为看他。后来，就不开门了，等父亲下班回来。父亲可以应付这些事，同时呢，又失去了独处的自由。分离中的父子，难免是生分的。彼此都有些骇然似的，一个长成个大人，另一个则老去了。

父亲会没话找话，问他这一日怎么度过，有没有上街走一走，冰灯展已经开幕……他支吾着回答，慢慢退进房间。沿袭往日的安排，他与姐姐合用房间，新生活里只有这点让他习惯。在姐姐跟前，他才略微舒坦些。姐弟俩都脱离小时候的模样。尤其他，已经是成年男子的身量，比实际年龄显大。但依然驯服于姐姐，听从颐指气使，也只有跟了她，走得出门去。现在，他骑车，姐姐坐在后架。北方的天，没有一丝风，却透心凉。皮帽底下的脸颊，冻得生疼。穿过楼宇，视野变得开阔，空气里的杂质沉淀了，变得干净，也更加凛冽。等不及到地方，姐姐跳下车后架。一群年轻男女迎上来，两下里都在叫喊。姐姐一边奔跑一边脱下棉大衣，转身扔给弟弟。乱着手脚接住，再抬头，人已经被卷裹走，看不见了。

这是姐姐最快乐的日子，他呢，不由也快乐起来。冰面上滑行的身影，带着拖尾，穿行交错。反光处一片白，倏忽又呈现人形。那跳跃起来的，就是姐姐。转几个身落地，加了速度，沿着抛物线的弧度，又隐匿在光的反射里。从光里出来的，还是姐姐，没有母亲。夜行列车的双层窗户上的侧脸，也看不清了。他试图从姐姐脸上找一点母亲的遗传，找到的全是父亲，瘦削的轮廓，细长眼睛，微翘的下颌。人们都说他像母亲。父母的同事，邻居，甚至街上的路人，都这么说。结果是，他从此不敢照镜子。现在，母亲的形象从照片中走下来，到了话剧院的舞台、电视剧的荧光屏、中学生的作文、报告文学——他惊讶地读到关于自己的一段情节，说的是他和姐姐追赶囚车，母亲在后车窗看着两个奔跑的小人儿，越来越远，终至消失。这戏剧性的一幕竟然发生在自己身上，他却毫不知情。可是渐渐地，在人们的讲述和眼泪中，他动摇起来。也许，也许呢，真的发生过了。虚实杂错中，他再也想不起母亲是什么样的。有一次，从父亲的抽屉里找出一张底片，黑白倒置中，母亲的脸忽然浮现了。

他不知道姐姐对母亲记忆如何。长两年的她应该有一些，可是他们姐弟，包括父亲，从不交谈母亲的事。如果有人问起——现在，他们家的客人多起来了，每天都要耗去茶水和香烟——姐姐起身就走，他紧随其后，留下父亲招架。两个人坐在里屋，也不开灯，听外面的唧哝声。姐姐气得鼓鼓的，他倒没那么激烈，而是觉得滑稽。所有这一切，都还来不及组织成逻辑。但是，此时此刻，和姐姐坐在黑暗里，却有一种安心。他喜欢这时刻。姐姐压低声音咒骂着。这些来客他不认识，被过度的殷勤搞得颇不自在，这才知道，原来曾经冷淡甚至欺负他们的人，现在，“装孙子”了！姐姐说。他笑得向后倒去。房间很小，放一张双层床，他上铺，姐姐下铺。仰躺在姐姐被褥，嗅到枕上雪花膏，还有洗发水的气味，不由使劲抽抽鼻子。外屋的动静和光亮从隔墙上一面玻璃窗投进来，好像另一个世界。他很满意这样的时刻，暗香浮动，私语窃窃。有一回，外面的人坐久了，父亲只是敷衍，没有一点谢客的表示。那一对夫妇，男的基本不说话，女的呢，言语琐碎，又没内容，只连连的“不容易”“真不容易”。姐姐陡地起身，走出去，抄一把笤帚，“嚓嚓”地划拉到跟前。男女二人并排地提起双脚，好像在做一项奇特的运动。他又要笑了。父亲看不下去，说：大晚上扫什么地？姐姐厉声回答：扫帚不到，灰尘不会自己跑掉！两人这才认清形势，挂不住了，也不告辞，将门在身后重重一摔。姐姐当然不饶，拉开门，重新摔一下。父亲说：这又何必？

姐姐转过脸,吵道:你何必呢!父亲说:宁天下人负我,我不负天下人!姐姐回敬:谁也不要负谁,谁负谁都不是善茬!父亲说:谁能保证不犯错?姐姐说:我!我就能!父亲看女儿一眼:你?这一个字大有含意,连那眼光也是不简单的。姐姐勃然大怒:你!你!你自己!父亲弃下争端,进自己房间。姐姐伸出一只脚抵住,不让房门合上。里面拉,外面顶,僵持不下。他吓坏了,拖姐姐回里屋,父亲却跟了过来,换一种息事宁人的态度:过去的事就让它过去了,死缠烂打对谁有好处?姐姐大声嚷:是我不放过去吗?是我吗?父亲说:是我,好不好?是我!姐姐说:你不用来这一套,假惺惺!好,我假惺惺!父亲疲累透顶,无心恋战,又不甘心。他站在两人中间,一手推挡一个。父亲先退却,回了房间,姐姐则大哭起来。

用不了多少日子,他就发现父亲和姐姐的争吵已经成常态。吵的时候凶狠极了,而且真动气,令他十分紧张,而且疼惜。他自小在隔代与旁系中生活,不大明白至亲间何以如此放肆,毫不顾及感受。同时也惊讶双方复原的速度,仿佛什么事没有发生过似的。很微妙的,私心里还有几分羡慕,设想他要是参与其中,应该站哪一边,又将如何表现。现在,他只能保持中立,做局外人。其实呢,他就是局中人。有他从中调和,那两位都变得率性,尽可以激化情绪,加剧争端,不怕收不了场。不知不觉,他们形成一个三足鼎立的关系，缺谁也不行。姐姐和父亲的对峙拉开边线，他又与两角各拉开一条。抽象来看，是稳定的结构。从具体的现实出发，争执增进沟通和了解，但必须有约束，否则就会分崩离析。人在事中，自然不会抱如此客观的态度，只是听凭本能，真情投入。哭泣、发怒、委屈、哀痛，一并引爆，四处开花，受伤挂彩是难免的。就在这激烈的混乱中，他揳入了原生家庭。俗话说的"血浓于水"，一点不假。十来年的疏离，重新弥合，团起一家人，只少了个母亲。有意无意地，他们对这缺位视而不见。铺天盖地的烈士母亲的照片，家里是不陈列的。

开头的时候，全社会沉浸在颂扬和缅怀中，未及启动遗属的抚恤程序。显然，他们一家，尤其他和姐姐，正处于命运的转折点，结束上一段，开始下一段。等待让人兴奋，也是焦虑。姐姐和父亲频频发生战争，多少有点源于情绪的波动。他却喜欢这样未决的状态，有新生活在望，但不是现在。在他内心，其实对变化生畏。这些日子，逐渐适应，难免松懈下来，怠惰了。人们都以为他过得闷，既不读书也不工作，没有同学和朋友。其实他有他的乐趣，那就是做饭。开始，他常苦于食材的单一，来往大小农贸市场，而不得所求，只能因地制宜，去繁就简。渐渐地，他发现，在表面的粗陋底下，却是富足。父亲厂里发放食物，都是过奢的量，二尺长，整条的大马哈鱼；鲟鱼三米，剁成段；半爿猪肉；成堆的山货，木耳、松茸、口蘑、黄花菜；大白菜也是码堆；肉肠和血肠一挂几十节；大酱盛在缸里，蜡纸封口。有一回，发的是鳟鱼，他挑出一条尺把长的虹鳟，挖鳃刮鳞，洗净了晾在笊篱上沥水，然后骑车上菜市场买葱。那葱都是成捆，论斤称。他解释说，只是烧鱼的配料，要不了这许多。卖葱的大叔，转身抽出两条甩在面前：拿走吧！葱是这样，蒜是编成辫，盘起垛。菠菜，他都不认识了，也是打捆。他不免想起南方水绿的小白菜棵，野茭白，紫荸荠……多么遥远，罩着水汽，雾蒙蒙的。走出菜市场，骑车回程，车后架夹着两条孤零零的大葱，那情形让人惆怅。

炊事引他走入北方，从物种出产而涉及寒温带风土环境。他明白为什么此地时兴花茶，原因在水质。壶底时常需要清理沉淀物结起的硬块，俗话说水"硬"。毛尖龙井味轻，压不住，茉莉的香浓则可与之匹敌。他学会大葱炝锅，比本地人放的量足，镬底起烟。生长季节漫长的食材生性厚，藏得深，发力慢，就要借辅料拔出来。同样的道理，就可解释这里的炖菜胜过炒菜，炒也是爆炒，烈火烹油。他很奇怪地联想到孃孃给他讲的《红楼梦》里，有"烈火烹油，鲜花着锦"的说法。他渐渐喜欢上乌苏里江的水族，既没有海鱼的盐齁气，也没有河鲜的草腥。初尝平淡，稍停留，却有余香。他自创一种烹制法，葱姜蒜入水煮到大滚，喷上白酒，手持鱼尾，慢慢滑进，翻个身，即起锅装盆。那边灶眼上，铁锅里的酱也炒熟，加醋加糖加干辣椒末，兜头一浇，顿时粉白变酱紫。还有大棒骨，整段的肋条、腔骨、大胯，焯一浦血水，焖在锅里，从早到晚，再提起，肉从棒骨上垂下来，满屋生香。他现在知道了，南方菜讲的是“鲜”，北方，则是“香”。他对北方的凉拌菜也有了认识，拉皮、老虎菜、萝卜皮、白菜心、蒜泥茄子、拍黄瓜——或许，南方的冷盆就是从这里移植的。这也是空气中水分的差异作用，潮湿的温度里生食不易存放，必须熟吃；气候寒冷的地方则不然，于是生食的菜品应运而生。他的菜谱增加了，就像个梨园里的角儿，戏码多，打得起擂台。更要紧的是，互补短长，独开新门。

他做好一桌饭菜，等两位上座。餐聚的过程总是从饕餮始，至吵骂终。这一回，他拉不开架，忽然生出苦闷，打开一瓶大曲，兀自喝起来。他不善饮，何况是高度白酒，很快就有些迷糊。眼睛看出去，人脸和器物都像在水中，荡漾流连。父亲和姐姐，则面若桃花，表情温存。挨得他很近，两人的手在他背脊上摩挲，暖暖的。这是在做梦吗？真是开心。他继续喝，不知是谁的手，握住他的杯子，拔河似的来回，他就是不松开。伸长脖子够到了，断续地喝。最后，头抵在桌面，抬不起来，但能感觉后脑和颈项上，掌心的摩挲。他睡熟了，四周和平安宁，碗碟叮叮地轻叩，脚步无声地移动。从此，他有了扼制争端的办法，不仅有效，而且享受得很。所以,有意无意,多少是佯装,头抵住桌沿,手里握着酒杯,泼泼洒洒往嘴里送,再由着一双手将杯子夺过去。他触到手的温暖,不管姐姐的还是父亲的。接着,滚烫的毛巾捂住脸,简直要窒息,顺势往后一躺,仰面靠在椅背。眯缝的眼睛里,灯光从荷叶边玻璃罩下辐射到四面墙,映着波浪式的投影。依稀中,仿佛听见婴儿的啼泣。一抽一抽,有无限委屈似的,枕在臂弯里,摇啊摇。父亲和姐姐推起他来,几乎是抬着往卧室里送。他赖在他们身上,胳膊腿软得呀。好容易拖曳到床边,再怎么使劲也举不到上层铺,只得安置在下层,姐姐的床上。脱去鞋袜,毛衣毛裤,拉开被子,卷进去了。清新、芬芳的气息顿时充满全身,似曾相识。很远很远,传来婴儿的鼻息,细微得不能更细微,吹拂过脸颊,丝丝入耳。

那两人在床边站一时,退出去,清理饭桌上的残局。剩菜并拢,盘摞盘,碗摞碗,端进厨房。两人的手脚都有点重,被迫中止的怨怒都在里面。水龙头拧到最大,哗哗冲击锅盆,水花四溅。姐姐忽回头对了父亲,说:我看他是存心,要人呢!父亲看着女儿,忍不住笑起来,觉得他们三个仿佛合演一套把戏,很有些滑稽。姐姐愈加生气,别过头去:你们是一伙的!父亲说:你们才是一伙!自觉像小孩子,差点又笑出来。可是,女儿显然缺乏幽默感,这一点,像他们母亲,好处是认真,不好在于生活变得沉重。带了和解的口气,又补一句:他就像你的跟班。这话有几分实情。每每来客前脚离开,后脚姐姐关门,弟弟迅速销上门闩,“哗啦”一声。父亲站在当地,满脸无奈,看一对儿女气昂昂走过去,进到里屋,拉亮电灯。明晃晃的隔窗上,人影交互,舞动手臂,哼着歌曲。明摆是气他,排斥和冷落他。他才不上他们的当呢,甚至还很欣慰。灭顶之下,他,她,还有自己,竟可完身,又到了一起。

戏谑的色彩并不能掩饰争执中的严肃性。他从不深究,凭借本能,知道那里潜伏了危险,一触即发,躲还来不及呢!同时,隐约感觉,事情是那样开始,就不会这样结束。眼前的平静只是暂时,朝不保夕。尽管掌握有撒手锏,可缓解紧张,其实只是权宜之策,随时可能失效。显然,有一股力量,超出他们所有人的控制范围,暗中勃起和骚动。父女俩的吵嘴,不请自来的宾客,报端的标题,记者的追踪,都是成因。由散漫趋向聚集,量变到质变,不晓得最终会发生什么。他加倍殷勤地烹煮,除了这些,还能做什么?也不完全为平息事态,也为自己,厨事给了他安宁,更有满足感。他自制烤箱,一个铁盒子,横头开门,里边用铁条插成隔扇。又在门前空地砌一眼土灶,灶膛里支一层铁架。首次试验做的是“拿破仑”。单先生曾专带他去老大昌面包房品尝。单先生与其说教他做,不如说教他吃。吃毕“拿破仑”,即明白大致意思。初涉白案时候,他做过高庄馒头,还做过油饼。虽有中西之分，但出自同一原理，均是油和面分层叠加。区别在于，中式为笼蒸，西式为烘焙；其次，油和油不同，一则素油，一则牛油；第三，发酵的次数，一次和多次。于是，和面，发酵，再揉，再发，反反复复。自觉差不多了，摊开擀薄，涂上黄油。这就是北方的慷慨了，大袋的白面，成桶的牛油，一坨坨的奶酪，蜂蜜，枫糖……单先生要看见这场景，会骂他造孽呢！桌面大的薄皮子，提起来，向了日头，黄玉一般润泽。擀面杖挑着一来一回，叠成四分宽的一条，拍紧，压实，切块，排在隔扇，合起来，送进灶膛。“烤箱”安置于铁架，经过计算，上下左右空间相等。然后就是烧火。松枝燃着了，吱吱地叫，滋出油脂。火头蹿出来，差一点燎了衣服。火星子淌了满地，明明灭灭闪个不停，忽变成一树槐花。槐花里有舅公的脸，还有黑皮、担挑子的伙计、诈他们鸡蛋的乡里人。这些人哪，如今在什么地方？松枝的灰烬填满炉膛，扒干净，再烧一轮，如此反复数次，就由着灰烬自己冷却。又有半个时辰过去，方才使火钳子夹住“烤箱”，慢慢移出，揭开。心跳得很快，屏住了气，仿佛菩萨成佛的一刹那，热香扑地喷上脸，眼泪下来了。看相与“拿破仑”相距甚远，吃起来也不大像。他知道是温度的原因，柴火再烧得旺，也抵不过瓦斯和电。炉灶也是个问题，他没学过泥水的活，依葫芦画瓢，终不得要领。但那出品也是分层和酥松，口味甚至更好，因为料下得足，而且是真货。“老大昌”至少一半代黄油,所谓“麦淇淋”。接下来,他尝试的是“红房子”的焗面。也不像,但也好吃,父亲和姐姐都喜欢。当然,吃过以后,还是例行节目,吵架。

时间久了,到底见怪不怪,懒得去调停。有时候,也夹在里面,不管搭和不搭,乱叫嚷一气。那两人倒笑起来。这样,就成了他们一边对他一边,呈现新布局。在这排列组合的变化调整中,均衡强弱,结构越趋稳定。春天来到,松花江上传来冰裂的响动,小孩子被禁止到江边活动。迎春花爆出来了,一大蓬一大蓬,汹涌澎湃的架势。早晚气温还在零下,身上捂着皮毛,可是,伸得手也露得脸来。再接着,冰面“砰”地裂开了。先只是互相推挤,你叠我,我叠你,底下的水仿佛地火一般往上拱,闷响着。然后,突然某一时刻降临,轰隆隆震天动地,冰凌子就像脱缰的马群,直朝下游奔腾而去。人们从大街小巷跑向江边看凌子,他也去了。远远看见,太阳光底下,亮闪闪一条巨龙,前不见头,后不见尾,天地间噤了声,只看见人们的嘴在张合,听不见声音。他身上起了寒战,被吓住了。这是什么样的气象啊!所有的零碎席卷一空。他渐渐镇定下来,人变得无限小,心却变得无限大,藏在里面,找也找不见。凌子的流淌持续有数个昼夜,终于远去,消失,归于空寂。随即沉渣泛起,众声喧哗。

他们要搬家了,搬到市里,省府机关属下的住宅楼。虽不是新建,但亦不过七八年的楼龄。居住多半省直单位中上层级公务员,因升降或者离职,频繁流动。他们的一套三室户单元也是经过几方调配,最终腾空出来。送钥匙的后勤行政科员,一个操山东口音的中年男人,不停地道歉,连说“迟了迟了”。意思本来应该更早,早到母亲评定烈士的一年前。延宕的原因不只周转的曲折,更可能在身份级别。母亲生前只是行政副科,但影响遍及全国。从下至上,需无数变通,再从上至下,多少有“钦点”的意思,方才越过规章限制。领到钥匙,一家三口同去看房。从厂区到市中心,好比乡下人进城,再由平房上高楼,机械厂的大烟囱又回到视野里。俯瞰之下,街道纵横,楼房排列。间隙中,一丛丛杜鹃花,粉的,红的,紫的。松花江是银链子,被一只大手横空一甩,劈开此岸彼岸。森林公园,太阳岛,火车站,百货大楼,马迭尔饭店,还看得见外婆家。其时,外公外婆先后辞世,儿女们星散。老房子里住进陌生人,与他们再无干系。可是,免不了触景生情,连他,都还依稀有一些零星印象。比如,手风琴、大列巴、玻璃罐里的啤酒,还有母亲。就像照相底片,又像逆光的人形,白炽中退远,退到焦点,一下子四溅开来。人字形的雁阵,掠过头顶,在天际消失踪迹。三个人有好一阵不作声,被这广大的静谧笼罩,心中积淀的块垒,化成灰烬,随风飘散了。阳光满屋,到处是门,推进去就是一间房。穿过来，穿过去，忽然失散了，却又迎头撞上。彼此吓一跳，竟是迷宫一般。来回几番，终于呈现出格局。朝南一大间，不用说，属于父亲；东南一间，带一具转角阳台，也不用说，是姐姐；北房就是他的了，窄长条，向东墙借出一个凹室，原本作壁橱用，但放得下一张床，就成一室一厅。

搬进新居，安置妥当，大约有一周时间，就想去周围看看，寻觅菜场。现在，他不再惮于出门，周围少了许多眼睛。街区景象让他想起上海的孃孃家，其实相差甚巨。那里要挤簇琐碎得多，这里则是疏阔的，但都有着市廛的烟火人气。下楼走到门厅，迎面走来一个女人，脸上裹了防沙尘的丝巾。交臂而过时候，女人停住脚步。他不由也停住了，以为有什么话要说。影影绰绰的纱巾后面，一双雪亮的眸子，这城市许多人有着轮廓立体的高眉深目。女人一笑，又收住，问道：搬来了？他点头说是。女人又一笑，却显出哀戚的神情：长多大了呀！返身迈上楼梯，鞋后跟清脆的叩击声，盘旋在通顶的天花板下。他走过门厅，就到了大街。下班的高峰，即便道路宽阔，也车水马龙，熙来攘往。顺人流而去，方才的一幕很快抛置脑后。入夏的季节，他格外感受到北方的好处。朗空万里，太阳高升，树叶翻着金银，虫鸟齐鸣。长日将尽时候，暮霭下垂，晚霞退到目极处。看回来，已是满天星斗。他和姐姐有了各自的房间，却觉得冷清，彼此串着门，更多是他造访姐姐。这时候，两人坐在小阳台，空气里隐约有一股子辛辣，来自于白昼里的光照，此时释放出来热量。路面的沥青，混凝土墙体里的金属物，火车制动器和轨道的摩擦，都有着坚硬的质地，反射性特别强。远处江边的篝火，野钓的人正在烧烤他们的收获，则是柴火和食物的气味。他想起孃孃的弄堂里，统一熏蚊子的情景。驱蚊药点着了，闭上门，大人孩子搬出竹榻板凳，头上是一线天。溽热尚未散尽，忽地吹来一阵风，人们便欢呼一声。他在姐姐的阳台，从饭后七八点起，一直坐到夜深。半睡半醒中，耳边响起小孩子的声音："一个字""一个字"！茫茫然不知其意。头上脚下，身前身后，全是"个"字，风中摇曳。又变作树叶间晶亮的小孔，摇曳。再回到"个"字，继续摇曳。小孩子的声音还在，"一个字""一个字"。他听出来了，是黑皮！那"个"字，是竹叶，一千个，一万个……

日后几天，他又遇到同楼的女人，站在下一层的拐角处，似乎是等他。因离得近，他看见纱巾后面眼梢上的鱼尾纹，大概是母亲的年龄了。心里奇怪自己怎么想到"母亲"。等他走到跟前，女人转身移步，与他并排下楼。途中，女人抬起手臂，比一比他的个头，说：这么高啊！他不知说什么，只是笑。女人又说：我看过你的照片！他收起笑，没有搭话。下到楼底，出得大门，一个往东，一个往西，分手了。这一回邂逅，令他有些不安，女人的蒙面纱巾，就像一层帘幕，藏着某个真相，而且随时都要揭开。他脉搏跳得很快，怦怦地冲击耳膜。走过好几个路口，方才平息，回复正常。想等父亲下班回家，告诉这两回遭遇，到时候却没有开口。不知为什么，他感觉父亲知道比邻而居的女人，甚至可能已经照面过了。夜里醒来，听见火车的鸣笛声，就仿佛看见明亮的车窗格子，格子里的人酣睡着，睁眼已到关外。

事情显然没有结束，他第三次遇见女人。在副食品商店，隔了一行柜台，向他招手。他没有动。女人绕过来，有话要说的样子。他害怕起来，想拔脚跑开，晚了一步，人已经到跟前，伸手握住他的手臂。看出他的抵触，却没有松手，说：我就想好好地看看你，你母亲的孩子！又来了！他心里嘟哝，却没有挣脱。女人的手垂下来，握住他的手。接下来的时间，就是这样手牵手地度过。他感觉到女人掌心的粗糙，明显过着一种操劳的生活。女人说：你母亲要是看见你现在的样子，有多么高兴啊！她停下来，似乎等待他的反应，可是没有，就继续下去：那时候，我和你母亲同一间宿舍，但总是她来我往，或者我来她往，所以见面不多，直到后来——说话的人又停下，观察听话人的表情，依然沉寂着，再继续：后来，上班不正常了，倒都来得多，午休，或者宿夜，就过了话——他身上起了战栗，手都凉了。她却握得更紧，要暖它似的：你母亲在写字桌上放你和姐姐的一张照片，她很疼你的！女人眼睛里盈了一眶泪。这才发现，今天她没有蒙纱巾。他更害怕了，暗中使了力气，往回抽手。女人坚持了一会儿，猝然放开，最后说一句：照片我收起交给你父亲了！两人几乎同时背过身，有些仓皇地走开了。女人说的这张照片，他早已经在报端见过。母亲故事的连环画里，他和姐姐的形象，也是根据这张照片描绘，连他自己都认不出来，别说路人了。应该说，直到此时为止，还没有太大的打扰。但这样的安宁能保持多久呢？

搬家是个增速的节点，变化的频率急骤起来。母亲就读的大学决定免试招收姐姐。姐姐从插队的梨树县回来一年，在各类补习班穿梭。心气很高的她，志在清华。考上考不上毕竟是个悬念，因此，稍作犹豫，便下了决心。应试的压力卸下来，心情轻松，变得开心，也减少向父亲寻衅。出于惯性，拉开架势，但很快落篷，风平浪静。她的剑拔弩张的性格，很大成分由焦虑生发。这一桩事情定夺，就轮到他了。这年，他满十六岁，按常规，正在就学高中阶段，母亲曾经就读的市六中接收了他。其时，正值暑假，团中央在北戴河举办少年夏令营，直接向团省委点他名，不过三日，就通知集合了。

他独自一人从哈市出发，到北京站，才发现同车除他外还有三人，分别从佳木斯和齐齐哈尔转乘过来，都比他年幼。其中一个鄂伦春族少年，形状极小，因言语不通，又来到陌生地方，神色拘谨，双手抱了一个兽皮包裹，再无其他携带。由人领着出站,上一辆中型客车,车里已坐了二三成,在他们之后,又陆续上来几批,来自各条线路。座位渐渐满了,报到处的工作人员忙碌着,清点人数,检查行李,新到的源源不断,就要安排下一辆车。终于,司机发动,缓缓倒出停泊位置。老师!老师!随着车身移动,窗下响起急切的叫声,还拍打车厢的外壁。他忽然意识到是叫自己,转脸看去,一位接应的年轻人,昂头向他:这位老师——话说一半,车已经掉过身子,但他也明白意思,是托他照应学生们。环顾周围,全是孩子,唯有他是大人。并不在年龄长幼,不是还有高二高三年级的,就比他长一二岁了。然而,学校是个童年乐园,还未进入社会生活,他却已经有了阅历。前一刻沉静的车厢,此时沸腾着,有人起句,齐声唱起歌。车速加快,穿过街巷,驶上宽阔的长安街,直向天安门广场而去。一曲终了,车已停在人民英雄纪念碑跟前。熄火开门,接连跳下地,散开来,顿时变成小豆子似的,白帆布的遮阳帽一闪一闪。夏令营旗在风中鼓荡,一簇殷红卷起展开。天空蓝极了,都在奔跑和叫喊。他跟了几步,又驻足,害臊得很。人家不是当他"老师"吗?哪里有这般的天真。站在原地,四面眺望,人民大会堂、金水桥、天安门城楼,都小而精巧。待要走去,却永远接近不了。就想起一句话:看山跑死马。太阳升高了,将人影投在方砖,前后有两条,一大一小。原来是那鄂伦春小孩,贴着他。有小孩做伴，倒不落单了，同时呢，又有些窘。看上去，他们简直像父子。他站开一步，小孩跟进一步，他走动，小孩也走动，两人转着圈。他决定放弃这种奇怪的游戏，向车门走去，小孩也跟着上车，并排坐一起。

汽车再一次启动，直向目的地北戴河驶去。来自各地方各学校的营员们迅速相熟。新朋友总是格外热烈，交换姓名地址，还有吃食。他带的干粮在火车上解决，没什么可供交换。鄂伦春小孩解开包，摸出一条肉干，递给他。他不要，那肉干却不收回，固执地抵住他的胳膊，只得接了。送进嘴，一下子硌了牙，吐在手里，看究竟是什么。小孩笑起来，露出雪白的牙齿，大约就是靠这硬物锉成的。再扔进嘴里，慢慢地磨，竟磨出咸香的肉味。车上人多数乘坐夜车，兴奋的心情也消耗体力，这时都累了，静下来。听得见引擎的声响，轮胎和水泥路面的摩擦，会车时候喇叭的鸣笛。他也犯困了，车身颠簸，一机灵，发现自己睡着了。身边的小孩却睁圆眼睛，很警醒的样子。倦意又一次袭来，这一觉就长了，做着明亮的白日梦。光从四面八方来，刺得眼睛疼。有燕子的尾翼从脸上掠过去，小脚丫子走在田埂，两边是绿油油的禾苗的倒影；忽又登上新居的阳台，凌驾于无边的浩大；低头看去，却是在天安门广场，小白帽、小红旗朝天撒开，遍地播种；耳边响起歌声，麦香扑面，心里一激灵：糟，“拿破仑”烤煳了！睁开眼睛，跟前一个大圆面包，鄂伦春小孩举着送到他嘴边，要喂他似的。原来，发放午餐了。进食驱赶了睡意，重新抖擞精神。营员们在齐声唱歌，正是梦中的歌声。唱着唱着，前座的人回头看，因这两个不张口。于是又窘起来。他和小孩，分开还好些，合一对，尤其不合时宜。

选拔参加夏令营的，都是英雄少年。有大火中救人，有常年背同学上学，有学习优异，少年大学生，或者身怀绝技——一位河北武术之乡的小姑娘，当场赤手打一套外家拳，跑跳腾跃，看得人眼花。鄂伦春小孩的事迹很特别，他只身一人捕猎一头成年狍子，用自制的弓箭，射中狍子下颚与胸脯之间的部位，所以，整张毛皮无一点折损。夏令营辅导员替他讲述，他听懂"狍子"两个字，站起来用动作比画，单脚立地，一脚后抬，双手往前伸去，忽地回眸，闪电似的，一头飞奔的小兽犹然眼前。四下爆发出掌声。营员们分成组，沙滩上坐成一圈圈，依次自我介绍。分组的本意是让大家跨区域交流，可小孩听不懂，还是执意所为，非同他一组不可，拉住他的袖子不松手。于是，他们就在了一组。轮到他报家门，只简略说了新到的学校和年级，人们等了一时，没有下文，便过去了。开始没什么动静，突然间，一阵风似的，关于他的来历在营地传遍，这才知道这个成人模样，性格孤僻，身后又拖个小尾巴的男生，有着不平凡的出身。人们一改疏远态度，无限的热切起来，抢着与他说话，做伴，打开水，盛饭菜，甚至洗衣服，让他极不自在，更觉窘迫。但是，这尴尬的心情到了海滩，立马烟消云散。他在江南的河渠里学会游泳，最大的水域是高邮湖，和大海相比，算是小巫见大巫，真开了眼界。可是，有点怕人呢！就像他怕冰面底下的深渊，现在露出真相，危险还在，但变得富有弹性。他尤其喜欢傍晚涨潮时候，一层叠一层的海浪，将他托起，放下，再托起，好像婴儿的摇车。他不敢游远了，只在近处。有时候，被推到沙滩上，就这么躺着，仿佛初出母胎。暮色沉降，水天交际的罅隙，分外明亮。那小孩坐在海堤，守着他的衣服鞋袜。山里的人，对水抱着畏惧。白日里，年幼的营员围了他，要他教游泳，小孩的表情相当落寞。不知觉中，小孩对他生出占有欲。他不太明白为什么是他，被这个异族人选择。似乎有一种超感，意识到他们两人与大家不同，属另外的人群。潮涨上来，浪头越来越高，而且重力越大，将他扔了出去。爬起来，返身走回，月亮升起来了，照着海堤上的小人儿。小人儿忽然放声歌唱，虽然听不懂鄂伦春语，曲调是熟悉的，歌名大约叫《勇敢的鄂伦春》。速度比通常的至少慢一倍，在这空廓的静夜里，显得十分辽远。他有片刻走神，忘记在什么地方。月光下的沙粒，变成晶体，满视野展开。歌手仿佛缓缓上升，升到天幕前，映上一幅剪影，细颈子上的圆脑袋，头发奓开着，毛栗子似的。

夏令营的活动不乏意趣。北戴河周边有许多景区，最令他喜爱的是山海关。爬长城，登炮台，望远镜里望出去，猝不及防，迎面一片白茫茫，风在耳边呼啦啦响。他没上过历史课，并无思古之情怀，只是被天地的广大震慑。营员们上下跑动，滚豆子一般，他和他们，就像两辈人。晚上，全体围坐沙滩，点几盏汽灯，玩击鼓传花。红绸子扎成的花，传到他手里，总能够在鼓点停下的那一霎传到下一家，所以，就避免了表演节目的难堪。可是，联欢会最后一项活动却逃脱不了。所有人，包括老师和记者，各地来了不少记者呢，大家首尾相接，边走边唱：要是感到幸福你就拍拍手——停下步伐，拍拍前边的肩膀，再继续：要是感到幸福你就跺跺脚——原地跺跺脚，再继续。汽灯光圈外边，黑暗中嵌了一张张人脸，当地居民的大人和孩子，沉默地观看这一幕。走在队伍里的他，恨不得拔腿逃跑。

记者是个麻烦，也不知怎么的，随时随地冒出一个。孩子们的热情已经很夸张了，记者们更有过之无不及，又不像前者的天真，而是出于某种需要。冷不防，手里的热水瓶，或者洗晒的衣物，被夺走了，只得听凭她——记者往往是女性，多少的，有些滥用母性——端着他的东西，一路问东问西，说着闲话。为使他放下戒心，不想适得其反，更紧张了。果不其然，主题浮出水面，女记者提到了母亲。他不觉战栗起来。营地设在团中央机关的疗养院，集中住其中一幢二层小楼。楼顶平台拉起尼龙绳，五颜六色的衣衫随风飘扬，万国旗一般。记者从盆里拎起洗净的衣服，展开挂上。他重又扯下，拧一遍水，再挂上。动作里的拒意对方并不理会，兀自按思路往下进行。他起先还敷衍，对方却不耐烦了，放弃迂回的战术，直接发问，口口声声"母亲""母亲"的。他不作声，空盆在水泥护栏上磕一下，情绪相当明显了。记者却执着于事先规定的计划，越加焦躁，声音也挑高了。这个年轻的采访人，从业经验不足，又急于求成，自以为尖锐，说道：你难道不知道母亲在监狱遭受着什么！他不看她一眼，提了脸盆走过天台，下楼去了。

就这样，他在人们眼中有了乖戾的印象。有一日早上睡过点，也没有人叫他，等他起来，操练的队伍已经跑步上公路。直接去食堂，一个人坐在饭桌前吃了。出门正和大家伙走个对面，喧喧嚷嚷的潮涌过来。他让开了，兀自向沙滩走。退潮时分，镶着白沫的海水一层一层下去，每一层都留下螺贝和小石头。他弯腰捡拾，不一会儿便满满一捧，却又推上更可爱的一批。于是，将手里的远远抛出去，再捡拾新的一捧。想起东北地方的俚语，"熊瞎子掰苞谷，掰一个掉一个"，自己也成了熊瞎子，不由"嘻"的一笑。回声似的，身后也"嘻"的一笑，原来鄂伦春小孩寻踪而来。一抡胳膊，将最后的积攒扔回大海，浪峰上亮着云母的闪烁退走了。拍拍手上的泥沙，与小孩前后相跟着去营地集合。没有人提及早操的缺席，随后，他又缺席了晚上的聚会，依然没有引来任何劝诫。似乎是，人们已经默认他赦免于纪律。这样的纵容照理应该给他自由，事实上，他却颓唐下去。他是有心还是无意，常常忽略集结号，错过出发的时间。一整幢楼里只有他，院子里也只有他。海滩上倒是人多，三五成群，游泳和晒太阳，可是，同他有什么关系呢？即便赶上了活动，也是离开众人，还躲着鄂伦春小孩。他有些怕小孩呢，两个人比一个更显孤独，而且怪异。就这样，被汽车落下了，只得步行返回。走到地方，食堂已经打扫卫生，板凳翻在桌面上。他转身要走，却被叫住，替他热了饭菜。显然，营辅导员交代过了。更可能，师傅们都认得他，知道他是母亲的孩子。偌大的饭堂里，灯火通亮，他不敢耽误厨房下班，速速吃毕，收拾碗碟去水池洗刷，中途被接过去。空着手走出，身后的光唰地灭了。在突然降临的黑暗中停了停，四边景物渐渐浮凸轮廓，抬头看，巨大的穹顶下，流星向纵深飞去，天空在升高。

两天后的下午，营地到访一位女客，岁数在四十和五十之间。自称从天津塘沽来，出示工作证表明身份，大学任教的老师，专程探望好友的儿子。听说那孩子提前回去，时间正是当日上午，几乎与她走个对面，流露出遗憾的表情。随即问起孩子的情形，身体和性格，哪一所学校读书，成绩如何。除去确切的学校之外，其余都在支吾中过去。女客叹口气，站起身又停住脚，问有没有现在的照片。接待的老师说本来计划结营时候拍集体照，但是——老师忽然想起什么，取出一本名册，上面有营员的登记表格，附一张报名照。这种照片拍得都比较刻板，看上去彼此差不多。说话间翻到其中一页，倒转过来放到访客面前。右上角的一寸学生照里，宽额底下，一双眸子凝视着看他的人。眼距略宽，缓和了表情的严峻，下颏很端正，唇线鲜明，勾勒出嘴型。她看不出照片上人的年龄，乍一看是大人，再看就成了孩子。看久了，照片模糊起来，覆上另一张脸，欲言又止的样子。对面的老师轻轻抽回册子。客人意识到看得太久了，双手在脸上摩挲一下，告辞了。小号声吹起晚间的集合令，夕阳染红云彩，迅疾向西奔跑。

第十章

昔日女同学的信寄到,他和小孩已经在家住了两晚。向夏令营告假,说家里有事,那小孩就也要跟他回去。这些日子,小孩学会一些汉语,称他“哥哥”,坚持“哥哥走,我走”。见那大的是成人模样,照顾得来小的,便放行了。两人从北戴河乘火车到北京转哈市,带着夏令营的证明,只需半票,还有座位。一天一夜,下车出站,他将小孩带到家,洗澡吃饭,睡个饱觉,搭夜车往呼玛。姐姐提议去太阳岛玩,迟一日返程。于是,三个人两架自行车,推出门去。走在一起,发现原来在他肩膀下的小孩,高到肩膀上。穿姐姐一套半旧球衣,齐膝的短裤下,小腿肚子长出腱子肉来。太阳岛回来,又决定第二天看电影。他没意见,小孩就没意见。这样无条件的顺从,让他挺受用。离开夏令营,他和小孩,加上姐姐,不显得怪异,而是很自然。于是,一日一日挨下来。

直到有一天,呼玛那边来了人。来人是上海下放林场的知青,小孩爸爸的酒友,借出差机会,顺便领人回去。这时节,各地知青都回城了,不晓得什么缘故,这一位还滞留着未作打算。他受托背来半爿狍子作谢礼,父亲亲自下厨,做一桌饭菜款待,也算给小孩送行。上海人下放八年,已学会鄂伦春语,将小孩的话翻译给大家,说,汉人是鄂伦春人的好朋友,他们这一家则是亲人,他呢,比亲哥哥还要亲!上海人说:一旦与鄂伦春人相识,就是一生的交情。饭后,上海人和小孩离座告辞。小孩面对父亲,后退一步,跪下地,磕一个头,爬起来,两人赴火车站赶乘了。

其时,已是八月末,暑假即将结束。姐姐处在兴奋之中,三天两头去看校园,邂逅旧同学,又结识新朋友。行政部门上班了,有老员工知道她的身份,就让给父亲带好。受此鼓励,父亲也随往母校故地重游一次,结果却是伤感。多少影响了姐姐的情绪,热度略微降低,倒有了平常心。父女俩在各自的心事中,没有注意弟弟他的变化。事实上,他日益沉重,而且焦虑。当他提出弃读高中,那两位吓了一跳。他们很难想象,一个从未受过常规教育的人,面对就学的畏惧。北戴河夏令营就好比热身,即便只略知一二,也已经足够他抵触的了。他们试图改变他的决定,告诉说读书是人生中最快乐的事,单为体验一下也值得付出时间,跟不上课程也不要紧,老师同学,还有家人都会帮助他。再讲了,大家都能理解——他笑了笑,答道:谁理解谁!以他温驯的性格,话里的不满就很明显了。父亲住了嘴,在这样的叛逆期年纪,可不是好惹的。姐姐却不罢休,换一个角度继续劝导:社会走上正途,将要有大发展,没有文凭等于没有通行证!他又笑了:我倒听过另一句话,一招鲜,吃遍天!姐姐先一愣,没料到弟弟会顶撞她,接着提高声调,反诘道:你有哪一招鲜?我却不知道了!弟弟说:你呀,就是看不起人。说话的口气,是对同龄,甚至比他更年幼的人。这时候,姐姐意识到弟弟长大了,大到她都不认识。在分别成长的日子里,彼此几乎是陌生人。姐姐发怒了:你知道我最看不起什么样的人?不上进的人!弟弟说:不上进也是人。现在局面颠倒,姐弟对峙,父亲中立,旁观争端,心想:女儿显然遗传母亲,儿子呢,是自己,又不全是。不得不承认,对儿子了解有限,想象不出经历了什么样的生活,而生活比血缘更有塑造力。父亲诧异地看见,儿子十分沉着,原以为只是生性安静,其实不然。两人口角来回,大的越来越按捺不住情绪,暴躁起来,小的却始终保持平和的态度。最后,大的嚷一句:你一点不像妈妈的孩子!小的没有回答,站起身离开。门锁轻轻一响,扣上了。

之后,姐姐不在的时候,父亲问他有什么打算,这个征询表明接受了退学的决定。他简单回答两个字:工作。父亲说:做什么样的工作呢?话里还有一层意思,就是姐姐嘲讽他的“哪一招鲜”。他当然听得出来,但出自父亲的口,则是中肯的。他没有起反感,实事求是道:我虽然没有特别的优长,可凡事都会那么一点,算是三脚猫吧!比如说?父亲生出兴趣,问道。不好说,他低头笑笑。父子俩的谈话简捷地结束了,没有再提起。倒从别人口中,父亲知道儿子的行踪。这人就是住在同楼里的女人,那一年的夜晚,送来孩子母亲遗留物品。单元房不像宿舍区,低头不见抬头见,但偶尔的相遇还是会发生,又有些渊源,可算得熟人了。有一次,楼梯上见到,她告诉说:你儿子要我替他找工作呢!他问:你怎么说?我说:现在,你想做什么,就能做到什么!他怎么说?不说话,走了。父亲失望地“哦”一声,亦要转身。女人却道:还有呢!于是又站住了。我的一个亲戚在铁路医院,食堂缺人手,正招临时工,生怕他嫌弃,可他去。父亲这才想起,儿子早出晚归好几日了,不禁吁出一口气,道了谢。心情有些复杂,孤僻的儿子主动与人结交,令人欣慰,遗憾的是这个人不是自己。大约过去三四星期,儿子交给他几张钱,道出实情。钱在手里停留一会儿,又递回去。儿子没推辞,收起来了。儿子从不张口向他要钱,但凡给他,也都接下。此时方才想到,儿子手紧,私下在积攒。一方面,意味着独立,另一方面,儿子和他到底生分了。

歇班的一日,有人敲门,是那女人。虽是过了话的,但之前并没有走动过,就有些意外。顿了顿,让进来。女人自己在厅里沙发上坐下，他去厨房沏茶，端出来时，见女人正点起一支烟。拉椅子对面坐下，说一些工作上的事给她。女人眯缝着眼睛，躲避烟熏，像是斜睨自己，就收住了。女人的烟头上积起一段灰，他想提醒她，又觉不合适，有逐客的意思。看着烟灰断下来，直接落到地上。早上拖过的地板躺了一截灰，刺眼得很。他到底看不过去，站起身，取来扫帚和畚箕，撮走了。不小心碰到女人刷得雪亮的鞋尖，想起和姐姐共同抵制访客的情形，有些惭愧。因这一位不同以往，是帮助自己的人。女人的反应却很自然，顺手将烟蒂扔进铁皮畚箕，然后说出一句如雷贯耳的话：我们两家合一家挺好。他站在当地，抬头看她。女人向窗户掉过脸去，窗外传来汽车喇叭，市声喧哗。她双手提起裙子下摆，抖落一些烟灰，他又扫了一帚。我离婚了。你爸呢，也离了，算不成烈属，否则，我就攀不上了。他耳朵里嗡嗡地响，身上打着寒战，咬紧后槽牙，将手上东西送进厨房，定定神，再出来。见女人离开沙发，站到窗户跟前，背着身说：你妈是好样的，十个男人都比不上她一个，可是，人走了，日子还要往下走。这事，你应该和我爸说——仿佛在听另一个人说话，他奇怪这口气竟如此镇静。女人忽然翻身朝门走去：你爸爸回来了！一阵香风从脸面掠过，满大街都是这股子气味，从黑河那边携入境的俄罗斯香水。转眼间，客厅里只他一个人了。

楼梯上响起脚步声，然后，钥匙在锁眼里旋动，父亲推进门来，提着一些菜肉。他接过来，带到厨房洗切。父亲在身后转了转，见没有插手的余地，又退了出去。姐姐住校，余下父子二人，虽然是沉闷的，但自有默契，倒也和谐。今天却有不同，是他多心，还是事实？他觉得父亲早知道什么，因此，平静的表面底下，暗藏波澜。晚饭吃罢，收拾干净，他说出去一下，父亲说早点回来，互动就结束了。他轻着手脚下楼，尤其经过女人单元时候，简直提着心，他承认怕了她！奇怪的是，绝不反感，而是有几分佩服。佩服她豁得出去，复杂的事情顿时变得简单，真是干净利落。下到楼底，推出自行车，骑往江边。树林子里有手风琴声，激烈地奏着。观景台上有人跳舞，排着队列，向前，退后，转身，完成一组动作，再从头来起。先是七八人，很快扩成十几二十，一排变两排，再变三排，四排，不断有人参加，最后成一方阵。领头的像是专业出身，四肢颀长，动作开阔，穿一件俄式立领宽袖衬衫，脚上一双羊皮矮靴。他扶车站在影地里，看平台上舞蹈。一曲终了，退出一些人，又添入一些。音乐重起，换一种舞步，更复杂些的。开始有点乱，三遍四遍以后，跟上节奏，协同了手脚。他站到很晚，最后一轮歌舞散了，月亮堂皇，正在中天，方才折返。路面上骑车人的投影，一会儿是他，一会儿是爷叔，一会儿是小毛，再一会儿，变成父亲。车前杠上坐了个小人儿，小人儿变成大人，又是自己。气温迅速下滑，空气里充盈着细密的晶体，暗夜有了亮度。江南莺飞草长，这里已进入霜降时节。推开家门，厅里黑了，父亲房间还亮着。他打开自己卧室的灯，那边便灭了。这是一个无声的约定，也成为仪式，意味着无论什么时候回来，都有人等候。

过去的几天很平静，没有异常的情况发生。女人似乎放过了他，天下就有一种性格，来得快也去得快。他安心了，又不知怎么，有点失落。但他还是小看了她。这一日下班，从女人单元前经过，门忽然开了，他本能地撒腿就跑。女人作势要追，哈哈大笑，他不禁也笑起来。气氛陡然松弛，甚至变得佻达。下一日门开，递出一个带提襻的饭盒。他犹豫着，那饭盒一直送到他脸面前，不由分说的样子。接过来，门关上了。饭盒有两层，一层小鸡炖口蘑，一层酸菜肉片。他告诉父亲是楼下阿姨——他头一回这么称她，阿姨，给我们的，他说。父亲没有再问。事实上，他觉得，父亲心里有数。这一阵子，他们家洋溢着东北菜的气息。八角大料，老酸菜，腌豆角，蒜泥，黄酱，辣子，大碴子粥，韭菜盒子，油炸麻花，小鱼贴饼子……他家的炊事过去掌握在父亲手中，后来他接续上来，都是淮扬一路，清和淡，走“鲜”的路线。如今则食风大改，换成“香”的一派。虽然不太对口味，但少年人正在长身体的时节，寒冷天候更需要热能，所以，并不排斥。阿姨她隔三岔五让他带吃的上楼，他也不会空的还回去。有时狮子头,有时火腿干丝,有时三丁包,有时"拿破仑"——搬进单元楼,没了土灶,原先的烤箱不好用,他很耐心地在平底锅里炕。到阿姨那里,成了"油饼",说:你这个"油饼"挺香!虽然,阿姨没再上楼敲他家的门,向他提"两家合一家"的话,但是他觉察她和父亲有接触。道理很简单,父亲对他的情况挺了解,知道他在铁路医院食堂做事,先是病人厨房,后来调到职工餐厅,最近有迹象去专家楼小灶。耳报神不是阿姨还有谁?他自己没说过,父亲呢,也不问。

姐姐住校,周六下午到家,住一晚,周日晚走。倘若有课外活动,就隔一周甚至两周回来。新生活占据了时间和注意力,和父亲弟弟平息了争端。这两人被放过,都松一口气。可见出家庭内部强弱格局基本没变,女性总是主导的一方。过去是母亲,现在是姐姐。即便父亲和他结盟,气势也敌不过对方。当然,多少有忍让的意思,但更深处,至少在父亲,另持一种看法。从材料科学出发,硬度越高,往往易碎,柔软的质地,则有着韧劲。有句成语叫作"百折不挠",在他看起来逻辑颠倒了,唯有"挠"方才能"百折"。不论怎么说吧,和平日子值得珍惜。姐姐知道弟弟弃学就业,也没有深究。自从搬家,来访者大幅减少,所以关于礼节的冲突无从而起,安静下来。很微妙的,他们父子都避免提及楼下阿姨。周末时候,很默契的,将阿姨的食物打扫干净,消灭痕迹。姐姐鼻子很灵,嗅得出异味。豆角焖面吗?她问。父亲解释说:楼道里飘进来的!他几乎笑出来。还有一次,姐姐说的是,有一股食堂味儿。就轮到他说话了:你身上的吧!姐姐立即回过去:你身上的!倒让她说准了,可不是他吗?在食堂灶上干活的人,就又笑。于是,姐姐注意到他变得开朗了。除了狗鼻子,她还有一双鹰眼。你笑什么?她狐疑地问。没有啊!他确实不知道自己笑了。你笑了!姐姐很肯定。不是笑你的!他顶了这么一句。姐姐跟着一句:当然,我有什么可笑的?这一下,他真笑了。莫名其妙!姐姐走开去,回头看他。他闭住嘴,两个眼珠子向中间靠拢,挤在鼻子两边。这把戏也是新的,从来没露过。什么时候学的?不像他的玩意儿。

他们父子,加上阿姨,并无约定,但出于某一种共识,寒假期间,停止了食物上的南北交流。有时他们一家在楼道里与阿姨照面,也当没看见,不能不说造作了。心里有事,难免进退失据。姐姐一打眼,觉出异样,说:你们好像认识!他一惊。父亲不动声色,回答:她是你母亲过去的同事。这一句显然多余,欲盖弥彰。姐姐紧追道:为什么不说话?父亲有点窘,支吾着解释。却听有人喊姐姐的名字,原来是中学同学。两人相隔老远,挥着手跑到一起。女孩子的感情总是夸张,表达的坦然也让人羡慕。父子俩站在原地,望着她们搀手挽臂拥抱,好容易分开,走几步又折返,再搀手挽臂拥抱,几次三番。终于,气吁吁地回来,激动地红着脸,已经忘了先前的说话。下一次遇见阿姨,就他们姐弟二人,骑车走个碰头,脱口而出招呼:出去啊?对面立即接住话:买菜呢!言语间已经擦肩过去。姐姐即刻发声了:怎么说话了?他敷衍说:顺口一说!姐姐问:“顺口”是什么意思?他继续敷衍:随便的意思。姐姐向他瞅去,很严厉的眼神,真像是警犬。想笑,又不敢,怕她再问:笑什么?可是,他问自己,有什么呢?什么也没有呀!事情至此有了反转,他不再佯装和回避,甚至当了姐姐的面停下脚步,和阿姨聊上一会儿。阿姨这人,从好处说是热情,不好则是人来疯。他方面的态度,传递过去积极的信号。有一回,她竟然拉起姐姐的手握在掌心,眼里含泪,说:你妈要是看见她的姑娘这么出息,多高兴啊!姐姐慢慢抽出手,吓着了的表情,但保持了镇定,说声:谢谢!礼貌的距离阿姨还是懂的,适时收住,没有过界。

时间到了年后,寒假行将结束,姐姐准备返校。这一段日子,对于家庭内部及外部的某种变化,也以为正常,释然了。就在不设防的情形下,事情积蓄成因,到了爆发的临界点。省府机关事务部门的住房,邻里多在同一或者相关系统工作,辗转都有联系。这两家的行止动静,早在人们视线。也怪他们自己,不退不进,让事态停留在胶着中。在当事人也许觉得正好,外人看起来就有了暧昧的色彩。其实,人心不全是阴暗，更多是平庸琐碎。那向姐姐学舌的人，就不一定是出于挑唆，当坏事来说的。原来，原来啊！姐姐连连冷笑。现在，水落石出，种种疑问有了答案，迎刃而解。看父亲和弟弟，原来都是阴谋家。她按捺情绪，冷静思考，决定不取强攻，而走策略。她生性耿直，有失城府，不擅长博弈。但她读书多啊！从古而论，援例大禹治水“堵”和“疏”的成败，就知道正面抵挡的危险。抽刀断水水更流，不如取化解之道，顺其自然，也许事过境迁，便湮灭于时间的长河。她又想到西方现代“存在”的哲学，词语的力量，将乌有变为实有，实有消作乌有。那么，就让它在沉默无声中死掉！她恶狠狠地按一按桌子。这一年，她刚过二十，还没有经历男女关系，又是母亲的女儿，不可能客观地看待生活，但她的计划一定程度上符合现实。因为，千真万确，群众的舆论大大超前，率先走入前景里去了。现在，什么都没有发生。顺从时间，山不转水转，随时会生出变数，她不是也要长大吗？

阿姨却要和时间赛跑，她是那种行动大于思想的人。隔一日，她就上来敲门了。探进身子，够到饭桌，放下满满一屉饺子，便闪出门去。那神情仿佛小孩玩把戏，既诡秘又得意。家里三个人，站在各自的位置，有一时沉寂。然后姐姐发问了：她为什么要送饺子给我们？他不作声，看见父亲投来一瞥，有些慌神，不由生出怜悯心。可是说什么好呢？

姐姐来回扫视他们,目光如炬。父亲嗫嚅着:邻居嘛!姐姐紧逼道:为什么是这个邻居,不是别的邻居?这话问得就不讲理了,可是却击中穴位,父亲说不出话来。姐姐端起屉子,开门走出。很快,空了手回来。几乎前脚和后脚,刚闭上的门又推开,阿姨端着饺子,出现在门框里。这一回,持轩昂的姿态,屉子稳稳地坐到桌子中央,顺手将跳出的一个嵌回排列中,说:姑娘,我的饺子很干净,没有毒——姐姐截住话头,锋利地回道:有没有毒不知道,但是有觊觎之心!阿姨笑起来:觊觎什么?君位还是臣位,你家门槛有那么高吗?不仅说话,更在气势。姐姐有瞬间语塞,并不气馁,重新抖擞,迎面作战:我家的门槛早让人踩低了!阿姨说:千年的铁门槛哪里是鞋底踩得平的!这句话却好比一箭双雕,门里门外都有了嫌疑。这两人虽是反应滞后又不善言词,也隐约感觉不对,那里的战事却已经升级。双方都失了风度,互相指着对方的脸:你对我们不要抱任何指望!姐姐说。阿姨道:我要指望也不指望你!姐姐冷笑:你指望不到我,对他,也死了心!姐姐的手从对面划向旁边,正是父亲。随即,阿姨的手也跟到了:他是独立的人格,由不得你!无论年龄长幼,身份高低,女人一律是感性动物,被情绪控制,厮杀起来,拼上了性命,明天不活了似的。局面变得不堪,父亲终于忍无可忍,推开姐姐的手:不要说了!本来就被阿姨占了上风,父亲当头一喝,不由得气急败坏,嚷叫道:你早已经背叛妈妈,做了叛徒!父亲未及说话,阿姨接过去了:你呢,不也和你妈划清界限,一家人作两家人,你妈的东西一件不留,统统扔进“历史的垃圾堆”!姐姐赤红的脸唰地白了。父亲走到阿姨面前,拉开门,眼睛不看她,哑声道:出去!阿姨委顿下来,垂手后退,消失了。父亲端起桌上的饺子,连同屉子,哗地倾倒在塑料桶,用脚踢给他:扔了!他提起桶襻,看见自己的手在抖,迈不开步子,站在原地。父亲跺脚道:快!他赶紧动起来,腿也在抖,打着绊,险些跌跤。

当天晚上,姐姐回去学校。又过一天,他到铁路医院辞工。后勤主管很惋惜,人事处已经申请编制,转正式工。他没有犹豫,结算了工资回家了。

姐姐的名字叫鸽子,自小具有领袖型人格。从阅历看,幼年时候,正值父母事业起步以及上升,不单要自担成长的责任,还要兼顾弟弟的。有意无意,家庭事务多倚赖于她,她也就充大,连父母都要管的。若不是这孩子头脑好,辨得清事理,也识轻重,难免会骄纵坏了。这就要归先天遗传了,父亲和母亲都有一点贡献,前者谨严,后者呢,冰雪聪明。大约从幼儿园开始,她身后便聚起一众跟随,振臂一呼,蜂拥而至。儿童世界是个原始乐园,实行丛林原则,小孩子往往驯服于威权。鸽子动嘴和动手都很在行,却并不恃强凌弱,反是幼小的保护神。这也是有弟弟的好处,晓得鸡雏们的苦。上学第二年，就逢一九六六，全社会仿佛开锅一般。学校改以野战军建制：营、连、排、班，一方面战争紧急状态，另方面则民主自治，普选领导层。子弟小学基本从幼儿园直升，原先的权力结构直接移过去，改制第一天，当选连长。同年级四个班的辖区，红小兵的袖圈底下特别有一个臂章，标示职位。也是老师们煞费苦心，从对敌电影我方服装上学习，经由变化而创。其时，小学生继续上课，却不再延用课本，学校各有急就章，将目下革命的进度编入教程。说实话，挺艰深的。算术好些，语文就难了，遣词造句拗口得很，鸽子她就能说清楚。全校召开批判大会，这类活动也纳入科目，她代表全连发言。稿子是老师写的，认不全字，前一日查字典，用拼音字母标注。操场上大喇叭里传出她的声音，在厂区上空回荡，字字响亮，真如古诗中的形容：大珠小珠落玉盘。现在，她是小名人了，有些像母亲做学生的时候，只是没有母亲的美丽，这就让做父亲的不安了。他甚至希望她平凡些，也许人生会比较顺利。倒不纯粹出于男性的俗见，以为女性外貌第一重要，但是，在一个禀赋超群的女孩，生相欠缺会挑战自信。也因此，他对女儿偏心一点。

他们父女感情很好，这种好常表现为激烈的冲突，吵起架惊天动地。小小的时候，生起气来，转身把父亲的自行车推到沟里。她还很会耍弄父亲，午觉时，给他画张大花脸，起来后直接去绘图室,把人吓一跳。在鞋子里放虫子,急用的东西藏起来,将衣服的扣眼缝死——她学着拈针引线,头一件女红,小动作层出不穷。小孩子的行径怎么逃得过大人的眼睛,他佯装不解,纳闷地问:怎么回事?她也佯装着说:这是谁呀?于是,变成父女俩之间的游戏,彼此都很开心。小的因为骗过父亲,大的呢,觉得好玩,好玩里有一些她母亲的影子。有一张旧照片,他和她母亲端坐在花树下,中间露出她的鬼脸,显然是冷不防撞入镜头的。这种幼稚的骗局随了年龄的增长在升级,母亲下乡社教的日子,父亲按惯例周末回家,见桌上留一张纸条:弟弟生病,我带他去医院!落款处还写了"此致敬礼",也是跟大人学的。家里的邮件总是她先拆开,懂不懂的,先看一遍。这一回,他当真了,先找厂部医务室,再转定点医院,从区级到市级,一圈一圈扩大范围,还惊动了邻居和同事。最终,从床底下拖出两个梦中人。事后,他决定和女儿认真谈一次。女儿低头垂目,很懦弱的样子,偶尔抬眼,闪出狡黠的光芒。他又不落忍了,叹口气,放了她。后来,儿子真生病了,她让弟弟坐在自行车后架,背包带绑住,穿过半个城市,去到他社教工作组所在的航运局属下的单位。传达室打电话找人,顾不上辨别虚实,撒腿往大门口跑。远远看见铁罩子灯下的光晕里,一架自行车,女儿扶车站在地上,儿子抱着车座。两张小脸红扑扑的,一个是高热烧的,另一个则汗气腾腾。这一时刻，他很奇怪地，生出感激，感激女儿在紧急时刻，想到他！这种心情也近似对她母亲的，那就是谦卑。

女儿和父亲是这样，对母亲呢？几乎称得上膜拜，放肆的她不禁瑟缩起来。母亲为出席外事活动，更衣化妆，仪态万方地走动，这一间平房宿舍顿时显得粗陋不堪。她的家人，女儿和丈夫，静静坐着，大气不敢出。母亲收拾完毕，走到门口，朝他们一笑，嘱咐道：不要等我！好比下达懿旨，这两个木呆呆地点头。门关上，屋里面又回复原来。母亲像一道光，倏忽来，倏忽去，就足够照亮他们的小世界。父亲有时候觉得，女儿处处逞强，是为了赶上母亲。你看她，小小的时候，双手背在身后，昂首对着母亲，从头到尾背诵乘法口诀表。她揪下一根自己的头发，打一个结，问谁能解开，然后说：我能！只见她拈住发梢，对准结中间的细孔，稳稳送进去。母亲给姐弟俩讲安徒生童话《卖火柴的小女孩》，最后，妈妈说，“小女孩终于在圣诞夜死去”。她即提出异议：“终于”这个词不对，就好像小女孩死去是一件幸福的事——比如，许多故事的结尾，他们“终于”过上幸福的生活。母亲，还有怀里那个小的，含着大拇指，母子俩都是漆眉星目，看着眼前的黄毛丫头，不得不服输。很明显，母亲不如父亲会和小孩子交道，尤其女儿，常感到手足无措，也有点瑟缩呢！但却有另一件好处，就是平等相待。母女俩说话，仿佛同辈人。他喜欢听她们言语来去，女儿向来如此，已经惯了。倒是她母亲，瞬间变成小孩子，是在认识她之前，更早的时候，他只在老照片里见到过。然后渐渐长大，长到大辩论的擂台，她蹲在地上，从提包里翻找证据，短发垂到脸颊两边，露出纤瘦的后颈。她们在讨论哥伦布竖鸡蛋的故事，母亲解释故事的用意，是教育人们在习以为常中发现真理。女儿却认为哥伦布很狡猾，他把鸡蛋磕破了，竖起来的就不是鸡蛋，而是破鸡蛋！母亲不由回头看看父亲，有惊讶也有求助的意思。他们不知道这个小脑瓜里藏着什么，竟然大人都难住了。可是做母亲的也不简单，回答说，先前说的只是竖鸡蛋，没有限制条件。女儿激辩道：鸡蛋是鸡蛋，破鸡蛋是破鸡蛋！这就有点认死理了，一根筋的。母亲也认真起来：不和你说了！这话也是孩子气的。

看母女争执，他难免羡妒。同样是斗嘴，他和女儿间可没这样严肃，几乎涉及哲学领域。同时呢，心中窃喜，因为女儿不输给母亲，打了个平手。随着一日日增添年龄，这孩子成长速度又比一般儿童快，她们的议题也越来越重大。全民学习雷锋，女儿刨根究底，非追问雷锋同志的死因，以常规论，凡是牺牲都有具体的事由。那么，雷锋为何献身呢？往战友家寄钱，背老大娘过河，都不至于死亡吧！勤俭朴素，积极学习和劳动，不是每个人都在这么做吗？赫鲁晓夫修正主义又是个谜团，延续列宁斯大林政权的苏维埃共和国，怎么就演变了呢？那个年头也是的，国际政治覆盖到幼儿园，小朋友都在院子里游行，“要古巴，不要美国佬”。升到小学，就是“越南必胜，美国必败”。母亲不在的时候，他想和女儿继续讨论，可是女儿却不屑于似的，走开了。只有母亲，才能做思想的对手。和父亲，尽是些鸡毛蒜皮、没正经的嬉闹。渐渐地，嬉闹也少了。他受到冷落，更让人遗憾的是，他发现女儿正失去性格里的一种风趣。

这样的交锋，既是认知，也是智能，还是言词。那些稚气的问题对大人确实具有启发性，它将存在倒溯到起源，要求重新解释，但在小孩子却是危险的。混沌初开，万事万物尚在模糊不定中，任其漫游不说，还加以怂恿，犹如黑暗里走路，弄不好就失足坠入虚无。鸽了曾经历两次危机，一是生育的恐惧，一是死亡。不知道从哪里探究来的，婴儿分娩的原理，想到自己是个女性，逃不掉要走这一节，她会在夜里战栗和哭泣。从一具躯体里诞下另一具，既像人体的魔术，又像刑罚。她貌似强悍，实质脆弱，因为格外的敏感，富有想象力。预设中的残酷，往往比实际经历的还要心惊。她时常腹痛，喉痛，中耳痛，四肢关节痛。到医院求诊，查不出原因。有位大夫假设性地说过一句：生长痛。这个诊断无论从科学出发还是隐喻，都很对头。“生长痛”在不知觉中自行痊愈，分娩的谵妄也被遗忘了。然而，死亡的阴影却不容易驱散，它横亘在生命的面前，任何人无法回避。可是有谁会去认真想呢？她就会！有一个时期，她特别容易受惊，电门上的火花，水面的浮萍，临高而立、风扇旋转的叶片，都潜伏着死亡陷阱。生产区有时会发生事故，小火车滑轨，空中坠物，刀具弹跳，铁屑飞溅，消息风快地传遍，人们一窝蜂向出事地点跑。跑着跑着，大人转头将小孩子往回撵，掉过身子，小孩子又跟上去，最后都被安全线拦下，停住脚步。她挤在人堆里，牙齿打着架，还非撑出笑脸，表示自己不怕。同时竖起耳朵，不放过每一点嘁喳声，这些零散的字词被她组织成场景，供作晚上的噩梦。夜半时分，她摸到父母卧室的床前，把他们吓得不轻，以为小的生病了，却原来是大的睡不着。母亲把她拉进被窝，拥着冰凉的小身子。独享母爱使她安静下来，也更加清醒。问她想什么呢，先摇头，然后小声说：死去的人还有没有"我"？这话有些不通，但母亲听得懂。思忖一会儿，不知该怎么回答，忽然发现女儿在啜泣。从这晚以后，他们发现女儿失眠的症状已经有一段时日。父亲私下和母亲说，不要引她想太多的问题。母亲说：都是她引我的。父亲说：别接她的茬，这孩子心忒重。母亲答应不接茬。可是，接不接的，真由不得人。越不理她，她一个人越想得多。哲思折磨着她，小脸都瘦尖了，手像鸡爪似的，更显得弟弟丰肥莹润。

最后，是运动救了她。她有一副好体格，外部的协调性一定程度地克制了内部的偏倚。骑车，溜冰，玩耍，追逐，再加上优渥的饮食，外婆家热闹的家宴，父亲——我们不能忽略他，父女之间的游戏，一并推动感官的发育，缓解精神压力，平衡了生长激素，及时制止抑郁症发生。

一九六六年的革命，在某个方面，不仅对这孩子，也包括许多悲观主义倾向，都有拯救的意义。它将终极问题拉回到现实中，无解变成有解，纯思辨变成可实践。母女俩的讨论具体为形势和任务，年龄阅历这时候起作用了，过来人的经验连自己都未必解释得清楚，何况儿童阶段的女儿。但孩子的热情自有庄严之处，渴求世界和人变得更好，谁能够反对？母亲常给孩子读的，苏联马雅可夫斯基的诗，“什么叫作好，什么叫作不好”，罗列的清单都是日常小事，现在扩展成人类理想，她迫不及待地要长大。小学生们强烈要求投身全民运动，罢课，请愿，到校长办公室申诉，结果只是让他们举着纸制的彩球上街游行，庆祝最高指示下达。母亲下班路上，正遇见女儿的队伍经过，大太阳底下的脸，晒得通红。她将手里的一截甘蔗送过去，女儿一闪身躲开，走了过去，留下她自己，很滑稽地举着甘蔗。回到家，她们谁也不提这件事，彼此都觉得难堪似的。

广场革命的狂欢中，隐藏着诱因，不期然间冒出来，引发童年的旧疾。批斗会上，下马的威权者反剪双臂，揿下去。躯体形成一个锐角，露出剃成十字路的发顶，白森森的头皮仿佛颅骨。她跟着呼叫“打倒”的口号，夹紧的腿间忽然一片潮热，尿裤子了。她蜷着身子，蹲在地上，像一只受伤的小动物。等人群散去，天黑了一半，方才站起来，一个人走回家去。她不敢和人说，因为害臊，还因为怕被指摘。有一篇古代寓言，“叶公好龙”，讽刺的不就是她吗？说一套，做一套。为了克服小资产阶级软弱病，这是她给自己刻上的标记。这标记虽然是羞耻的，但也是一种微妙的解脱，它将生理因素推诿给政治觉悟，那就是可以教育的了。她尾随游街队伍，走过几条大街。白纸糊的高帽子浮在人群上方，帽子上打着大叉，墨汁淋了满脸，衣服撕成一缕缕的，手脚还流着血，真好比阴曹地府的鬼魂。害怕和嫌恶让她作呕，而她撑持着，加速脚步。因为人小，又灵活，钻过大人的腿缝，挤到游街者的身边，仰头看去，恰好脸对脸。那张脸上挂了副眼镜，一块镜片碎成蛛网，就像瞎了，另一只完整的眼睛，因凹透镜的缘故，仿佛从很远的深处看过来。她心怦怦乱跳，脚步乱了，后面的人潮水般涌上，险些将她推倒。有一瞬间的恍惚，发现自己来到一个不认识的地方。游街的队伍看不见了，结伴同行的小朋友也没了踪影，前方又过来一支锣鼓队。天上落下一片传单，飘飘摇摇。都在跳着脚抢，她也抢到一张，转眼间被夺走。父亲的一位同事骑车经过，看见她坐在街沿，下车问她在这里做什么，没有回答。又问她要去哪里，也不回答。就以为和大人怄气跑出来，拍拍车垫说回家吧。她起身跨坐到车后架，一路到家，跳下车径直跑进门去。同事则回自己家去，过后也没有提起。匆匆扒下一碗饭,便上床睡了。一觉醒来,天光大亮,前日的遭际就像魅影,消散了,她又兴冲冲上学校去了。可是,谁知道呢?小小心里存了什么样的事,和周围的人都起了隔膜,变得孤僻。正是母亲缄默的日子,家中最活跃的两个人困顿在各自的危情中,气氛低落下来。弟弟本来就是乖孩子,现在格外乖得叫人心疼,吸吮大拇指的习惯却越来越难戒除,拇指根上起了一个茧子。父亲的缝纫机嚓嚓地走针,仿佛静夜里的脉动,给时间数秒。

这一天,母亲比往常早许多下班。插空回家看看的父亲,决定不再去车间点卯。多日以来,盛传爆发全市大武斗,军工厂都枪弹出库,柳条帽和警棍也在加紧生产。大卡车在街上驶过,喇叭里喊着"告市民书",宣布进入紧急状态。车站,江畔,都在鸣笛,此起彼伏,远近呼应。父亲不许她出门,关在家里照看弟弟。学校和幼儿园都闭门放假,老师和保育员或回家,或参加行动,整座城市仿佛进入战时。他们四口团在饭桌边,好久没有到得这样齐了。父亲烧了许多菜,还开了一瓶红葡萄酒。这边开吃,那边灶上的汤锅突突冒泡,熬着肉骨头和冻豆腐。热菜和酒让人醺醺然,陶陶然,话匣子就打开了。女儿的问题又来了:都是一个司令部的,为什么要分派别,自己人打自己人?两个大人都难住了,原先的教育,"什么叫作好,什么叫作不好",显然不能用在这里。父亲看母亲,母亲沉吟着,说:历史上凡到转变关头，往往分道扬镳，一为造反派，一为保皇派。然后举出法国大革命的例子，巴黎公社和凡尔赛集团调动的普鲁士军队，激战二十八天，最终失败。马克思总结，无产阶级必须通过暴力革命才能稳固政权，消灭资产阶级。这回答不仅解释了裂变，还以世界史参照当下的现实，即今晚将发生的械斗，证明社会发展的必然性。可是，新的问题来了：谁代表巴黎公社，谁代表凡尔赛集团？母亲不禁语塞，思考一时，继续说：事物是在变化中的，一定条件底下，进步会转化落后，落后则转化反动！女儿忽然激动起来：今天晚上，就要决定胜利的是哪一方！母亲有些急于结束这场对话，所有现成的理论，被小孩子诘问的，显露出虚枉、大而化之，而且，有诡辩术的嫌疑。女儿跳跃起来：明天，明天就解放了！却又停下来自问道：难道我们现在没有解放吗？“解放”是新旧政权的分界线，解放前是黑暗中国，解放后则是明朗的天。女儿眼睛迅速一转，说道：明天是彻底解放！

事情真的讨论不下去了，就想把小孩子赶上床。遭到激烈的抗争，非要等待历史性的一幕上演。小的也学大的，跟着逃脱捕捉的手。于是，老鹰捉小鸡似的，满地追和逃。奇怪的是，这一夜格外安静，城市仿佛宵禁，大气不出一声。弟弟在妈妈膝上睡着了，姐姐脑瓜子垂到桌面，一点一点，终于撑不住趴倒。一人一个抱上床，面对面坐下。瓶里还有酒，她举在手里，对了他摇一摇。自小生长北方，因为天冷,周围人多嗜酒,她虽不贪杯,但也有些量。他呢,应景时也能喝,却谈不上喜好,但今天,却生出兴致。回想起来,他们似乎恋爱阶段也很少这么安静地相守,因为,一切都是急骤,甚至惶遽地推进着:表白心迹,毕业分配,结婚登记,就业安家,接着,孩子来了……日常起居的零碎挟裹着顺流而下。世道动荡,颠覆了既定的秩序,错落的缝隙里漏下一个平安夜。窗玻璃映了一层薄亮,听得见绵密的霜降声,落地成冰。风掠过去,起一阵寒烟,窗上又模糊了。他起身将葡萄酒热了,滚烫地下肚,身心展开,无限舒泰。

静夜里的对酌让人有交谈的欲望,她先挑话头,说:方才女儿的问题,有什么看法?她向来不与他讨论政治,但也没觉得多么意外。子夜是时间的交汇点,略有偏移,便进入另一轨迹。他想了很久,她忍不住催促地又问一遍。他忽害羞起来,因受到器重深感惭愧,低下头呢喃一句:不知道真相是什么!这回答倒出乎她意料之外,又似乎游离了正题,就有些不满:你指的哪方面,起因还是现状?他又想了好一阵,惹得她发急,伸手推了一把。他更加惶惑,紧张地思考,很像一个被叫到黑板前做题的差生,经受老师的测验。两个都有!他终于答出结果。她又不满意了,觉得是在逃避。他赶忙补了一句:我的意思是本质和现象!她并不放过,追着问:到底前者还是后者?他感到酒上了头,身子软绵绵的,有一种昏然的快意,吐字轻快:不要小看现象,本质往往是简单的,简单到显而易见,就成了现象。她很少听他发表见解,竟不乏独到之处,就生出兴趣:那么按你的观点看,革命的本质就是分裂,不是马上要开战了吗?他摇着手指,笑起来。这个自谦的人,今晚却很自信,态度也变得佻达:分裂是现象,本质是各阶级不同的需求!这回轮到她笑了:罚你一杯酒!出尔反尔,方才还说本质就是现象,现象就是本质!他乐呵呵地喝了一杯,喝她的罚酒真开心。我说的"是"其实是"变",本质变成现象,现象变成本质!他说。再罚一杯,还狡辩!她又给他斟一杯,又喝下:中国有一本天书,叫《易经》,说的就是"变"!好,她说:同意,换一个问法,不同的需求是什么?他被她的眼睛迷住了,说不出话。她碰碰他手肘,方才醒过来:就是真相!是忘记了自己的推理逻辑,还是有意绕她,事情又回到开初阶段。她伏下脸,下巴抵在交叠的手背,神情越来越严肃:我怀疑,我很怀疑!莫比乌斯环的循环游戏结束了。他看着她的眼睛,而她看向了别处。不要怀疑!他说。酒意在退去,头脑清明,他惊讶自己原来有酒量的。不要怀疑!他又说一遍。她的眼睛转回来:我想——不要想,他拦住话头:不要想,只看,看!她笑了,说一声:胆小鬼!

这一夜安然度过,风平浪静。之后第三天,她便踏上串联路线,留下家中一大二小。大规模的武斗最后化解为零星冲突,街上时常响起枪声,在空廓的天空下,听起来就像炮仗。人们开始囤积粮油物资。他虽不相信世道会乱成这样，但也还是未雨绸缪。将钱票分作几份，再将父母姓名家庭住址写一张纸条，一并缝进小布袋里，穿根细绳，到时候系在孩子脖颈上，就好像戏曲里的“锁麟囊”。随局面趋向稳定，布袋子闲置在抽屉，里面的收纳也取出来开销掉了。

风云乍起乍落之间，孩子们长了一岁。鸽子从二年级上到三年级，同时从年级层领导连长晋升初小三年的营长。她长了个头，外表看，几乎够得上初中生，左臂上“红小兵”袖章却暴露出年龄。她就在“小”字上打一个裥褶，依稀仿佛“红卫兵”的“卫”。腰里扎一根皮带，小辫塞进军帽里，像个少年，男生不都发育晚吗？就这样，骑着父亲的自行车，去几所运动前列的中学看大字报。难免受到盘查，问是哪个学校的，属哪个派别。她抬手遥指一下，表示来自的地方，径直骑了过去。也有认真计较的，询问那里的形势。不得已刹下车，一只脚点地，斜着车身：革命尚未成功，同志仍须努力！说罢即走，显得很忙碌的样子。下一天再来，就有些面熟，两三个来回，便认作自己人了。红卫兵们不过长她四五岁，这样的年龄阶段，四五岁几乎是一代人了，足够生发崇敬的心情。因生怕露怯，远远地看他们，集会，演讲，激辩，排练活报剧，然后出发街头宣传。表情紧张严肃，显然进行着伟大的事业。相比之下，小学校的那点事真是鸡毛蒜皮。《燕山夜话》《海瑞罢官》的批判早已经结束，斗争进入到唯物和唯心、绝对真理和相对真理、黑格尔和费尔巴哈、托洛茨基、共产国际、“一个幽灵在欧洲游荡”……她其实不懂，唯因为不懂才有号召力。这些深奥而又华丽的词汇扩充着话语系统，以她自己的认识组织逻辑，结构句式。很快的，形成一套说词，完全不明白什么内容，可是滔滔如洪水，直下三千尺。用它对付论敌，无往而不胜。两军对垒，是实力博弈，也是气势较量。这样，她有了一个名字：理论家。这个名字在褒奖的表面底下，藏着讽意，暗指“口头革命家”的意思。

这时候，她常去的中学发生一起命案。被隔离在楼顶的女校长，纵身一跃。骤降的大雪，在地面堆成一个坟冢，底下的人不知道什么时候死亡。当即定性“畏罪自杀”，名字倒写，再批上黑叉的标语，从她脱跳出来的窗口垂下。这幢楼是从教堂改造，所谓哥特式建筑，钟楼的塔尖临时用作囚室。哈市历史上有基督教的传统，如今信众多已四散，剩下残余，潜入地下，过着隐匿的宗教生活。此时举行聚会，为亡灵祈福，点蜡烛，唱赞美诗，念一页《圣经》。这样违禁的活动，照理非常私密，但不知从什么地方，透露出有神论的气息。到了坊间，演化成聊斋式的异象：夜半钟楼传出涕泣，又有无足人，先是在楼底，渐渐扩大范围，树林，草地，教室，学生宿舍。因那楼的外立面是红砖砌成，素有“小红楼”的别称，更添一层魅影。同时，现实主义的流言也起来了，说那女人手脚捆绑，却攀爬上一人高的天窗，并且，更费解的，在她背上，插着一把刀。校园沉寂下来。寒流从西伯利亚过来，气温降至零下一二十度。松花江结起冰面，这里的小池塘都成了冰窟窿，房屋和甬道罩上冰壳子，树枝和电线挂着雾凇。冰核子里有一个小人，跳着脚，转圈跑，一为了取暖，二为壮胆——不是说有屈死鬼吗？偏不认这个邪。

鸽子张开手臂，左右倾斜，加速中，真仿佛要飞！她大声唱着自编的曲子，没有歌词，只是“啊”和“哦”，一出喉便冻住，传不远去。钟楼上的窗洞，黑漆漆的，就像一只盲眼。她强使自己昂头看它，看什么看？可是，却被它吸进，穿过隧道，直向世界尽头。她觉得一阵晕眩，止了歌唱，换成斥骂：胆小鬼！和母亲嘲笑父亲一样。收起滑翔的双臂，在空中胡乱挥舞，和无形的威胁作战，听耳边呼呼的风声。怯意退去了，得意收手。然而，一旦停下，惧心又起，甚至比先前更剧。四下里风吹草动，其实是自己的呼吸和脉跳，跑到哪里跟到哪里，躲也躲不开。终于撑不住，尖啸着，转身逃跑了。门房的老伯，守着一炉炭火，火上坐一壶水，突突地吐气。窗户结着雾，蒙眬里看见一条影子倏地掠过，不见了。明日的闲谈又添一桩故事。

革命将她的虚无主义转化为实有，提供给克制的目标。但事情又返回头，将实有推进乌有。她忘记，或者说忽略事物的具体性，陷入抽象。这危机时刻，正是在母亲离家旅行的日子，于是，她盼望母亲回来。每天都有新生的问题等着和母亲讨论，然后又有新生的答案等着告诉母亲。这样的自问自答纵容着胡思乱想，就像脱缰野马，让她很害怕。她不和父亲说，她有点学母亲呢，母亲从来不和父亲谈思辨的话题。还有，不能否认超验范畴里的原因，从胚胎开始发生的母体依赖。那阵子，她每天都要问父亲：妈妈回来了吗？走在回家路上，沿途每个细节都可用作占卜：妈妈回来还是不回来？路砖的移动，树枝子是横是竖，花瓣的单数和复数，弟弟哭和没哭，父亲在还是不在。她有几天早晚都不出门，候在房间里。她特意将门闩销上，让钥匙开不进来，这样母亲就会敲门。等待让她疲倦，并且生气，就决定不等了，天天出去。其实是换了策略，心想越不等人越来。这一回，她爻了好辞，妈妈回家了。

天津的女同学本打算将两个孩子都带走，父亲决定留下大的。什么都瞒不住她，父亲说。还有一句话没有出口，因是有私心的：接下去的日子，他一个人，不行！

第十一章

辞去铁路医院食堂的差事，在家闲了些日子。来到哈市时间不长，社会关系有限。按说，以母亲的孩子这身份，用阿姨的话说，“想做什么就能做到什么”。可是，他自觉做不了母亲的孩子。姐姐才是呢，虽然划清了界限。他连“界限”都没有，谈何“划清”？夏令营的遭遇也告诉他，现在再做“母亲的孩子”来不及了。转着圈唱歌：假如感到幸福你就拍拍手——想起来就难为情。他回不去了，回不去那种生活，他只能重新起头。阿姨是不能求了，有一个人却浮出水面，挥之不去，就是鄂伦春小孩。小孩就像来自原始部落，也许帮不了他，但由他连带起来另一个人，上海知青栾志超。他和父亲说了计划，去呼玛林场找栾志超。他不是说，大量知青回城，林场紧缺劳动力，找工作应该不难。看眼前的儿子，已经大人形状，自小离家，终也是留不住的。

只说了一句:不称心就回来。取出钱给做盘缠,他不接,说自己有。向来都没有往家里交生活费,怎么能伸手?父亲猜得到他的意思,还是见外的心。临走那天,烧了几个大菜,存在冰箱里,够吃一周还多。出了门,又回头叮嘱,晚上切记关煤气。就觉出几分体己。

儿子去了一周便有信来,说找到栾志超,在食堂谋一份工。这倒是他想不到,不在于报告的内容,而是来信这回事。反复看几遍,发现儿子用的毛笔,小楷竖写,行文有古风。格式也是,如落款干支记时,不禁笑了出来。原样折好,放进抽屉。接下来的几日,是在回信的思忖里度过。他想写儿子的母亲;又想写分离的这些年里,发生什么;还想写写今后对生活的规划。一旦坐下,提起笔,只是几行报平安和嘘寒暖。此时意识到,至亲之间,最不宜抒发。儿子第二封信寄到间隔比较长,一个月以后了。也是简单的数行,还是栾志超和食堂。这样疏淡的书信往来,随时可以打住,可是却保持下来。不知第几回合,儿子信中出现新的元素,他写道:映山红开了。又几个回合,父亲例行的文字后面添了一句:时近子夜,太阳岛的篝火还未熄灭。就此,父子间有了些闲聊的兴味。他认识到书写的好处,它将现实的生活转化为修辞,可适当表达感情,那是让双方都感到羞赧的。

鸽子自从和阿姨大吵以后,一直住在学校,十月国庆假方才回来。也不说话，兀自翻箱倒柜，将夏季的衣被洗晒收起，再取出冬季的。父亲站在身后看她忙碌，不敢出声。进出走动，不免挡了路。左右让道，两人却走了一顺边。女儿收住脚，瞪着父亲。这情景要让外人看见，会觉得滑稽，他们可是认真的。他不敢动了，女儿走过去，问一声：兔子呢？父亲赶紧回答，告诉她弟弟的去向。虽然没有后续，但父女俩的冰期也算是解冻了。父亲退到厨房，开灶起炊，不一时摆了一桌。女儿不动筷子，眼睛在菜盘子扫射。他当然知道防备什么，心里好笑，并不挑明，只说：家传的口味，你们从小吃这个长大的！女儿听得懂话里的玄机，回道：有一句成语听说过吗？“南橘北枳”，南方的“橘”栽到北方，便成了“枳”，味道大不同！父亲沉着以对：典出晏子春秋，内篇，杂下。晏子，即晏婴，春秋时齐国大夫，山东高密人，主张平等、民生、生产……女儿听不下去了，一挥手：吃饭，吃饭！于是拾起筷子，埋头吃饭。吃了一会儿，女儿想想，还是不服，又开话头：还有一句成语想必也听说过，近朱者赤，近墨者黑！父亲放下碗，看着对面人的眼睛：我最近的是你们，算“赤”还算“黑”？女儿倒是噎一下，有点意外，向来讷言的父亲原来是机敏的，负气地说一句：谁知道你近的是谁！父亲说：你们是我的骨肉！这话说得让人鼻酸，女儿不再作声。两人静静地吃完下半顿饭，收拾收拾，各自进房间就寝，一夜无话。

第二天起来，女儿说要去呼玛看弟弟，送去过冬的衣物。父亲想跟了一起，但怕受拒，便没开口。他决定做一个识趣的长辈，不要让儿女生嫌。除了原有的皮棉，父女俩又上街新买了秋衣秋裤，糕点糖果，城里的吃食，打点些人情，外加两瓶酒，记得栾志超是喝酒的。提了东西回来，远远的，楼下阿姨一闪身影，两人都装不看见，走过去。下午，把走的人送上车，自己乘公交到家，虽寂寥，却也有一种满足。进门厅，上楼梯，被拦住了。女人裹在一袭大红大绿的披肩里，抱着胳膊，眼睛直逼逼看过去。对面人的脸一点点红起来，再一点点白下去，然后，恢复正常，说出话来：进屋坐坐吧！女人掉转身，走在前面，靴子后跟踩着楼梯，噔噔噔地上去。他落后二三级，上方是前面人的后背。粗羊毛的编织物，一串俄罗斯乡村娃娃，手牵手围了一周，人物间的空隙里填了牛奶罐、木头鞋、三角琴、篱笆墙、鸢尾花、马鞭草，底边垂着小棒槌似的穗子，沉甸甸的，差点儿打中他的头。原来已经到他家的单元。摸出钥匙开门，女人一步迈进，落座在沙发上。他踅到厨房烧水沏茶，耗费时间有点长，其实是在打腹稿。主旨已定，但不知从何起头。斟酌中，忽听厨房门上"笃笃"两声，那人到了身后，说：把人晾那么久，黄花菜要凉了！他听出话里的双关，回道：哪里哪里！自愧成了老滑头。

端着茶出来，客人回到沙发，自己拉把椅子隔茶几而坐。女人抽出一支烟,向他递了递。他推一推掌心,表示不用。那边并不勉强,自己点了。房间里腾起烟雾,他辨得出,是男人吸的莫合烟。他说:谢谢你,一直照应我们。女人哧的笑一声:谢什么,不恨我就算好的!他赔笑道:实在对不住,那孩子我都让三分!女人站起身,走到窗前,水泥台子上揿灭烟头,熟门熟路进厨房,在畚箕里扔了:好,有性格,我喜欢!他不知怎么接,只唯唯地应。女人接着说:也不能一味地让,到底是个孩子,没经过世事,由着任性,耽误了自己!低头听着劝诫,到这里方才答一句:并没什么可耽误的。女人拔高声音:人生百年,不过一半,有没有活头了?你说!伸手在茶几面上拍一下。他却呵呵笑起来。女人纳闷道:你笑什么?他更是止不住,先前觉着的难堪,此时全都释然。这就是北方女人的好,坦荡。好容易压下来,正色说:我有儿女!这话有点对不上,可又再明白不过。女人说:我虽然没有儿女,但我最知道儿女是什么东西!他说:没有是一回事,有,又是另一回事!女人冷笑一声:你不要嘲笑我!他赶紧摇手声明绝没有这样的意思。女人说:你只知其一,不知其二,我不单没有儿女,还没有父母。他抬头惊异地看她,她说:你也别可怜我,一个人有一个人的益处,无牵无挂!他说是的。她说不是。不是什么?他又惊异了。不是你那个"是的",她说。哦?他生出兴趣来。这女人说话真有点,有点不同凡响。我说的是,别看你们有上有下,其实呢,还是一个人,既不能代父母死,也不能代儿女活,你说是不是?她歪了头看他。看着她异族人的眼睛,心想她的爹娘是什么样的人,又做了什么糊涂事,将一条命抛给天地之间。不完全是,他回答。怎么说?她问。想了想,说:你也不是一个人,总有一处地方,有你的血脉,也许我们说话的工夫,就在念叨你,记挂你。女人反应极快:你正相反,人不在了,还牵绊着,摆也摆不脱!他不免恼怒,又说一遍:我有儿女!女人一挥手:别拿儿女做幌子!他站起来,指着门:我不欢迎你!这是第二次赶人了。在她跟前,他总是失控,这是什么道理?女人坐着不动,抽出第二支烟,慢吞吞地吸一口:别以为她多么了不起,有什么先见之明,先入十八层地狱,再上七级浮屠,修炼来修炼去,修炼的就是常识,你知我知大家知!得此臧否,他倒平静下来,以为必要讨论个明白:记得哥伦布竖鸡蛋的故事吗?新大陆本就在那里,上帝又没有藏它起来,哥伦布问世人,谁能把鸡蛋竖起来,所有人都说不能,哥伦布说,我就能,将一个鸡蛋直接磕在桌面,不是竖起来了吗?他变得能言善道,仿佛站在大讲堂上,左右划动胳膊。女人饶有兴味地看着,等他说完,拍起手来:讲得好!可是,女人遗憾道:鸡蛋碎了!可是,他说,鸡蛋不是竖起来了吗?女人坚持鸡蛋碎了,他坚持鸡蛋竖起来了,多年前,女儿和母亲的争执由不同的两个人继续着。好好!女人退让了:不是常识,是洞见,世人皆睡我独醒！他猝然起了怒意：是常识，有的常识很安全，有的却要遭罪！女人将架起的腿放平，说：这个，我认！他坐下来：认了就好！女人紧问道：我俩的事——没得说！他断言道。她站起身，两人一上一下对视着。最后，女人轻蔑地说出三个字：胆小鬼！昂首走出去。他呆在原地，算起来，已经让第几个女人斥骂“胆小鬼”了？无论何时何地，都是他错，而她们全对！

夜晚，一列火车驶过，汽笛声回荡。车轮轧过路轨，楼板微微震颤。许多条铁路线在这里交会：滨绥、滨州、拉滨、京哈、哈佳，蛛网般贯穿城市的东南西北，连通起外面的大世界。在那里，发生着多少人事情，像纪念碑样的，石缝里的泥灰，细沙，偶然落下来的草籽，就被疾驶的风带到这里，这里就像世界的终端。思绪活跃得很，可能是白天的激辩的惯性，话还没说完呢！是她挑起来，又由她收尾，真是不民主，不公平。他们说到哪里了？鸡蛋和碎鸡蛋，常识和洞见，她和他？这些女人都比他有主张，有行动力，就像哥伦布竖鸡蛋，啪的一磕，站起来了。他想起寒夜里，女同学从天而降，一把裹起儿子，说走就走！女同学抱着儿子，站在当地，说了这么一句话：她的真理在星空，我们的，在日复一日之中。“真理”也出来了，他不由瑟缩一下。又一列火车驶过，窗格子的灯光连成一条线，照亮市廛。女儿应该到地方，找到弟弟了。果真如女人说的，儿女算什么东西！儿女真不算个东西。事情也不在儿女，而是母亲，那个她！也是纪念碑，他，他们，都是驮碑的龟。如此，儿女又算个东西了，和他一样的东西。一些共同的日子从眼前过去，快乐和不甚快乐，甚至恐怖惊惧，在历史的洪流中，越来越渺小，直至看不清。他们都是面目模糊的人，可依然认真地走着自己的路，凭的多是本能。本能也是了不起的，从原始的驱动发生，服从宿命。她呢，她却是更高一筹，从本能上升到自觉，哥伦布竖鸡蛋的那一磕，鸡蛋碎了，却立起来了。而大多数的本能，却变形了，在纪念碑巨石的压力下，躯壳缓慢地迸裂开来，长出狗尾巴草。

姐姐第一眼看见弟弟，差点儿没认出来，他似乎又长了个头。事实上，是体魄的缘故。胸脯宽了，胳膊腿粗了，连声音都变了，变得浑厚。狗皮帽底下的脸，刮净胡茬的腮帮，青森森的，眉睫更浓重了，越发显得瞳仁黑亮。同弟弟在一起的，还有一个人，却是窄长，就像抻面似的抻了几把，腰背，颈脖，脚掌，手指，脸面，地包天的嘴型——也是因为下巴过长，便翘上去了。笑起来，两颊各挤出半圈弧线，难免显老，但并不难看。事先知道这个人。兔子从夏令营回家，带来那个鄂伦春小孩，是由他领走的，但印象不深，就仿佛初次见面。大名栾志超，和当年样板戏《智取威虎山》中那个丑角同姓。按起绰号的常规，应叫“栾平”，或者“小炉匠”,可是却不,人们都称“老超”。这个“超”其实是那个“操”,粗人的谐趣,也看得出大家不把他当外人。小一辈则称“超哥”,鸽子便跟着一起叫了。

前面说过,栾志超是上海知青,住在市中心一条杂弄。上海最上等的路段都有这样的棚户,就像水似的,见缝就钻,又像树上的发叉,一生二,二生三,最后网织起来,布了一片。很难追溯起源,现状则是人口密集,居住局促。因是自建屋,所以产权私有,就都在各自的属地上增扩。你看到巴掌大的面积,竖立起几层的楼房,还有向下发展的现代洞穴,称得上建筑奇观。跟随工程上马的,就是夺土战争,墙体的进退,雨檐的伸缩,屋顶高低,总之,空间占有。从言语升级械斗,甚至延续几世的仇怨,可见这地方有年头了,算得上城市的野史和外传。胜负以力量强弱决出,兄弟多的人家是先天的优势,社会路径宽的也有一比,再出几个策略家,合纵连横,说不定能后来居上。也因此,七拐八拐的杂弄内,很有几幢上台面的住宅,钢筋水泥结构,红砖塔楼,露台搭了玻璃廊,养花种草。

栾志超排行最末,上面四个姐姐,一岁一个,显然多是为了生他来到世上。终于有他,父亲却早逝,所以,他都没见过这个给他命的人。算起来,母亲才刚过三十,但生育和劳作摧残了身体,印象中已经是个老妪。他的降生并没带来预期的喜悦,丧亲,贫穷,大概还有等待的疲惫,使这个家庭的感情变得麻木了。心情颓唐的母亲,潜意识里也有些规避哺乳的义务,于是回奶了。她在杨树浦一家纱厂做质检工,为照顾她,上的是常班。因路途遥远,天不亮就要出门,转三部车,谁让她住市中心呢?就是这一项,是她自哀自叹中的骄傲。人们都称她“上海来的”,好像杨树浦不是上海似的。他是由几个姐姐轮流调米糊喂大的,本来就亏欠,偏偏他骨骼大,长得又极快,营养再跟不上,内囊就虚了,成一副空架子。这样的一家人,难免要受欺负,那七八米的一间房,莫说拓展加盖,保持原状都不易。左右两侧山墙被抵住,后窗完全堵死,恨不能伸进椽子来,幸而门开在过路的主干道——如果说这里也有“主干道”,车行人走,无法蚕食,是唯一的自然光源,于是镇日敞开。过路人就看见几个小姑娘,其中一个背上驮一个,围着泥地上一具淘米箩,手持酒瓶盖,奋力动作,将碎布拆成回丝,俗称“拆纱头”。是母亲工厂给予的又一项福利,效益论斤计算,多拆多得,小手上都起了茧子。

他们这几个,年龄挨得紧,都挤在上山下乡政策的年份里。大姐那一届还有工厂和农村的配比,留在了上海,分到果品公司,多少缓解拮据的家庭财政。二姐据亦工亦农的政策去到黄山茶林场,也有了一份收入,除去衣食,余下的正够回家探亲的盘缠,但总归减一个吃口。以下三个就麻烦了,三、四、五同是所谓“一片红”的届别,即全体插队落户，无一例外。原本只有“四”是这年毕业，当时为了共同照顾最小的，“三”往下延宕一级，“四”向上提一级，姐弟仨就在一个班上课。又在同一年，按区块划分，升入同一所中学，但不同班。他已经长大了，不需要左右呵护，还渴望自由。两个姐姐去了安徽淮北，两套行囊几乎耗尽有限的积累，再也筹不出第三人份，留在家里且不过添一双筷子的开销。学校也了解他家的窘境，不好再做动员，放了一个活口，叫作“待分配”。同届的人都走了，上面的工作，下面的则读书，其时，中小学逐步恢复正常，唯有他，闲散在社会上，所以也叫“社会青年”。街道里与他同样身份的男女，偶尔也召集一起学习，加上马路上走来走去，渐渐有些面熟。多是残病者，一半真实，一半假托，因有办法开来医院证明，也不乏硬是赖下来的，没有任何理由，凭一股韧劲。风头过去，形势安稳，女生们忙着相亲，结婚生子做主妇。隔壁弄堂，人称“小花园”，一墙之隔，却是另一个世界。高门深户，走进去，可听见哪扇窗户传出钢琴的叮咚声，那里的一个男生，去了香港投亲。说是“待分配”，事实上，等待遥遥无期，差不多是被遗忘的一小撮。两年里，他个子又蹿了一截，依然不长肉，越发撑不起来，耷拉着肩，晾竿似的，那一间小平房横竖都不够装下他。虽不缺他吃穿，口袋里却没有一个零花钱，这也妨碍了社交。他到底不是那种善感的人，衣食从来是这个家庭的当务之急，无暇养育精神需求，他只是觉得闷。每日价，买菜烧饭，等上班的妈妈姐姐回来，其余时候，就靠在墙上看小孩子玩耍，打弹子，滚铁环，扯哑铃，抽陀螺——他们叫“贱骨头”，越抽越转。每每挡了人家，就叫“爷叔，让开”；有求于他，叫的是“爷叔，拾球”。他才十八岁呢，叫都要叫老了。学校应届毕业生又发起一波动员，去向是黑龙江呼玛地区的国营林场，他没有和人商量，自作主张报了名。开始，妈妈姐姐也发急跺脚，但等他领来发放物资，军大衣、栽绒帽、厚底靴、棉手套、水壶饭盒、帆布包，铺了满满一床，寒素的四壁顿时显得富足，这才安静下来，忙着收拾，打发他上路。

人们都说“大上海”“大上海”，其实上海的眼界最窄了，逼仄的曲巷，头上只有一线天，日头和月亮都是挂在楼角上的。火车驶出站台，穿过盘桓的铁轨，白杨树夹道，无尽地延伸，终于到了尽头，迎面而来的是稻田。这一下事情大发了，他看到了地平线。喇叭里的播放停息下来，就听得见女生们嘤嘤的啜泣。他却心情舒畅，眼睛一刻不离开窗外的景色。天地交汇处的树行，公路白带子般甩开，跑着甲壳虫大小的车辆，田埂上荷锄的农人，太阳从东边窗移至西边窗，又从西边换到东边，可见出道轨的蜿蜒。然后，暮色下沉，因车厢里的嘈杂，衬托出辽阔的静谧，无边无涯，从青白到绛紫，再转绯红，方要暗却又亮起。接下来的变化就迅疾了，一层一层盖下，终至全黑。他在窗玻璃上看见自己，穿了新衣服，像是另一个人。

他的胃口是从火车上的饭食打开的。那种装在铝皮盒里，压实了的白米饭上，铺一层卷心菜，叠一个荷包蛋，两片红烧肉，再浇一勺子酱油汤。他吃净最后一粒米，倒进开水荡一荡，水面浮了油花，一口一口地喝，品着滋味。早饭是两个肉包，一个淡馒头，几块玫瑰大头菜，还有一个煮鸡蛋。第二天的供应，质和量略有下降，制作也粗糙些。没有掐去头尾的黄豆芽，两厚片红肠代替了红烧肉，荷包蛋没有了，大概因为早上已经吃过鸡蛋，但米饭依然是压实的。晚上是雪菜肉丝面，一铁盒面条和一铁盒米饭的饱足度不可比，也见出辎重的有限和消耗。但大家胃纳也收缩了，没有活动，没有足够的新鲜空气，人都是恹恹的。双层车窗外的视野越来越荒漠，尤其清晨，天光初起，一片霜白。他却一径震慑于天地的广阔。蒸汽车头的汽笛从很远的地方传来，又散去。他有点晕眩，列车似乎离开平面，行驶在抛物线上。心想，地球真是一个球啊！和车中人一样，嘴唇开裂，舌头生出燎泡，双脚早已经肿了，胀满在胶底保暖鞋里，好像不是自己的脚和身子，只有身子里的喜悦是自己的。他没有觉出连续升高的体温，他在发烧，一下火车就直接去了医院。

足有二十天时间，查不出病因。起先以为肺炎，注射了青霉素，没有降烧。又怀疑斑疹伤寒，然后疟疾，败血症，结核,最终是早已绝迹的黑热病。护送知青的上海干部讨论将他带回去,无奈本人不同意。他并不感觉病苦,只是有几回,看着白胖的馒头和猪肉白菜粉条,却吃不下去,因遗憾而心痛。昏睡中在河里漂流,奇怪的是,他不会游泳,从没有下过水。此时却自如地划臂,反转仰浮。河岸向后退去,外滩大厦的石头基座,防洪堤边的恋人们,电车小辫子行在盘缠的线路中,梧桐树枝挽臂连成绿色长廊,弄堂里的矮檐,檐下响着歌谣:“小弟弟小妹妹让开点,敲碎玻璃老价钿……”河床低下去,低到地面以下。水溢出边缘,好像有一层膜,形成弧度,于是又在抛物线上了,流淌,流淌! 等所有的药剂全证明无效,所有的查验又全证明落空,他突然就退烧了。躺在雪白的被褥里,望着雪白的天花板,四壁也是雪白。玻璃窗上布着霜,是透明的白,漫洒着晶莹的白粒子,下雪了。

他是乘马拉雪橇去连队的。林场的前身是军垦,一直沿用部队的编制。他裹在两床被子里,身下垫一张狼皮。驾雪橇的人背对着他,只看见穿皮袍戴皮帽的背影。一路上没有说一句话,到地方才知道是个鄂伦春人,不会汉话。他呢,不会说鄂伦春语。

鸽子乘火车到呼玛,再搭班车到小乌勒镇。栾志超驾马拉雪橇,带弟弟来接。第一场雪掩埋了道路,只有老杆子才辨得出底下的车辙,不至于走到沟里去。当年的树木伐完了,换上一茬子次生林,雪橇在林子里穿行,老马"噗噗"地喷鼻,头上是碧青的天。栾志超是个话多的人,十年前认识他准不会相信这一点。多亏有他,否则,这一对姐弟就不知道怎么说话了,因都要躲着一个人一件事,就是阿姨。连带着,父亲的话题也最好不提。他们并排坐在后边,听前边的人絮叨。说的是上一晚的酒局,谁谁打了一头麂子,又谁谁开了一坛谷酒,酒头是关里的谁捎来,据说是遵义那边的一个窖子。鸽子问是茅台吗?超哥说:茅台因为上国宴,所以名声大,事实上,凡赤水——知道吗?红军四渡赤水,赤水的酒都不平凡,越是小的无名的窖越出上品,那酒头从赤水来,千万里路程,会合寒地作物,一南一北俩稀罕碰头,王母娘娘寿宴上的琼浆也不过如此吧!听到此处,鸽子笑出声来:超哥说的不是酒,是人!栾志超回过头,就看见一张笑脸,嘴角荡开两弯褶子:什么人?鸽子说:你自己,上海人的下水,吃北方粮食,成优质物种。兔子不禁看过去一眼,诧异姐姐向来不好亲近,此时却变得自来熟。栾志超更笑了:种田人有句老理,杂交稻,必要一代一代杂交下去,有一代停息,不进则退,还不如老土茬子!鸽子接上来说:杂交和杂交不同,分有性杂交无性杂交,远缘杂交种内杂交,超哥指的哪一种?超哥没回答,他也有点尴尬。"杂交不杂交""有性无性",难免让人有联想,尤其出自女生口里,就更大胆了。走了一程，栾志超仰头向了树梢上的日头，眯了眼睛，受周围静谧的感染，仿佛还陶醉在昨夜的豪饮中，起了抒发的兴致，说：到了春天，空气中都是看不见的种子飞来飞去！鸽子说：不是种子，是精子，植物的荷尔蒙！话一出口，两个男的又沉默下来。鸽子浑然不觉，哧哧地笑着。她心情格外好，看什么都高兴。一挺身，站起来，张开双臂。栖息的寒鸦爹翅飞作一团，雾凇落了一片。这画面颇为戏剧性，她向来感情强烈，身边的人都习惯了，可当着栾志超，弟弟就有些害羞。正在此时，马蹄子打了个滑，驭手一紧缰绳，雪橇摇晃着，加速滑下坡道。鸽子左右摆动手臂，就像鸟的双翼一般。风将她的红头巾吹到脑后，露出红扑扑的脸。马走到平地，嘚嘚地踏雪，雪粉四溅。栾志超甩出一个响鞭，身不由己，被惯性推倒，几乎四脚朝天。鸽子却稳稳地站着，随雪橇起伏。他爬不起来了，身底下压着邮包，顺路从邮局捎回去的，从下往上看姐姐，好像看见另一个人。她常年笼罩一股怒意，使得五官收缩，面部紧绷，现在却舒缓下来，轮廓变得柔和。逆光的缘故，脸上泛起一层毛茸茸的光，眸子黑亮黑亮。那一个在冰上旋转滑行跳跃的女孩子，不知道什么时候退远了，忽然间返个身，推近，推近，直推到眼前。鸽子恋爱了，爱的人就是栾志超。

年轻人的爱情不需要太多理由，单只青春岁月这一项就足够了，还不用说环境的条件。那小乌勒镇，汽车站大得没边。稀朗朗的几辆车，走过长途，蒙着灰土，又挂上霜冻，却也不显得寥落，因天地广阔，反倒可以忽略不计。后面是山丘，长满次生林，挂了雾凇，好一个冰雪世界。雪橇在林间穿行，硌着树根了，就震落一些雪粉，洋洋洒洒飘下来。驭手穿一件麂皮袍子，腰里别个酒壶，鞭子绕在脖颈上，袖着手，只用嘴发令。那马听得懂人话似的，叫停就停，叫走就走。人呢，就是个话痨。南方的口齿，尖团音不分，加上个公鸭嗓，嘶嘶地，漏风似的，却是东北老杆子的声腔语调，老世故的。世故里的见识，且有一点读书人的意境，让人想起原来是个知青。有几次转脸，侧着看，虽然有褶子，分明还年少。比他二十七八的岁数见长，过三十的光景，不也是个青年人吗！兄长辈的，鸽子喜欢"超哥"这个称呼。

到场里第一顿饭，就让鄂伦春小孩拖走了。小孩一直等在路口，眼巴巴地望，生怕错过。前面说过，超哥和小孩父亲是酒友，当年从医院拉他进场的，就是这个人。因是第一个相识的鄂伦春人，即唤作"老鄂"。后来知道名姓了，却改不过口，就这么叫下来。老鄂家已经是汉人的规制，盘了火炕，炕道和灶头连通，这边烧煮，那边摆席。客人跟老鄂围炕桌坐，老鄂在上首，左手超哥，右手他们姐弟。老鄂的老婆带几个孩子围锅灶吃。那小孩竟是家中的老大，颇有些权威，指挥全局的气派。底下一群弟妹，都听从他调排：抬水，搬柴，烧火，端盆。最小的奶娃娃，由他兜在胸前，好让母亲腾出手做饭。老鄂显然很为他骄傲,竖起大拇指说:能文能武!老鄂会说一些汉话了,但不识字。小孩生在山里,下山时候已经过了上学的年龄,底下几个依次进林场小学读书,不仅会说也会写,五好学生的奖状贴了一面墙。他说的"能文能武"指的家里家外的意思,小孩是他的左右臂膀了。

老鄂和老超称得上酒里的知己。酒从坛子倾到粗瓷碗,泛着红,起着沫。兔子用的是浅口碗,不像那两个一样大口喝,但也看得出酒量有长。鸽子用菜碟子接了点,送进嘴,满口火燎一般,不敢再试,就吃菜吃馕。新打的馕,焦黄的边翘起着,铺上肉菜,香极了。不眨眼睛吃下一整个,开始吃第二个。车马劳顿,再加那口酒,又吃得饱,身子往被垛一靠就睡熟了。中间醒了醒,已经躺平炕上,覆一层棉被,左右上下都是小腿小胳膊,挤着不晓得多少小身子。房间里明晃晃的,三个大男人,小孩排在尾巴上,站成一溜,一人搭一人的肩膀,齐声歌唱:"高高的兴安岭,一片大森林,森林里住着勇敢的鄂伦春……"要是平常时间,这情景够奇怪的,可是,酒,热炕,焦馕,小孩子的乳臭,梦的黑甜……自然得不能再自然。

其时,林场正处在彷徨不知何去何从的日子里。树木不让伐了,由伐木派生的作业便也关停。运送木头的火车不走了,铁轨空寂寂地躺在坡底下,枕木间长出茅草,又让冬雪压住。原先辅助配套的大田农事如今上升为主要生产，又涉及设备、技术和人工，而劳动的主力军知识青年都回城了。没人住的房子颓圮得很快，屋顶都穿了洞，雪漏进来，炕也压塌了。这荒芜的画面却唤起鸽子的回忆，她从小生长的厂区，当然，那里是蒸腾的气象。兔子的印象就淡泊了。他随着姐姐走在铁轨上，天气升温，到了中午，树梢上的残雪化成水珠子，滴答下着，好像一场小雨。他们爬进一座废弃的车头，姐姐扶着车门，探出身子，挥动手臂，学汽笛的鸣叫：呜——路轨延伸向远处，收成一个点，滑下地平线。那“呜”的一声，在岗上的树林子里回荡，渐渐也收起了，四下里寂静一片。姐姐的手臂悬空停留很久，仿佛沉入冥想。他跳出车头，下了路轨，隔一段距离，回头望她。这一刻，天地间只剩他和她，同一对父母生和养，流着同一源头的血脉。这样的亲情反令他们感到孤寂，因为没有外援，凭的是单打独斗。鸽子终于放下手臂，纵身一跃，落到地面，轻盈如一头小兽。脸上的表情很奇怪，眼睛红红的，要哭的样子，其实却笑着。他不禁有些害怕，觉得有什么事端要发生。鸽子张了张嘴，在喉头哽了一下，然后嘶着嗓子说：我去找超哥！掉转身往场部方向跑去。他自小没有姐姐的运动素质，手脚不那么协调，很快拉开距离，磕磕碰碰跟在后头。看着姐姐的背影，仿佛回到小的时候。姐姐追赶欺负他的野孩子，一把揪住人家的耳朵；一条腿伸过自行车大梁，斜签身子踩着踏板，穿过整个城区，去找爸爸；然后是最近那个动作，端起一屉饺子，闪电般推门而出……他喘得不行，放缓了脚步。现在，他多少有所察觉，到底长大了，男女之间的钟情，虽没经过，看也是看过的。却又不顶相信，因连他对超哥都不很了解。可是，除去这个，还有什么呢？

鸽子的假期只剩三天了，必须在三天之内见出分晓。她气吁吁地向场部跑，过去的锯木厂，现在开辟新生计，用木屑压制合成板。机器的轰鸣并没有增添兴旺的气象，反而有一种萧瑟。栾志超现在的工作部门是后勤，事实上就是个杂役。伙房的采买，邮政的送取，被服调配，大雪压断电线，负责报修，幼儿园堵了烟道，医院里某种药品断供，随叫随到。于是，四处听到“老超”“超哥”“栾志超”的叫声。他自己都不曾想到自己这般有用，在家的时候，什么都用不上他，是个吃闲饭的人。他做活不太在行，无论伐木还是大田，都要力气，他就是欠这个。身子单薄，别看个头高，到林场吃足了，长了肉，其实是糠的，像冻过的萝卜。手脚还不利落，放树的当头，险些让树压着，麦收季节，又让拖拉机的履带轧了脚。同来的学生多有些看不上他，因不会玩，不会烟酒，就不能交际。也不会吵架，打架更谈不上，个人卫生不怎么样。俗话说，家贫养娇子，四个姐姐加一个妈，连袜子都不用自己洗的。恰是这些，怎么说，算是缺点吧，让场里的老农工挺喜欢他，说他不像上海人，这可是对上海人最大的褒奖了。小孩敢欺负他,女人们为他邋遢的生活掉眼泪,数落着动手替他拆洗被褥,缝补衣服。寒地的冰雪天,在火炉边猫冬,特别能培育母性。他有几个冬假没有回家,因为不够盘缠。每月工资,切下零头,整数全汇去家里,这也是博得称赞的缘由。异乡的春节别有一番风味,成缸的冻饺子,不熄火的暖锅,滚烫的热炕头。冰罩子上贴了剪纸,蜡烛灯一点,红通通地亮起来:老鼠娶亲,钟馗嫁妹,昭君出塞,猪八戒背媳妇,孙尚香和刘备拜天地,都是戏文里的姻缘。东家请,西家请,恨不能将他撕作好几瓣,一下子成了个稀罕人。轰轰烈烈地开了年头,一点不寂寞。等同学回来,大宿舍里满是人,他倒孤单了。也因此,他就不大在自己铺上睡,而是四处串门,走到哪,歇到哪。后来,知青们陆续回城,宿舍空下来,另给他配了一间,但习惯养成,回不去了。就这样,鸽子都不知道他到底住在什么地方。

最后,是栾志超听说鸽子找他,晚上去到兔子的宿舍,问有什么事。兔子住在食堂边上,原先司务长的房间,司务长结婚后搬到家属院,留给了他。家什都是现成的,如今,林场什么都缺,就是不缺房子和家什。经过兔子的调整,颇为整齐舒适,所以,也纳入栾志超落脚的范围。屋里只有鸽子一个人。兔子被菜窖喊去帮忙,临近封山,就要储存过冬的蔬菜。一路过来,看见拉了电线,敞着窖口,鼓风机大开,马达震得山响。鸽子在桌上布几个菜,都是食堂打来的。

栾志超刚吃过,但不好意思说,坐下拈起筷子。鸽子开了一瓶酒,给客人和自己斟上,端起来说:我不会喝,昨天已经出丑了,但是,我陪超哥你喝!栾志超忽生出怯意。电灯光下,对面人脸颊上镀一层金似的,闪着光,眼睛则汪着水,也有光。他脱口说一句:你和兔子长得像。灯下那人笑起来:像吗?不像,我像爸爸,他像妈!这边的人又脱口一句:你们的妈是我们大家的英雄!那边的酒盅顿在桌上,有些愠怒似的。这边人瑟缩起来,说道:我们要向她学习!对面的眼睛转开了,不看他。停一时,又笑了:别说这些没用的!他局促不安,简直拔腿要逃,却又动不得。对面的女人,是他从未领教过的。自己有四个姐姐,同学中有女同学,林场里有无数大婶大嫂以及她们成年未成年的女儿。可是没一个像这一个,出口成章,都是诗一样的语言,显然读过很多书,有许多知识,而且,还器重他。他觉得不配——可是,也未必呢!来到林场,他的自信心不断受到鼓励,或许,他并不是向来以为的没有价值。他的心情活跃起来,眼睛也放出光。对方又追了一句:说些有用的!这一句带了调侃,这就是栾志超擅长的,即回道:老百姓唠嗑,没用当有用!鸽子咯咯笑起来,栾志超的话匣子打开了:要我看,说话本就是无用,不当吃,不当喝,为什么要说话呢?解闷!东北方言和酒的熏陶里,这张嘴多少变得"贫"。倘若平时,鸽子会以为俚俗。但现在情形不同了,从对面人口中出来,活泼泼的。理论是灰色的，生命之树常青，不就指的这个？地底下直接长出来，连泥带水的一捧。她给对面酒杯斟满，看他用筷子点着菜盘的边：我妈常说——他提到“妈”，暗中咯噔一下，有多久没见到她了？他定定神，继续说：我妈说，鱼肉下饭——我们老家宁波，管“菜”叫“下饭”，所谓“下饭”不过骗骗三寸舌头，下到肚子里不都是一样？所以，这些吃食也是“解闷”的！他的筷子在盘子里搅和。鸽子双手交叠，垫着下巴颏，说：和我说说你妈妈！栾志超放下筷子，神色略显黯然：我妈呀，也是个无用的人，一个可怜人！他有生以来头一次审视自己的母亲。这就要感谢鸽子的提问，还有提问的表情，格外郑重。一旦审视母亲，却发现他对她几乎一无所知。自小长大的二十多年里，母亲上班离家，下班回家，星期天在家洗晒和烧煮，端午熏艾草灭蚊虫百脚，立夏灭跳蚤，每一季喷洒六六六粉，因臭虫是常年的敌人。忙碌的身影就像不聚焦的镜头，始终没有看清楚。他摇摇头，住嘴了。就在此时，兔子推门进来。

兔子扫一眼桌面，转身去灶下剥出一棵白菜心，切细了拌上糖醋盐。又切一段血肠，开了油锅，爆一勺蒜末，浇上去。添两个新菜，坐下来陪客人喝酒。这时，栾志超才发现，脊背一层热汗，内衣透了。这一晚，又是在酒的酣甜中过去。栾志超没有走，和兔子打通腿，睡一半炕。隔炕桌的另一半，睡鸽子。十月的季候，天已经很短，食堂一天开两顿饭。兔子近九点起来上班，动静里，栾志超睁一睁眼。再要合眼，忽看见炕那头的被窝，覆了一件红毛衣，猛地清醒过来。赶紧下炕，心别别跳着，走了。鸽子翻个身，仰天躺着。日光穿透窗玻璃的霜花，斑驳仿佛花瓣，一宿又过去了。

余下的时间，都是在人堆里。一人请，几人陪。最后，左右邻舍都过来，带了自己的食材和手艺，挤在炕上炕下。寒天里，总是一口酸菜暖锅为首，煮着大棒骨，小鸡仔剁块，口蘑木耳黄花菜；四周一圈菜碟子，凉的有老虎菜、大拉皮、拍黄瓜、蒜泥拌茄子；热炒是地三鲜、青椒土豆丝、熬小鱼、五花肉。热烙饼一叠叠，转眼见底，再来一叠，又是一转眼。说是晌午饭，吃到天黑还没完。人团得紧，都抽不出胳膊。身底下的炕燎得人起火，又让锅里的蒸汽浇灭。头顶冒汗，脸面发光，眼睛里泪汪汪。这热乎劲特别滋养感情，莫说心里有人，就算没人也能生造一份意思。无论是鸽子，还是栾志超，其实都不嫌人多，一对一地说话，耗神得很，心累，不如这么一锅炖！本地的规矩，女人不上桌。可鸽子是兔子的姐姐，哈市来的客，还是大学生，就不拘老礼了。挤坐在弟弟和超哥中间，身子挨身子，嗅得到领口里的油汗。兔子还好，那栾志超可是多日不洗澡了，又没换衣服，气味有点像牲口，可这不就是男人嘛！暖锅的蒸汽，和着莫合烟，炉灶里松枝毕剥爆响，屋顶底下浮着一片云。人脸就像在水中，一会儿近，一会儿远，彼此都有些不认识，却又亲得要命。兔子时不时地看鸽子，觉着姐姐变成一个极小的女孩，这可是令他惊讶的。向来，姐姐都是家中的老大，不是指年龄，而是权威，不仅他，连父亲，也得听她的。此时此刻，形势转变，她忽然间服膺一种力量，被它驯化。这就是恋爱中的女人，他何曾见过。

鸽子走的那日，气温大幅回升，雪一下子化净。天地洗刷过似的，纤尘不染。场部有卡车去呼玛城拉货，本来说好，兔子和超哥一起送去火车站，临出发，凭空添几个人，都是有公事的，把他俩挤下来了。两人站在地上，看卡车开走。鸽子从车窗探出身子招手，走很远还看得见她的红围巾，在素白的冬景中鲜艳的一点，最后消失在弯道的尽头，这才折返往回走。栾志超步子大，走前几步。兔子从后看他背影，透过棉衣，也看得出骨架的宽和扁。他的高不在腿，而在腰，支不起来似的，向前佝偻。走路有些摇晃，敞开的衣襟扑闪着，像一头大鸟。心想，这个人是谁呢？

这几日，他们三个总在一处。有一个家属，有意还是无心，招呼说：姐姐来了，姐夫也来了！紧接着发现是栾志超，扬手拍打他两下：这老超，装什么佯！大家就都笑。其时，他走在栾志超后面，对自己说：原来这样啊！不禁豁然开朗。挺好的，真的，挺好的！他对自己说。可是，可是什么？可是，在别人顺理成章的事，到了姐姐，总有意想不到的结果。他发现自己跟着栾志超,错上一条岔道,而前面的人已经走得看不见。路边的林子里,传来鼹鼠打洞的窸窣声,正在储存过冬的口粮呢!松鼠嗖地从一个树枝跳到另一个树枝。他将拇指和食指环起含在嘴里,吹了个响哨,是向鄂伦春小孩学的。哨声在林梢间回荡,渐行渐远,时断时续,终至全无。

栾志超发蒙晚,但总也到了这个岁数,并不像表面上的木讷,甚至还有些内秀。场里像他年龄的青少,都已经结婚生子。他没有随返城大潮离开,让人们以为是要在本地扎根。不也有少数几个知青,上海、北京、天津的,安下家来了。有的是想和他好的女孩,还有想招他做女婿的父母,他却一直没作选择。于是,人们又以为他最终还是要回老家的。事实上,他见识过家庭生活的困窘,心里是惧怕的,一个人多么逍遥,手头也宽松。却也没有单身生活的实际规划,只是能挨就挨,过一天算一天。消极的态度,同样来自灰暗的生长经验。鸽子的攻势,让他快乐又害怕。和鸽子对话,吃力紧张,且又暗自得意,即便他这样对人生缺乏想象力,此时也会生出做另一个自己的欲望。然而,最好的相处模式还是扎在人堆里,彼此看得见且不必单打独斗应付。大婶们荒唐的玩笑并不让他生气,反而很欢迎,仿佛美梦成真。事情停止在这一步就够受用的了,再往下继续不定扛得住。没有挤上送鸽子进城的卡车,他既失望,又如释重负，偷偷松一口气。走在返回的路上，背后是兔子的目光。现在，连兔子都给他压力了。有那么几天，他没往兔子那里去，以往可是天天都要走一遭的，找些好吃的东西，说几句闲话。他需要休息几天。几天以后，兔子来找他，交给一封信，鸽子的信。分别寄给他们两个人，兔子认得出姐姐的笔迹，一并领走了。他等一会儿，看栾志超拆开信封，将信瓤抽出一半，又送回去，揣进口袋。抬起头笑着，嘴角荡开两圈弧度纹路，显出抱歉的表情。他也笑一笑，然后识趣地走开了。

鸽子的来信，使栾志超获得平生最大的荣耀。他从来不曾期望成为信中描写的人，甚至怀疑是否认识这人。写信人又是谁呢？鸽子的形象变得模糊，其实，原本也没有清晰过。他陷入恍惚，许多词句他不能完全明白，明白的那些，却又不敢相信了。他站在当地读着信，身上淌着汗，手脚却冰凉。他是个眼界和胸襟都狭小的男人，没经过大阵势。好不容易读完几页纸，腿一软，向后坐到炕沿，站不起来了。信纸在手上簌簌抖，筛糠似的。有人走过门口，朝里看一眼，奇怪这屋怎么有人了？他一惊，赶紧收起，塞进口袋。到了夜里，四周没人，这一夜，他睡在自己的宿舍，水房旁边的一间，乱得狗窝似的，又因为不常住，有一股子清冷。此时烧了炕，推开被褥，躺下来，掏出信，展平了，细细地看。他读过几本小说，觉得信上的人，像是小说中的角色，和他有关系吗？可是，他很欣赏他。

第二封信，又是由兔子送交。意外地发现栾志超的小屋子收拾得挺整齐，墙角的蛛网扫净了，炕洞里红通通的烧着火，满房间松脂的香味。栾志超让他上炕，他推说伙房里有事，走了。天在下霜，土冻得铁硬，踩在上面，鞋跟敲鼓似的“咚咚”响。他意识到周围的事物在发生变化，将走向什么结局，完全无法推测。他就是不安呢，很不安。眼睛望出去，有一层银白，是零度以下的空气造成的，给夜色镀上一层膜。他把帽耳放下，双手插入棉衣兜里，走去自己的宿舍。他已经喜欢上这个地方了，一旦喜欢就知道离开告别不远了，经验告诉他。或者是反过来，预感到告别才喜欢的。电灯照白四壁，曾经这里有多少热闹，单身的场工提着酒过来喝，一喝就到夜半，他有厨艺，也方便从厨房搜索食材。栾志超是常客，现在他不来，别人也不来了。还因为，有几个单身汉娶了老婆，过上了家庭生活。

接着第三第四封信，依然是经过兔子的手。一来他和场部邮政所靠近，二来呢，要观察栾志超收到信的反应。显然，栾志超的心情平静下来了，仿佛信件是一桩正常的事情，虽然，他上海的家极少来信。曾有一次，他的姐夫——姐姐们相继结婚，他早已经做了舅舅。姐夫搭邮车到呼玛，兔子陪他去接站。姐夫身材敦实，出力气的模样，却戴一副眼镜，镜片后面的眼睛因熬夜布了血丝，从车门里拖出一个大包裹给他。几乎没有说什么话，三个男人站在月台吸了几支烟。那时候，天还暖和，车站后的山坡，树林子还绿着，蜂子嗡嗡地飞。姐夫看着远处，说一句：好地方！然后就上了车。两人拖了包裹回去，打开来，有罐头、香肠、卷面、糕饼、香烟、皮鞋、手织的毛衣裤和毛线袜，总之，吃穿用度。这是一个缄言的家庭，开始摆脱贫困，富裕起来，同时呢，也越来越疏离。

读鸽子的信，已经成为栾志超的精神生活。每天晚上，睡上热炕，就打开信。有时从第一封起头，按顺序来，有时则随机抽取。经过的人，推开门朝里看看，奇怪他独自一个人在做什么。看一会儿，又关上。他的反常引起注意，但很快得到解释，上海人嘛，总有那么一点点怪癖，他已经算好的了。哈尔滨方面频繁的来信，要不是兔子收起得快，也会惹人猜忌的。漫长的冬天，围炉夜话，是需要谈资的。虽然没有形成话题，却也多少散播下零星印象。栾志超尽情地享受读信的快乐，却从未想过回一封信。并不是出于矜持，相反，是卑怯。因他绝对写不出这样的文字，心中也没有相等的激情。偶尔地，应该说比较经常，他生出忧伤。隐约有一种预感，好景不长。随时随地，事情就结束了。至于结束在哪一点上，他想不出来，也不愿去想。人们感觉到，快乐的栾志超变得沉闷。原来，到处看得见他的身影，无用功地奔忙。现在，却在偏僻的人迹罕至的地方出现，佝偻的腰驼得更低了，步履迟滞，甚至是蹒跚的。比如，废弃在轨道上的机车里；比如，空荡荡冷冰冰的知青宿舍；再比如，月亮底下的空地，奋力挥动扫帚，积雪乱溅。他捉了一只松鼠，养在屋子里，养狗养猫，还有养狼的，谁听说过养松鼠？不过几日就溜走了，于是乎遍地寻找……人们以为他谋划回上海了，他的家人不是曾经搭邮车到县城来，就是商量带他走的，不知为什么，当时没走成。大婶级的女性则断定他想媳妇了。同辈人，甚至更少一辈的，都有了家小。沿着这思路，进一步推出，他的媳妇儿在省城，不是有许多信吗？女人向来是传谣的主力军，而且，不能不承认，她们的臆想更合乎常理。蔓延的流言蜚语逐渐汇进河床，向着一个目标前进——栾志超的对象就是兔子的姐姐，那穿红毛衣系红围巾的女学生。人物和形象都清晰起来，他们三人，未来的妻舅，同进同出，同吃同住！泼辣的女人当面问栾志超什么时候办酒，惋惜他最终还是要离开。这一回的玩笑不再让他窃喜，而是暗自伤感。热议在旧历年前戛然停止。真仿佛一出戏，情节陡然转折，栾志超要结婚了。对象就在当地，林场副场长，一名退役军人，参加过上甘岭战斗，他家大闺女，制板厂的女工。

消息迅速传开，兔子是最末知道的那个人。他辞了工，收拾起东西。两块上好的板子，够打一具橱柜，合起来，上面放衣物行李。捆扎完毕，背上身，推门出去。却又一转念，卸下来，向栾志超的新家走去。来场里一年，他第一次迈进副场长的院子。围墙上一排冰灯，贴了红喜字，墙下是大酱缸。前日的雪，扫开一条道，两边犹如玉砌的扶栏。他从道上走过去，已经有人看见，撩开厚棉门帘。栾志超和岳丈坐炕上，守一桌酒菜。炕底下三四个小丫头，将他拥上炕，和栾志超脸对脸。跟前立刻摆上碗碟杯盅，酒斟满了。没看见那大闺女，但听得她娘喊她，几个小的也"姐姐长，姐姐短"地叫唤，就是不出来。他是见过的，也喜欢穿红，在这冰雪世界里，红最惹眼了。从姐姐窝里出来，掉进妹妹窝，人到底还是离不开落地的那个窝。

栾志超低着头，不看兔子。兔子的眼睛追了几回，最后放弃了。平静地想，事实上，他从来没有认真以为姐姐会和栾志超成一对，今天的结果，再自然不过，也再好不过。喝了两盅，下炕告辞。副场长留他，小丫头们上来抱他的腿，他执意要走，终于脱身。系上鞋带，最后看栾志超一眼，那人依然不抬头。雪又下了一层，扫净的道上蒙了新白。他走回自己的屋子取行李，远远看见鄂伦春小孩守在门口，不由分说，背起板子走在了前头。他没有让老鄂拉雪橇，老鄂的马生了瘩背疮。就这么，走去小乌勒镇搭班车。走了一段，夺小孩背上的板子，没得手。自此，小孩就警觉地保持十来步的距离，防备他再来夺。一前一后，到了地方。雪下得有些密，迷了眼睛，看出去，是个白茫茫的世界。他上车，小孩爬上车顶,刨开人家的堆放,安置好他的东西,又帮着车主系紧网子,这才溜下地,站在车窗前。他挥手让回去,小孩却不看他。马达突突地响,车身动了。小孩正过脸,退后几步,屈膝跪到雪里,磕一个头,起身离去了。

后　来

后来，他和姐姐坚持为父亲办了移民。又在他同幢楼里，买下一套公寓，让父亲独住。可分可合，两下都方便。他戒断大西洋城的行旅，再没有从师师视野里消失踪迹。有一次，接到旧金山的来信，是初来美国落脚时，唐人街餐馆老板。这些年里，他们维持着稀疏的通信。多少有些心血来潮，想去看看。和师师说，师师笑道：你永远是自由的！他也笑，着手准备，又中途而废，按下不提了。过几日，师师倒问起来，他说：没时间，算了！又说：你去我就去！师师有几分得意：吃奶的孩子吗，离不开人！他确实越来越黏师师，脚头也懒了。不像以往，提起来就上路。这话说过不久，翻过年头，他到底出一趟远门，去上海了。

嬢嬢去世了。伯父告诉的消息，路途遥远，并不期望这边有人过去。自祖父母百年，和老家往来疏淡。父亲的意思，汇一笔丧葬费用即可。毕竟是养过你的人！父亲说。就是这句话，促成沪上行。想到回去，难免心中打怵。未见得近乡情怯，甚至相反，感到陌生。那里的人和事与自己有关系吗？记忆是模糊的，被许多轮替的印象遮蔽了。他试图说服师师和自己一起去，又遭到断奶不断奶的耻笑。再说，她母亲去世他也没有同往啊！他简直要缩回去，可是签证出来了——现在，他去中国需要签证。机票买了，还定了一趟三峡游，放在丧事结束以后。开弓没有回头箭，咬咬牙，上路了。

等他到上海，大殓已经过去三天，正赶上头七。孃孃的亭子间，几乎和记忆中没有两样，连天花板上渗漏的水迹，依旧原来的图案。扬州来的人已回扬州。孃孃那个儿子，先还以为是大伯，因差不多就是当年他的年纪，形貌也像他们家的人，瘦高身条，容长脸，高鼻梁上架一副眼镜。骨肉相连，母子到底认了宗亲，最后的日子，也是儿子陪伴的。他们两人相互看了有几秒钟，显然彼此都听说过。单先生从旁作了介绍，于是又握手，很快分开了。单先生和师母似乎都没长年纪，仍然三十年前，即便马路上走过，也认得出来。人到一定岁数就定了型，不会大变。老家仆和少东家，有无数新旧话题。他下到厨房上灶，杂碎琐细由小毛全包。倒仿佛回到少时，携手采买和烹制，做一桌拜师宴。小毛的老婆后门口支一张桌子，折叠金银元宝。也是同一条弄堂里的，说从小看见过他，他却想不起来。总归是跳皮筋女孩中的一个，家住临街的房子里，原先开棉花店，公私合营，交出店铺，吃定息生活。女孩上山下乡去了安徽插队，过街楼上的小毛则进了国营事业单位，有自己的经济，成为弄堂里最佳婚配人选。倘不是这些变故，断不会成就这段姻缘。如今，小孩都上高中，要考大学了。

离开多年，却发现这里的人对他并不陌生，是因为孃孃，还有师师她们家吧。师师的父亲也来上香，留下晚饭。方桌拉出来，四面摆上椅凳。单先生单师母坐上首，左手师师的父亲和他，右手孃孃的儿子，下手小毛和他老婆。临吃饭，他们的女儿来了，正好在孃孃儿子一边，坐齐了一桌，热腾腾的。饭桌后的墙上，孃孃从照片里看着他们，生前绝想不到这伙人聚在一起，似乎有些笑影浮出来。人们让单先生说说徒弟的手艺，只道“逆水行舟，不进则退”。晓得是批评，但话是婉转的。众人都笑。他呢，点头称是。单先生紧接又宽谅：不怪你，怪美国人没口味，菜品是吃出来的！单先生抱着老观点：美国人，茹毛饮血之族，说是生鲜，竟真的就是生，不转弯；中国人，生菜往往熟做，比如皮蛋，是生的，还是熟的？大家从没想过，回答不上来。熟的！单先生说：石灰缸里埋熟！醉虾，酒里呛熟！座上不约而同“哦”一声。因为什么？众人又不说话了。阴阳学！有没有见过太极图？人们先点头，后一想，这太极不定是那太极，又改成摇头。单师母都糊涂了，解围道：吃饭吃饭，还要烧纸呢！

小毛的老婆已经将金银元宝装进封套，孃孃的儿子执笔写好上款与落款，一行人下楼梯，到后弄里，将一具瓦盆当作火盆，放进去。刚要点火，小毛伸手阻住。捧出来，重新开封，取出几枚零散放在盆周围，说是烧给无家人的野鬼，免得来夺正路上的钱财。这才点一支烟，燃着纸捻子，一并扔进去，火陡地蓬起，蹿得老高。人们后退一步，都说好得很，好得很。火焰平息，化为星点，闪闪烁烁，终于寂灭。

单先生和师母先走，师师的父亲随后。小毛一家帮着收拾火盆杂物，打扫了地面，问少年的朋友：走不走？他欲说走，却被孃孃的儿子留住了。小毛猜到他们有事，终究是自家人，不再喊他，约好下一日上他家作客，一家三口出了弄堂。他们早已经搬离过街楼，在淮海路和虹桥路交接处买了商品房。等人走净，这二人复又上楼。那儿子，本应该叫表哥，他却无论如何叫不出口，因年龄有两辈的差异。联系血脉的人又走了，此时认亲已经错了时辰。进到亭子间，朱先生——听人们这么称呼，想来他父亲，也就是孃孃曾经的婆家为“朱”姓。朱先生先问一句：要不要住这里？一半虚邀，另一半则实情。这也算得上弟弟半个家！朱先生说。听这话，他不禁惭愧，自觉得太拘谨，而且见外。缓了缓，回答酒店定了，因是折扣价，不能退，离开并不远，过来方便得很，一动不如一静。他解释着，颇有些琐碎，其实不必，于是止住，霎时间静下来。朱先生笑一笑，转身拉开橱门，取出一个牛皮纸包。说他粗略整理一下，将弟弟的东西集拢，本想寄去美国，现在人来了，正好，当面交到。他接过纸包，告辞了。出后门几步，又听门响，回头见是朱先生，原来他也不住这里。两人点点头，前后出弄堂，往不同方向去了。

回到酒店房间，打开纸包。里面有几本练习簿，抄写的是《红楼梦》里的诗词，嬢嬢布置的功课。这些感伤的字句出自男孩的幼稚的笔迹，挺奇怪的。有一张《红楼梦》人物关系的谱表，做得很细，显然是向嬢嬢证明确实读完了全本。时至现在，连人名都想不太起来了，而那时候，他才多大点呀！再有一本笔记，是稍晚近时候，向单先生拜师以后，每次“上课”的记录。先生说的话，菜场里的见闻，还有吃的菜点、口味、配方，以及饭馆名字和地址。几封旧信，一封是从跟黑皮爷爷办厨的某个乡镇投出的，依稀记得那邮政所的样子，糊满糨子的木桌上立着一个邮箱。从哈市写来的多一点，大半集中在刚到的数月里，渐渐稀疏下来。最近的一封寄自美国，那种浅蓝色的薄纸，写好后折起，就是一个信封，距今已有十来年。纸包底层是一本照相册，曾经拿给小毛看，然后他又私自翻找过。那一张全家福仍然空缺，四个透明相角中间，仿佛一个黑洞。他将本子、信件在照相册上垛齐，原样包好，放进旅行箱，洗漱上床。酒店临街，窗帘没有合拢，就有灯光漏进来，将房间照得半明。这城市变得太厉害，他都认不出来了。刚要入眠，电话铃响了。惊一跳，接起来。一个男人的声音，问要不要服务。他一时没反应过来。电话里又换成英语，重复一遍问题，他这才回答不要。放下电话，似乎找回一点熟悉的东西，却不在这里，在大西洋城。窗缝里的光从他脸上闪过，是汽车的尾灯。他睡熟了。

次日，去小毛家，出发早了，到约定的时间还有一两个小时，就四下里走走。过几个路口，看见有一周矮墙，围绕一片空地，覆着稀疏的草皮，立有一些雕塑。玻璃钢的，陶瓷的，铸铁，木头，有抽象的几何造型，亦有写实的人和物。小孩子绕着雕塑追逐，大人则坐在石凳和底座上晒太阳。晓得是创意园区，好比曼哈顿下城和布鲁克林的废旧厂房，进驻艺术家做工作室。草坪前有几幢立方体旧建筑，果然是车间的样式。走进一扇门，内部用隔板划分空间，形成一个个展室。陈列也是雕塑，其中几尊作品格外巨大，从屋顶直接垂吊下来。他仰头望去，望见上方的吊钩，原先大约用于行车，连轨道都保留原样。这地方他来过，就是爷叔带来洗澡的钢厂。可不是吗？那行车里，招娣在向他挥手。隆隆的机器声遍地响起来，只看见招娣拢着嘴对他说话，却听不见声音。火星子四溅，烟花似的，绚烂极了。眼泪像决堤的洪水，倾泻而下。他害怕回来，怵的就是这个，可怵什么，来什么！门口有人探头，像是找人，看见只一个中年男人站着看展，又退了出去。他不敢乱动，也不敢擦拭眼睛。那里面的液体不晓得蓄了多少时日，又是怎样的成分，滚烫的，烧得心痛。止也止不住，越触碰越汹涌，几成排山倒海之势。

2020 年 5 月 12 日　上海